龟兹长歌

邱华栋 著

春风文艺出版社
新疆文化出版社

图书在版编目（CIP）数据

龟兹长歌/邱华栋著. -- 乌鲁木齐：新疆文化出版社；沈阳：春风文艺出版社，2025.5. -- ISBN 978-7-5694-4931-0

Ⅰ. I247.5

中国国家版本馆CIP数据核字第20258GX367号

新疆文化出版社（乌鲁木齐市沙依巴克区1100号）
春风文艺出版社（沈阳市和平区十一纬路25号）联合出版发行
辽宁新华印务有限公司印刷

出 品 人：沈 岩	
选题策划：单英琪 沈 岩	封面题字：席時珞
责任编辑：刘德昌 姚宏越	责任校对：张华伟
装帧设计：范 娇	幅面尺寸：142mm × 210mm
字　　数：208千字	印　　张：10.5
版　　次：2025年5月第1版	印　　次：2025年5月第1次
书　　号：ISBN 978-7-5694-4931-0	
定　　价：68.00元	

版权专有　侵权必究　举报电话：024-23284292
如有质量问题，请拨打电话：024-23284384

目 录

第一歌　琴瑟和鸣　001

第二歌　康家九代　063

第三歌　霓裳羽衣　161

第四歌　战龙在野　217

第五歌　龟兹盛歌　299

克孜尔石窟第171窟后甬道右端壁　乐神善爱乾闼婆王

第一歌

琴瑟和鸣

一

可能就是那个人的出现，给龟兹带来了厄运。当时，我们正在举办一场歌舞会，乐师和舞蹈者的表演到达高潮的段落时，一个人突然出现了。他身着黑衣，面色黝黑，兴许在脸上涂了颜色，只有牙齿是白的。他跳了一曲不断旋转和腾跃的舞蹈。这种舞蹈不是龟兹本地的，像是身毒或康国那边的。他不停地旋转，速度太快了，简直让我们头晕，让我们感到迷惑。他的笑容也很诡异，那种笑似乎是在嘲笑，似乎又是在冷笑。等到大家包括我清醒过来，准备抓住他，他跳入舞蹈队背后的帷幕，已经不见了。

第二天，在龟兹王宫里就出现了怪病。接着，我的绛宾王就病倒了。他发病很急，很快就不行了，躺在那里喘气，身上都是出血性紫癜，一片一片的黑红色，像是不祥的黑玫瑰长在了身上，十分吓人。

我的故事还是由我自己来说吧。女人的故事还是要女人来讲，女人的身影总是不被人看到，她们活在男人的阴影里，活在传说的夹缝里，也许被人听到过，但绝不会在书上有更多的记载。书上记载的大都是男人之间的征战和争夺权力的故事。所以，我来说说几个在西域的汉家女人的故事。

我叫弟史，我母亲是解忧公主，她嫁到乌孙已经很多年。我是大汉和乌孙结合的产物，我长得不像我父亲，更像我的母亲。我母亲解忧公主是一个非常坚强的女性，她嫁给了雄踞天山北面大草原上的乌孙国的统治者大昆莫。出发之前，她就听说了细君公主此前嫁到乌孙之地，死在乌孙的事。因此，我母亲解忧公主在婚礼前一天的晚上大哭一场之后，从此就不会哭泣了。她果真一滴眼泪都没有了。我在出生之后一直到长大成年，就没有看到她掉过眼泪，可见她的内心多么坚毅。

是细君公主死后，乌孙再次提出和亲的请求。细君公主的故事是怎样的呢，简单说吧，当年张骞出使西域到达乌孙，打算说动乌孙王与大汉联手，共同对抗匈奴。但乌孙王知道自己的实力没有那么大，而匈奴占据着北部广大的地域，千百万人呼啸而来呼啸而去，就像是草原蝗虫一样能把一切都吃光啃净，当然也能把乌孙啃噬掉。

乌孙王的称号叫作昆莫，那年，乌孙昆莫派出使者，赶着一批进献给汉武帝的骏马，跟着张骞来到长安。使者把乌孙的骏马进献给汉武帝，在长安城内巍峨的皇宫中受到武帝的接见，内心受到巨大震撼。武帝很高兴，他喜欢骏马，就把乌孙马命名为西极马。回到乌孙，使者向昆莫详细报告了大汉王朝都城长安的盛大气象和繁华景象，还有人民众多、国土广袤的情况，令昆莫心生向往。

那时的乌孙昆莫是猎骄靡，他派出使者随张骞到长安觐见汉武帝的事被匈奴人知道了。匈奴单于十分恼怒，派出军马使者来到乌孙，警告乌孙不要和汉朝建立任何亲密关系。猎骄靡已经年迈，他政治经验丰富，善于左右逢源。尽管手下都劝他不要再和汉朝来往，关闭联系通道，可他还是审时度势，决定和大汉联姻。他派出一个使团，这个使团有一百人，赶着一千匹乌孙军马作为聘礼，正式请求和汉朝结亲联姻。

汉武帝大喜，仔细考虑把哪个公主嫁到乌孙合适。经过一番廷议，武帝下诏封江都王刘建的女儿细君为公主后，远嫁乌孙，和乌孙联姻。细君公主哭哭啼啼上路西行，前往乌孙国。这就是女人的命运，即使你是诸侯王的亲女儿，出身于钟鸣鼎食之家，在政治联姻方面也不过就是一个工具。我听我母亲说，她也是听别人说的，细君公主身体比较弱，受点风寒就会咳嗽的，去辽远的塞外苦寒之地，成为一个七十岁的乌孙王的王后，这对她来说太痛苦了。何况这个乌孙昆莫猎骄靡本来就有好几个老婆，已经生了一大堆的孩子。

匈奴人听说乌孙与汉朝和亲，汉朝公主已经在前往乌孙的路上，就向猎骄靡要求和亲，并送来一位匈奴女人，把她嫁给乌孙昆莫猎骄靡。猎骄靡把匈奴公主奉为左夫人，把细君公主奉为右夫人。按照大汉习俗，左为大，匈奴夫人排在前面。

我母亲告诉我，她也是听别人说的，细君公主嫁到乌孙国，白天要吃羊肉牛肉马肉，喝牛奶马奶酸奶，吃奶疙瘩，晚上睡在大帐里，以天为屋顶，以大地为床铺，这样的生活对于她来说十分艰苦，简直就是度日如年。好在那年出发之前，汉武帝给她很多赏赐，除了金器银器和锦帛绸缎、布匹香袋，还有一些乐器，有埙、笛、鼓等，特别是还有一具汉琵琶。这件汉琵琶是汉武帝让宫廷乐师根据秦国琵琶的形状专门为细君公主定做的。琴师把鼓的部分改造成满月形，命名为汉琵琶。后来，在乌孙国，细君公主烦闷的时候，就抱着这具汉琵琶弹奏吟唱，就像是把一枚中原的月亮揽在怀里，倾诉着思乡之情。

细君公主比乌孙昆莫猎骄靡要小四十多岁，她住不惯大帐，提出要在乌孙的冬都赤谷城修建汉地样式的房屋，猎骄靡同意了，在赤谷城盖了一座汉式院落，按照汉朝习惯布置屋内陈设。到了冬天，细君公主从伊犁河谷的夏牧场搬到赤谷城的屋子里，取暖设施也好多了，她才感觉稍微好受一些。她每日弹奏那具汉琵琶，以此解闷。

猎骄靡七十多岁，子孙满堂，性情豪爽宽怀。他偶尔来汉式院落看望细君公主，细君公主也是强颜欢笑，陪他一起吃饭聊天，两个人也没有什么话说。等猎骄靡走了，细君公主一个人对着窗外寂寞的月亮哭泣。她想到自己可能无法再返回汉地故乡，满心都是思乡之情，就写下一首诗《悲愁歌》，托人带给父亲江都王刘建：

吾家嫁我兮天一方，远托异国兮乌孙王。
穹庐为室兮旃为墙，以肉为食兮酪为浆。
居常土思兮心内伤，愿为黄鹄兮归故乡。

她父亲收到女儿这首抄写在一方手帕上的《悲愁歌》，顿时泪如雨下。他上疏汉武帝，并附上这首诗，汉武帝也很受触动，隔年派了一位汉朝使者前往乌孙，专程看望细君公主，并带去很多汉地的绸缎丝帛和风物特产给她，以示安慰。

猎骄靡眼看自己越来越老，身体也有病，感觉自己可能不久于人世，就按照乌孙王室的婚俗习惯，找细君谈，要她嫁给他的孙子军须靡。这对汉家公主刘细君来说，简直是一记响雷，因为这样完

克孜尔石窟第38窟主室券顶中脊　天相图

全违背汉家的道德人伦,她怎么可能和丈夫的孙子婚配呢?虽然军须靡和她年纪相仿,虽然军须靡和她没有血缘关系,但这件事实在匪夷所思,对细君打击很大。她就坚决反对,并给汉武帝上书陈述情况,请求汉武帝阻止这件事。但等来的汉武帝的诏书中却说,公主要依照乌孙的习俗来办,因我大汉要和乌孙联手,一起攻打匈奴。

老昆莫猎骄靡去世后,军须靡继任为乌孙昆莫,并且娶了细君公主。细君对这一残酷的婚姻感到不解和郁闷,汉武帝的诏令又浇灭了细君公主心里的希望之火。她闷闷不乐,加之身体瘦弱,很快就去世了。算起来,细君公主嫁到乌孙,前后也就四年多的时间。

细君公主去世后,军须靡继续向汉朝提出和亲,并派使者送去千匹良马作为聘礼。汉武帝喜欢骏马,他有自己的宏图大略,就将楚王刘戊的孙女刘解忧仪比公主和亲乌孙,远嫁塞外。

听我妈妈说,她的祖父刘戊曾经参加过吴王刘濞策动的七国之乱,那还是在汉景帝朝,因晁错的削藩令导致七个诸侯王起兵,打着清君侧的旗号,最后七国之乱兵败,刘戊被杀。

从那以后,我妈妈这支楚王的王室系统在汉朝宗室中的地位就不断下降,成为戴罪的家族。这一次把刘戊的孙女——我后来的母亲刘解忧仪比汉家公主,是恢复地位,还是进一步的惩罚,我妈妈也想不明白。但她觉得,她以一介女子之身远嫁乌孙,与乌孙昆莫军须靡和亲,也是为汉室做贡献。这也告慰了祖父的在天之灵。我母亲这些复杂的内心活动,我是后来在长大的过程中才慢慢知道一些。

现在,你们就知道了,远嫁乌孙的解忧公主,就是我母亲。

我母亲和细君公主的性格不一样,她出身于这么一个戴罪家庭,自幼比较好强。她是仪比公主,就不是真的汉家公主,是个假公主、侧公主,仅仅是为了与乌孙和亲她才被封为解忧公主。这一点她心里很清楚。在前往乌孙的马车上,我能想象出她流了多少眼泪,以至于后来不再流泪。我母亲知道,从此她的命运将掌握在她自己的手里,眼泪绝对解决不了任何问题,而且还会是软弱的象征,她的心渐渐变得像铁一般坚硬。

过了些时日,军须靡去世了。按照乌孙的习俗,我妈妈又嫁给了翁归靡。翁归靡算是军须靡的堂弟。这是我母亲的第二次婚姻,我就是这次婚姻的产物,我父亲是翁归靡。

我出生以后,妈妈内心变得柔软如帛。妈妈爱我,我知道妈妈希望我回到长安,在大汉都城去见识汉家王朝的辉煌,体验都市繁华,学习文化知识,而不是在这塞外的强风大雪中逐渐长大、老去,变成一个整天与牛羊和马群为伍、带着一身腥膻的粗糙女人。

我母亲后来还有第三次婚姻,都是按照乌孙习俗来的。我父亲翁归靡去世后,她的第三任丈夫是军须靡的匈奴妻子所生的儿子泥靡。泥靡为人骄狂,外号狂王。算起来,泥靡是我妈妈的子侄辈的,按照乌孙习俗,竟然成了她第三任丈夫。当然,这都是后来的事情了。

这就是我妈妈解忧公主一生中的几次婚姻。后来,每一次婚姻都变成了一种政治安排,我妈妈也就无所谓了。她真的就像她的名字"解忧"那样,所有的忧愁都被她化解,她是她自己的解忧良药。

我还应该有自己的命运,我的生命应该有另外一种可能。这是我在十七岁的时候,妈妈就为我想到的事情。所以,等到那年春天到来,大地解冻了,雪化了,道路通了,她就派人护送我前往长安,去学习鼓琴,也是学习大汉的音乐和文化以及礼仪,如果有可能就让我在长安待下去,嫁一个好人家,这是母亲内心的真实愿望。

我长大的过程中,我母亲对我的调教很用心。她带来的汉家侍女都是琴棋书画样样皆能的。细君公主去世之后,留下来一些乐器,特别是那具汉琵琶,就在我母亲手里,她后来都给了我。这些乐器我从小就开始熟悉。

我学会了吹笛子、吹埙、弹琵琶。我不喜欢埙,我觉得埙的音调太悲,一吹起来,山川的景色都变得悲哀起来。这可能和乐器的调性有关,等到我后来到了长安,见到了长安附近那黄土连绵的风景,我才知道,埙是适合那片土地的。我最喜欢的,就是细君公主留下来的那具汉琵琶。满月形的音箱里发出来的是草原上月亮点染后的奇妙琴音，是月亮本身的光华普照夜晚大地的清音。

我从小就喜欢唱歌跳舞，性格活泼，加之我是母亲与乌孙昆莫翁归靡生下的混血儿孩子，我和汉家女性温婉的性格不一样，我和乌孙女孩儿的粗豪笨拙也不一样。我结合了汉家和乌孙两家血统的优点，我很聪慧，这一点像我母亲，我很调皮，爱说爱动，爱唱爱跳，骑马射箭我也行，在家里弹琵琶，在外面挤奶放羊抓老鹰，我能行，刺绣擀毡子这类女人干的活我也都可以。长到十八岁，我就已经是一个在天山南北和乌孙大草原上闻名的乌孙长公主了。前来提亲的王族有匈奴人的部落王，也有龟兹国的国王绛宾，我知道了一概拒绝。

我绝不愿意随便嫁给一个我没有看上的男人，我不想成为政治联姻的牺牲品，就像我妈妈解忧公主和细君公主那样。我性格刚烈，随身带着一把锋利的短刀，既是用来防身的，也是用来自杀的。逼我太甚，我就自杀，哪个男人强迫我做我不愿意做的事情，我就杀了他。

我说到做到。这一点我母亲很了解，所以，她暗自很欣赏我，也不轻易违逆我。当我听说龟兹王绛宾派人来向我提亲时，我对他没有一点好感。我妈妈告诉我，龟兹王在前些年曾攻击在轮台屯田的汉军，杀了屯田校尉赖丹，成了大汉的敌人。就在不久前，汉宣

克孜尔石窟第171窟主室券顶右侧 女人误系儿入井缘

帝派遣长罗侯常惠来到乌孙，慰问乌孙反击匈奴有功之人，也拜访了我妈妈，我也在座，欢宴中，我还表演了歌舞。

常惠前来西域，肯定要对龟兹王绛宾兴师问罪的。果然，常惠从乌孙返回长安途中，征发乌孙、疏勒、莎车等国的兵马五万人，讨伐龟兹。这时的龟兹王就是曾向我提亲的才即位不久的年轻的绛宾王。眼看大军压境，绛宾王不慌不忙，派人去阵前对常惠说，杀害屯田校尉赖丹和一些屯田汉军的事不是他干的，是一个叫姑翼的贵族给前龟兹王出的馊主意，我绛宾无罪，现在，我愿意把姑翼交给你们处置。

常惠同意了。绛宾就打开城门，引常惠进入龟兹城，并把龟兹贵族姑翼交了出来。姑翼当时已经是个老头儿，他没有想到自己的命要断送在这件事情上。常惠下令斩杀姑翼，报了当年赖丹被杀之仇，然后，班师回到长安。

龟兹王绛宾处理这件事的结果，很快有使者把消息传递到乌孙。我妈妈对绛宾这么果敢十分赞赏。她觉得，西域地区的城邦小国如果没有在大国之间运筹帷幄的能力，是很难生存下去的，免不了被剿灭的结局。她对绛宾产生了好感。

绛宾是一个对大汉礼仪和文化十分仰慕的龟兹王。乌孙和大汉和亲后，在抗击匈奴的侵扰方面有了更多的回旋空间，绛宾也看得到。他再次派来提亲使者，带来很多礼物，那些物品都是在高昌和敦煌采买的，我妈妈看到这些产自中原汉地的物品，很是喜欢。要知道，乌孙前往汉地，哪怕就是到敦煌、酒泉等郡县，都要走很远的路，而那里是进入长安、洛阳的关口。

睹物思人，睹物思乡。我母亲就想着也要送我前往长安，去学习鼓琴。既然你那么喜爱歌舞，你就应该好好去学习大汉自家的好东西，同时，也把乌孙的歌舞队带过去，让大汉领略塞外歌舞的强劲和粗豪之风。

听到我妈妈对我有这样的安排，我很高兴，就期盼着能早日成行。

夏天到来，乌孙王庭会从伊塞克湖边的赤谷城搬到天山北侧的河谷地带，那里是乌孙的夏牧场。有一座山就叫乌孙山。乌孙昆莫带着几个后妃和部属在这里过夏天，乌孙王族及其所属的子民也都在这片山地、河谷间的美丽的大草原上放羊牧马。

整个夏天，我们都在这片河谷、草原和山林地带生活。这是乌孙人最喜欢的季节，在这个季节，骏马养得膘肥体壮，牛羊也都吃得滚瓜溜圆。到了秋天，我们又开始翻山，前往伊塞克湖南岸边的赤谷城，在那里度过寒冷的冬天。这样的季节轮回，在乌孙人看来就是顺应着地利和天时。

我前往长安是在这年的夏天。从乌孙夏都昭苏大帐出发，我们要穿越天山中的一条古道。这条路蜿蜒盘旋在天山山体中，沿途是特克斯河河谷地带迷人的风景。大片高山草原在眼前展开，乌孙骏马到处都是，白色的羊群散落在绿色的草地上，有时候被空中的云朵布下的阴影短暂遮蔽。红松、塔松和云杉林在山坡上成片肃立，像是欢送我出远门。之后进山，我们沿着逐渐增加高度的盘山道前往龟兹。

这是一段翻越天山的险路，我们走在一条弯曲行进的盘山路上。这条路上升到冰川地带，跨越咆哮的冰河，沿着冰川的冰舌边缘行进，我们要时刻提防着雪崩的发生。走过达坂路口，寒意消失，我们开始进入缓慢下降的盘山道，高度降低，空气由清冽和湿润变得干燥，抵达拜城的黑英山谷地，从那里前往龟兹王城。黑英山一路上有很多桦树，大片的桦树叶在风中就像风铃一样响动。

我是第一次出远门，十分好奇见到的一切。翻过天山，走入河谷地带，出了天山山脉的前山，湿润的空气变化了，迎面而来的是燥热的空气。我知道，我们要出山了。又走了半天，我们抵达了龟兹。

二

龟兹王城坚固巍峨，一共有三重城。进城的时候我们并不引人注意，可在我们下榻的客栈，已经有很多人围在那里了。我感到奇怪，从马车上下来，看到有一个盛装华服的年轻人，头上缠着白色盘头，他看到我，步履轻快地走过来，向我鞠了一躬，说，我是龟兹王绛宾，特地前来欢迎弟史公主莅临龟兹。

我抬眼看他，发现他跟我原先想的不一样。我想象这个龟兹王绛宾可能是一个很凶悍的中年人。没想到，在我眼前出现的他，是一个热情而又英姿勃发的年轻人。他那活泼的眼神、轻快的步伐，从哪里看都不像是一个龟兹王。可他就是龟兹王绛宾。一瞬间，我心里对他产生了好感。不久前他派人去乌孙提亲，被我严词拒绝，现在就这么见面了，我不免感到一阵尴尬。我想，这一次，绛宾在我眼前出现，会不会逼着我做什么事情？我悄悄把手伸向靴子，那里藏着我那把锋利的短刀。毕竟，我现在在他的龟兹国。

我随行的护卫首领给他递上乌孙的印信。那是我父亲画押的一个皮制品。然后，我说，我们在这里只住一个晚上，绛宾接过印信看了看，说，公主殿下，我一定会安排好，你们是龟兹国的贵客，先住下来，然后去吃饭。之后呢，在今天晚上，我安排了盛大的演出来欢迎弟史公主。请公主一定参加呀。

我不会拒绝他的邀请，他的邀请是那么地礼貌和温柔。我冲他微微一笑，点了点头。

在客栈安顿下来的过程，我就不细说了。这天晚上，招待我们一行的晚餐十分丰盛，就在龟兹王城的王宫里。他的王宫不大，但装饰豪华，从外面看是砖石和黄土夯造的房子，有好几层高，室内的一些角落和案几上都摆着花盆，鲜花盛开，绿意盎然，不像我在乌孙的住处那么简陋。我父亲作为乌孙昆莫，平时也是住在大帐中，一般的乌孙人都住在毡房里。

这天晚上的主菜是烤肉，配有很多面食、蔬菜和酸奶。吃饭时绛宾并没有出现，我松了一口气。我悄悄对我的护卫队首领说，明天一早我们就开拔，抓紧时间去长安，不要在龟兹多耽搁。护卫首领点了点头。

后来我才知道，绛宾听说我要路过龟兹前往长安，就精心准备了这天晚餐后的歌舞晚会。我们吃了饭，被引导到王宫的后院的连廊。连廊通向更加宏阔的大殿。我出现在这间大殿里时，十分吃惊。只见大殿里到处都装饰着华丽的挂毯，地上铺着花色艳丽的地毯，很多盏油灯在每一根大柱子上点亮，照亮了大殿里所有人的面孔。

我一进来，大殿里就掌声雷动。只见绛宾王换成了日常穿的衣服，脚上也穿着很轻便的鞋子。他带着一群乐师和舞女一起欢迎我。乐师手里拿着弦乐器、打击乐器，有的乐器我叫不出名字。他首先说话，向大家介绍我，说是乌孙的公主弟史，今日路过龟兹，希望公主今天在我们精心准备的歌舞会上感到开心。大家又拍掌。

我很大方地向他，也向大家表示感谢，我问乐师，你们手里拿着的，都是些什么乐器？

他们说，这里有腰鼓、毛圆鼓、都昙鼓、答腊鼓、拨浪鼓，还有笙、铜角、横笛和竖笛，这个叫箜篌，那个叫觱篥，这叫都塔尔，那个叫排箫，这个叫羯鼓，那个叫琵琶。

我说，琵琶我知道，你们这里有两种琵琶，一种是曲颈琵琶，一种是五弦琵琶。

绛宾王说，早就听说公主是擅长歌舞的，等一会儿，也想请公主给大家表演，现在，我们龟兹人先给公主表演。大家都笑起来，然后落座，歌舞会正式开始。

我就坐在他边上。他时不时偷偷看我，我正襟危坐，不去看他。我闻到他身上有一种淡雅的沙枣花香，这完全不同于草原上男人身上的污浊气味。我觉得这个男人不寻常。可是，我的手又下意识地摸了摸靴子里的匕首。我这是一种矛盾心理的体现吧？

龟兹歌舞很有名，这天晚上我看到了最好的龟兹歌舞。乐师的演奏精彩绝伦，各种乐器都上场了，主要是三类：打击乐、管乐和弦乐器。乐师上场，有独奏的，也有合奏的，舞女舞男上场，有独舞，也有群舞，还有演唱。我看到龟兹的箜篌有好几种，有竖箜篌，还有弓形箜篌和一架卧箜篌，由不同的乐师弹奏，声音颜色都不一样。弹奏起来，声如水波荡漾，又如风吹过满山的云杉顶端的沙沙声，又如骏马奔跑过后的草地重新伸展腰肢的柔美和奇妙。高潮的段落，是龟兹乐师把震天的打击乐和悠长的管乐器以及丰富细腻的弦乐器全都配合起来呈现，形成了合奏的轰鸣与和声的丰富高拔。

我很吃惊，龟兹乐能演奏出很丰富的七音阶，这可能和龟兹乐来自天竺，又经过龟兹艺人的改造提升有关系。现场，一支曲子接着一支曲子，一段舞蹈接着一段舞蹈，我看得听得如醉如痴，心里也燃烧着热切的火苗，我周围的气氛也越来越热烈。间或还有耍杂技的，这是我第一次看到，太新鲜了！比如龟兹武士舞，绛宾作为国王，他亲自下场，在那巨大华丽的毯子上闪展腾挪翻跟头，手里的长刀短刀唰唰舞动，表现出龟兹武士的英勇顽强。绛宾一边表演，一边还笑着看着我。他是很喜欢我，这一次我感觉到了。可我尽量保持镇定，不动声色。还有一个龟兹顶碗舞也很精彩。一个舞女头上顶着的碗越来越多，她还不停地往头上扔，都能一个摞一个地顶着，最后，那么高的陶碗眼看着要倒了，可就是没有一个碗掉下来。那个舞女的身体非常柔软，她翻转身体，头从腿下面钻过来，那些碗还顶在头上。

大家热烈鼓掌，场面十分热闹。每一个节目都很精彩，我很高兴，也很感动，难得绛宾王的一番苦心。我对绛宾王说，太精彩了！没有想到，龟兹歌舞这么精彩。

这时，绛宾王调皮地看着我，我听说，公主您是从小就喜欢唱歌跳舞弹琵琶的。这一次公主路过龟兹前往长安，听说是去专门学习鼓琴技艺。我很想请公主弹奏一曲，怎么样？

在大家的热烈掌声中，我站起来。弹奏琵琶这件事，必须内心要燃烧起热情才可以弹得好，我感觉到自己内心的热情了。在绛宾王的注视下，乐师递给我一面曲颈琵琶，我摇了摇头。在大家的注目下，我让侍女从我带着的背囊里取出一面他们没有见过的汉琵琶。这件满月般的琵琶一亮相，大家都惊呼起来，因为龟兹人的琵琶，

克孜尔石窟第101窟主室券顶右侧　商主以宝珠散佛缘

音箱是水滴形状的，比较小巧，和我的汉琵琶那满月形的音箱无法相比。

大家都屏住了呼吸。我坐在高高的坐榻上，挥手先试着拨弹了几下，琵琶发出了一束清音。我的手就像是柳枝拂过春水的表面，扫过汉琵琶饱满端庄的形体上的琴弦，琵琶立即发出了轻盈的、类似蜻蜓点水般的妙音。大家鼓掌，我更是感到激动。我弹奏了一曲我最熟悉的、经常在乌孙的大帐里弹奏的琵琶曲。

此时的我，就像是和这具汉琵琶浑然一体了。随着琵琶曲的弹奏，我进入春夏秋冬的四季轮回里，进入那芦苇花被风吹散之后飘散在大地上的轻柔里，进入千万匹骏马在河谷中奔腾的景象里，进入特克斯河的近景和乌孙山迤逦而去的远景，进入母亲带着孩子奔跑在草地上，男人和女人骑着马互相追逐和亲昵的场景中。

各种场面在我的脑海里纷至沓来。我忽然想到，在来的路上，经过特克斯河谷，我看到一大群黑色的鸟飞起来，就像是藜麦在空中散开那样，一会儿向上，一会儿向下，然后左右东西地飞行。黑色群鸟划出的飞行轨迹都是曲线，就像是音符在跳跃，又像是旋律在起伏。当时，随行的卫兵队长告诉我说，黑鸟叫作椋鸟，它们在欢快地群舞呢。它们在空中飞舞的旋律，就是我弹奏琵琶的旋律，我的心中鸟群在上下翻飞，大地和草原在茂盛生长。

我一边弹，绛宾一边点头微笑，我可以感觉到他对我的倾慕和赞赏。最后，我来了一个绝活：反弹琵琶。只见我将琵琶忽然放到背后，我的手就像是棉花一样柔软，去弹拨那琵琶的琴弦。大家在惊呼，看不到我的手是怎么反弹的，却听到了琵琶的乐声。我不断翻转身体，我在跳舞，我柔软的身体就像多面女神那样快速跃动，而那具汉琵琶也跟着我转，并且在我转动身体的同时发出乐音。这一刻，是琵琶声声和我的舞姿妙曼的完美结合，是我弹奏琵琶出神入化的高潮和收束的时刻。

我弹奏完了，四周掌声雷动，歌舞会的气氛达到了高潮，绛宾王的眼睛里闪着光亮。他向我走过来，想抓住我的手。他这是要干吗？我轻盈地躲开，笑着不搭理他，我逃走了。

晚上，我端详着房间墙壁上漂亮的挂毯花纹，迟迟无法入睡。绛宾王派人送来香囊、牛奶和水果。香囊香气馥郁，和他身上那种沙枣花清香不一样，是更加浓郁的香气。水果是甜瓜，吃起来瓜瓤十分柔软，牙齿陷进甜瓜瓤里，香甜可口。我知道绛宾真的喜欢我，我猜测明天我可能走不成了，他要竭力把我留下来。

房间里的桌子上还有一罐玫瑰红葡萄酒，和一个单耳陶杯。我倒了一点红酒，喝下去，感到有一种鸽子血的甜腥。这种酒叫穆萨莱斯，酿造的时候会放入初生的飞禽。如果绛宾王强行把我留下来，我该怎么办？我有点犯愁。也许他不敢这么做。我摸了摸靴子里的短刀。短刀发出了鸣叫。短刀鸣叫，那就是在提醒我，我要当心了。可这个我开始有点喜欢的男人会把我怎么样？他会强行把我留在这里，然后要我嫁给他，做他的王后吗？看上去，他好像还没有王后。他不久前才即位当上龟兹王，也许还来不及结婚。我不知道他要怎么样，等到明天再说吧，就昏沉沉睡去。

早晨，我被一阵鸟鸣所惊醒，我睁开眼睛，看到窗户外面的花树枝条在风中摆动。鸟鸣欢快而清脆，就像是飞泉一样流进来。我拉了一下门外的响铃，侍女敲了我的卧室门。我打开门，她进来告诉我，公主，绛宾王在客厅里等着您呢。

我感到有些紧张。我还从来没有这样的感觉，我穿戴好洗漱好，就出了卧房，来到前厅的回廊里。我看到绛宾王嘴里咬着一根长长的青草在回廊那里踱步。他穿着一件花边白衬衣，有束腰，脚上是一双素色的布靴子。他看我出来了，就迎上来说，弟史公主，我今天有一个重要的决定，我要告诉你。

我看着他，心里有点乱。我从他的眼睛里读到了某种热烈和坚定的东西。他穿越回廊靠近我，动作很矫健，不知道什么时候，他的左手上出现了一束花。右手里还握着一样东西，他递给我。我接过来，是一块洁白的玉石。

我问，这是什么？

信物，是我母亲留给我的，她已经去世了，我母亲生前告诉我说，要我把这块玉给我喜欢的姑娘。这是我父亲当年给她的信物。弟史，我喜欢你，我早就听说过你，你应该知道我派人去乌孙求婚的事情。虽然你拒绝我了，可我派去的人偷偷画了你的像回来。你肯定不知道，好长时间，每天我就是看着你的画像发呆。直到这一次，我见到了你的真人。

竟然还有这样的事情，我觉得他有点过分，可也感觉到了他的真心和诚意。

公主，您的母亲解忧公主和父亲翁归靡也尊重你的想法。他们说，是你不同意嫁人，你说你要去长安学习音乐歌舞，不愿意出嫁。他们就允诺了你，拒绝了我。

此刻，我必须说出我的真实想法了。我微微躬身施礼，尊敬的绛宾王，我确实是想去长安学习的，这次只是经过龟兹，是一定要去长安的。这是不可改变的，所以，我没有其他的选择。我也不想像我母亲那样，把自己的婚姻作为一种牺牲。我要追求我自己的梦想。

绛宾听我这么说，忽然有点激动，好啊！我也喜欢音乐歌舞，你昨天都看到了，那是我的音乐家团队，我的歌舞队。他们表演得很精彩，我为此准备了好久。如果这一次你不是经过龟兹，我们就要去乌孙找到你，当面给你表演。你说得好，人都要追求自己的梦想。我想说，如果你答应嫁给我，那么，我愿意和你一起去长安！

什么？绛宾王这么说，一下子让我愣住了。他愿意陪着我一起去长安，这会不会是心血来潮呢？我一时间十分迷惑，不知如何应答。想必我的表情也很迷惑。

是的，我愿意和你一起去长安。我早就很向往大汉帝都长安城，我要去那里，学习大汉的典章制度，用这些来改变龟兹的礼仪制度。我愿意和你一起去长安啊！公主，我早就想好了，你不要觉得我是心血来潮。绛宾高兴得跳起来，就像是我已经答应了他似的。

我心里有了些奇怪的暖意，但我嘴角上扬，却说，我还不了解你呢。那好吧，既然你盛情邀请，我就在龟兹多停留几天，看看你们龟兹到底有什么好的。

绛宾王笑了，他知道我已经动摇了。可是我嘴上还是没有答应。是的，我的命运我做主，从我懂事之后，我就想好了，我一定要嫁给一个自己喜欢的男人，不像我的母亲，她嫁给我父亲，到了第二次婚姻才有了一点感情的归宿感。我父亲翁归靡是一个很柔和的男人，对我的母亲很尊重，他们相处得很好，生下了我。

我在龟兹留了下来，我确实也很想多了解他。绛宾常常陪着我，在龟兹王城内外四处走走看看，任凭我的任性发作，让我的好奇心得到满足。他处理公务的时候，我就带着几个人，纵马奔驰在附近的山林和旷野中。

龟兹王城是一座坚固的城市，而城外的龟兹国面积广大，很多都是沙漠戈壁和大山地区。龟兹人在平原灌溉冰雪融水，种植五谷，也有高山上放牧的牧民。龟兹的子民性格豪爽，大都喜欢歌舞，他们一高兴，经常在田间地头就跳起舞来了。这都是我喜欢的。我也趁机学习了龟兹的音乐，寻访制作乐器的高人。他们往往隐居在很深的小巷子中那黄土垒就的房子里，在那里一心一意制作乐器。我还认识了一些民间歌舞能手，我都去拜访，一起切磋技艺。

第三天，从乌孙国来了一个人。我一见到她，感到很吃惊。她是我母亲的贴身侍女冯嫽。冯嫽和我母亲年纪相仿，她是当年跟随我母亲去乌孙的侍女，她的故事我后面会讲到。其实，我要讲到四个女人的事情：细君公主，我妈妈解忧公主，我本人，还有一个就是冯嫽冯夫人。她现在是乌孙右大将的夫人，一般代表我母亲出行行使公务。所以，我一看见她，就知道她肯定带来我妈妈的消息了。问题是，我妈妈怎么知道我现在还停留在龟兹呢？这里面，肯定有人捣鬼啊，我把目光投向了绛宾。

绛宾王狡黠地冲我笑了笑。我猜到可能是他派人前往乌孙，告诉我妈妈我在龟兹停留着。冯嫽冯夫人一见到我就笑了，很亲切地和我说话，拉了半天家常。她先是在我的耳边低语了一阵子，我的脸上浮起了一片红云。然后，冯嫽冯夫人就对绛宾王说，龟兹王绛宾，你听着。乌孙大昆莫翁归靡和王后解忧公主，正式派我来宣示，他们同意了你向弟史的求婚，并准许按照龟兹的礼仪，在这里给你们举办婚礼，之后你们一起去长安。

我是惊呆了，我是心里有点乱，我情急之下，立即拔出靴子里藏着的匕首，有些慌乱地向龟兹王绛宾刺去。他以坦诚把我留在龟兹，然后又瞒着我，悄悄派使者前往乌孙，向我的父亲母亲再次表达愿意娶我的愿望。这一次，我是不是被他们做主啦？此时此刻，我不知道是真生气还是假生气，事后我明白自己是假生气，可是当时，我没有想那么多，我的匕首飘飘然刺向了绛宾。眼看着绛宾要被我刺中胸膛，那样的话，就会来一个血溅龟兹王宫了，这就成为一件大事了。可绛宾的身姿很灵活，他一闪身，我扑了一个空，他反手一把就把我的匕首夺了下来，扔到地毯上，笑着说，弟史，你这个公主的脾气可真大啊。

我满脸羞惭，不知道如何是好。冯嫽冯夫人走过来说，弟史公主，不要任性了。这个事情已经定下来了。绛宾王，你就按照龟兹王迎娶王后的婚礼仪式举办婚礼吧。我这次前来，就是代表乌孙昆莫翁归靡和王后解忧公主，来参加婚礼的。

我呆住了，快步走开，走到一边去。我的年纪还小，忽然之间就这么嫁在龟兹，实在令我有些惊愕。可有时候，女人的命运就是不能自己掌握，我最终逃不过这个结局。冯嫽冯夫人跟过来，她很了解我，她看我心乱如麻，就问我，弟史公主啊，我知道绛宾王非常喜欢你，上次他派了使者去乌孙求婚，你不同意，你妈妈拒绝了他。现在，你在这里见过他了，你说说看，你到底喜欢不喜欢他？你给我说实话。

我点了点头，夫人，说实话我还挺喜欢他的。此前我是不喜欢任何男人。现在，我改变了。

冯嫽松了一口气，那不就得了，再说，你们成婚，也有利于乌孙国和龟兹国之间的关系。

我一听这个就生气了，我噘着嘴，那我岂不又和我妈妈一样，成了和亲的政治工具了！

冯嫽说，女人的命运可不就如此吗？这还是好的。你喜欢他就好了，他比你大几岁，但大得不多，年纪也配。不像早年细君公主嫁到乌孙和亲，那个猎骄靡太老了。你们算是情投意合呢。弟史公主啊，不是我唠叨，我觉得，你得向你妈妈学。你看你妈妈，当初嫁给军须靡也毫无怨言。军须靡死了，她又嫁给了翁归靡，所幸的是，翁归靡和你母亲感情不错，接连生下了你的三个哥哥，还有你和你妹妹素光。其实，你这次的婚姻大事，已经算是你自己给自己做主了。你曾拒绝了绛宾王，可他诚心所致，又来求婚，还向你母亲表达愿意和你一起去长安学习的愿望。这一点对于一个龟兹王来说，实在是很难得。

我心动了。确实，留在龟兹不是我的第一选项，而去长安学习，才是我的渴望。如果绛宾王能和我一起去，那也好。

你母亲让我告诉你，龟兹在天山的南边，乌孙在天山的北面。乌孙有六十万子民，龟兹有八万子民。乌孙每年都需要龟兹的五谷杂粮、棉布车具、铁骑酒类，龟兹也需要乌孙的骏马和牛羊牲畜。乌孙和龟兹本来就是山南和山北的近邻。如果你们结婚了，从大的方面来说有利于国家，从小的方面来说，你也喜欢他，这不是很好的事情吗？两全其美啊。再说了，他愿意和你一起去长安学习，这说明一是他真心喜欢你，愿意为你而做出牺牲，二是他对大汉文化心向往之，愿意学习汉朝的典章制度和文化礼仪。这是多好的事情呢。

我被说动了，那他要真是和我一起去长安，我就答应和他成婚。说完，我的脸红了，这一次，我有点害羞了。

冯嫽冯夫人笑了。她向不远处踟蹰的绛宾招了招手，过来吧，你现在可以牵着弟史公主的手了。

三

我和绛宾王的婚礼在龟兹王城举行。这是龟兹国的一件大事,婚礼十分隆重。按照龟兹传统,王城之内、宫廷上下到民间百姓,整整热闹了半个月,各种让我眼花缭乱的礼仪按规矩进行。龟兹国王城内外有三重城墙,到处张灯结彩,繁花似锦。龟兹城内的几座佛寺也是梵音阵阵,焚香祈福,人人都很喜悦。绛宾王迎娶乌孙国公主是门当户对的,也是龟兹和乌孙的政治联姻,强强联手,龟兹王城笼罩在一片祥和的气氛里。

冯嫽冯夫人代表我的父母亲全程参加我的婚礼,并在各个礼仪环节中,代表乌孙。之后,她就马不停蹄地出发,奔向沙漠南道的疏勒国。这些年，作为我母亲解忧公主的特使，冯嫽手持符节，前往天山南道的西域诸国，去面见诸国国王和王后，带去口信和礼物，一方面联系感情，另一方面也是了解诸国情况，及时将各国情况传达到汉廷。

冯嫽冯夫人自幼就喜欢读书，她父亲是一个史官，母亲去世很早，她从小就在史馆里陪伴着父亲，看父亲的身影出没于堆积如山的一卷卷竹简木简中。父亲告诉她，竹简木简上面记载的，都是国家正典和经国大事，她就梦想，有一天自己能被记载在竹简木简中，这样的梦想对于一个女人来说，可够敢想的。冯嫽成长在这样的环境里，后来成为汉朝宗室公主们的侍读。

我母亲告诉我说，她十分信赖也非常喜欢冯嫽。冯嫽很善于学习，跟着她来到乌孙，没多久就学会了说乌孙话。冯嫽每次手持汉节前往西域南道的小国宣示汉廷威仪，笼络各国，带去礼物，很受欢迎。她可以用他们的语言来交流，并无语言障碍。这一点很得人心。他们觉得这个汉地来的冯夫人亲切、温和、大方、公正，在谦逊的举动之下有着坚定的意志，因她背后有一个强大的中原大汉，自然也对她礼貌有加。

有时候，她在某个小国，刚好碰到小国正在发生宫廷变故，或是发生社会动乱。她有勇有谋，会很快帮助他们分清是非，及时给出建议。她了解各国民情，喜欢在小国的田间地头走动，随便聊天中就能倾听到当地人的心声，善于调解各种纠纷。于是，她名声在外，大漠南北和天山东西诸国都很钦佩她，她被冠以冯夫人的尊称。

那时，冯嫽还没有和乌孙右大将成婚，一个人带着侍女和护卫队在大漠南北奔走，带回这些小国的内情。汉宣帝即位之后，受我母亲解忧公主的指派，冯嫽启程前往长安，专程向宣帝报告乌孙国以及西域各国的情况，使汉宣帝在制定有关西域的政策时有所依凭。

我必须提到，多年以后，乌孙内部曾出现激烈的权力纷争，那时我妈妈已经回到长安养老，冯嫽年纪也大了，可她受皇帝诏令，不顾年迈，从长安出发，作为大汉特使回到乌孙，处理十分棘手的权位之争，将几乎要流血的大事化干戈为玉帛，一时传为佳话。冯嫽冯夫人的事迹果真被记载在史官撰写的史书中，她成为竹简和木简上的一个人物。

我们大婚之后，天气逐渐转凉。我们商议，等到来年的春天天气暖和了，就前往长安学习。我和绛宾王成婚后，生活很美满。我希望绛宾把龟兹国治理得国泰民安，成为歌舞之国。只有人民的生活幸福了，他们才会载歌载舞，才会唱起来跳起来。人民的生活悲惨了，他们只会唱哀歌、奏哀曲，不愿意跳舞。

这几个月我也很想做一点事。我关心的一件事情，就是要把龟兹的乐舞整理出来，让龟兹丰富的乐舞艺术全都记载在龟兹的宫廷记录中。这一点，我和绛宾王，我的丈夫一拍即合。我们太喜欢音乐和舞蹈了，带动了整个龟兹国陷入歌舞的海洋中。每次在王宫里举办歌舞会，最后都是我和他在众人的欢呼声中来到大厅中央，跳一曲手拉手的舞蹈，把这天欢乐的歌舞会推向最高潮。在白天，他政务繁忙，忙完一些国事，就和我一起整理龟兹乐。碰到不很了解的音乐，就请乐师前来答疑解惑。那段时间里，我了解到很多从南天竺传过来的音乐，又在龟兹民间寻找艺人一起研究探讨，集合各种乐器，组建王室乐舞班底，整理民间大曲和小曲，几个月过去，我们渐渐把龟兹乐的脉络梳理出来。

就在我过着甜蜜悠闲的婚后生活那几个月，我母亲解忧公主特派人前往中原上书汉廷，希望仪比汉廷宗室女的地位待遇，接待我在长安学习，同时也特加说明，汉家女婿龟兹王绛宾也和弟史一同前往长安入朝学习。皇帝十分高兴，下诏同意了她的请求。

元康元年（公元前65）的春天来了，北山的冰雪融化，河流里流淌着春水。我们准备动身了。想到在长安居住期间可能遇到的各种生活困难，我们进行了充分筹划，准备带去很多龟兹国的物产。绛宾还下令装满两车上好的铁制农具，因龟兹国北山有铁矿，能炼出好铁，打制的铁器十分精良。春暖花开的时节，我们的车队马队浩浩荡荡地出发了，一路沿着天山南麓东行。

路上的景色不像天山北麓沙漠风景那样千篇一律，而是变化多端，令我目不暇接。我对一切事物都感到好奇，在车内撩起窗帘贪婪地看着。我们从龟兹出发，很快到达高昌壁，那里有汉军屯田，屯田之处建有壁垒，所以叫高昌壁。我们在那里补充了更多的粮食，继续前进。有一段路比较荒凉，整整走了七天。后来迎面撞见一座连绵的大山。翻过了黑云岭，就是一道道山梁上的梯田，都开着满眼的野花。越向东走，路边的景色就越青翠，空气也变得湿润，村庄和城镇多起来，人声也喧嚷起来。

路上走了好多天，到达长安时，天气开始热起来。第一次来到长安，可想而知，初来乍到的我对长安的繁华盛景的震惊程度。绛宾是龟兹王，身份尊贵，作为龟兹王后的我也很尊贵，加上我是解忧公主的女儿，我们专程来到大汉长安学习汉朝的文化礼仪和典章制度，学习鼓琴音乐，在长安很受礼遇。

我们就在长安城内住下来。一天，汉宣帝下诏，要在皇宫接见我们。这是宣帝第一次亲自召见。绛宾给汉宣帝送上从龟兹带来的很多贵重礼物，包括羯鼓和觱篥等西域乐器。汉宣帝对龟兹乐器很感兴趣，拿起觱篥端详个不停，还试着吹奏觱篥，并敲响羯鼓，饶有兴趣地和绛宾王探讨龟兹乐和汉乐的不同之处，下令官吏安排好我们的生活起居。

我们住在长安城内西市一个单独的庭院里。绛宾和我都惊叹于长安城的广大无边。长安比龟兹王城至少大十倍，繁华热闹非凡，

克孜尔石窟第13窟右甬道内壁　舍利塔

城内居住着几十万人，其中一些是来自西域诸国和东边、南边大海上的岛民，有商人、王族质子和庶民、流浪汉，他们的语言和肤色各不相同，都带来了各自的生活习俗，也都能在长安待下来，让我开了眼界。

长安城很有包容性，气度不凡，海纳百川，这也是很多人喜欢长安的原因。绛宾也感到很欢喜。在长安，他和我学习的侧重点不一样。他重点考察学习汉朝的典章制度与宫廷礼仪。我专门学习中原乐舞，并搜集汉地乐曲乐器。

闲了的时候，我们喜欢在长安城内城外到处走走看看。在长安城外，从东北到西南方向流淌着一条大河，大河围绕着长安城城墙一衣带水而过。在城墙上可以看到大河滔滔，粼粼波光。城内南北东西走向的大道交叉而行，很有规矩。从宣平门通向厨城门的大街平直开阔，还有一条是从霸城门通向直城门的大街。在长安的南区分布着长乐宫与未央宫，长乐宫的北面是明光宫，那里是大汉巍峨庄严、富丽堂皇的宫殿区，在西侧分布着桂宫和北宫，宫殿建筑都是飞檐斗拱，连天蔽日，戒备森严。北宫的南面是一个武库。长安城内的皇宫区、贵族区和居民区分布在不同区域，布局合理，气度不凡。

当时，汉廷有自己的宫廷雅乐，汉廷的乐正是一种官衔，类似乐舞团团长。我想了解什么乐器，就去找这个乐正，这也是皇帝特许的。乐正就让一些乐师拿着乐器给我演奏，还不断讲解给我听，直到我完全理解了乐器的功能和特点。

我发现，中原乐器主要分为三大类，分别是打击乐器、吹管乐器和弦乐器。在打击乐器中，有一些是汉地很古老的乐器，比如编钟，都是铜制的，挂起来，上前敲击就会发出有节奏的雅乐。叮叮当当高低错落深沉明快的声音，是从中原古代的王朝就流传下来的。还有一种乐器叫磬，也是挂起来，敲击发声。打击乐器首推大钟，大钟的声音敲响后声震屋宇，一般情况下不是用来表演的，而是在宫廷的大型活动中才敲它，比如祭祀与庆典活动。小型的打击乐器是铎和铙，此外就是鼓。我这次专门学习了敲击中原的各种鼓。我对节奏很敏感，对打鼓特别有兴趣。你想想吧，一个妙曼的女人身穿宽大衣裳，在大厅的中庭间打鼓，绝对是身手不凡，多么带劲儿！我敲击大鼓的时候飘然灵动，身姿灵活如脱兔，眼波流动如仙女，让他们都感到十分惊讶和震动。在汉廷，有些鼓不是用来敲的，而是装饰性的，比如在宫内就有两面巨大的鼓，在皇帝殿前作为装饰。这里还有一种装饰很奇葩的建鼓，是两边敲击，鼓上还蹲着一只鸟。于是，我试着改造了他们的鼓，用羊皮、牛皮蒙鼓面，制作出一些简单的敲击鼓，还制作出一种手鼓，单手就能敲击，鼓身上带着铜环，带着节奏，一手晃动，一手敲击，鼓声十分欢快。

绛宾对我这种创造性的乐器改造很欣赏，他和汉廷乐师也交流着我们对乐器的不同理解。绛宾一边耐心学习汉廷的典章礼仪，一边陪伴我学习乐舞,他是决心回到龟兹之后,依照汉廷的典章礼仪改造龟兹国的宫廷制度的。

我知道绛宾一向喜欢吹奏管乐,他对汉地的管乐器很感兴趣。这次来长安,他带来了龟兹的觱篥,搜集了汉地的哨子、埙、笛子,和我一起琢磨。笛子分竖笛和横笛,还有笙竽,笙竽里面有簧片,这些管乐器有的是竹管做的,大多是陶制的。还有一种管乐器叫作吹鞭,汉语叫作箛,是一种没有指孔的直管乐器,很让人开眼。排箫有三十二管和十六管的两种,一般都是集体演奏,四个排箫乐师吹奏。箫管一般要用蜡封底,不封底的叫作洞箫。

我对弦乐器也很感兴趣。有一天,我和绛宾饶有兴趣地让汉廷的乐正带领我们去乐府,了解汉廷内藏弦乐器。皇家典藏的弦乐器主要有四种,就是琴、筝、瑟、筑。打开内府典藏乐器库,我惊呆了。我从来没有见过那么多的弦乐器,就像是一排排的美人横卧在那里,又像是一排排的士兵,等待我们去检阅。琴从五弦到十弦的都有,大部分是七弦琴。桐木、梓木是用来制作琴身的,我发现有些琴的尾部是实木的,没有共鸣效果。可是想办法改造了半天,那琴就不是琴了。汉琴一般都是独奏,发出的声音比较清淡、悠远,是长安一些文人喜欢的乐器,不适合龟兹乐的那种欢快和热闹的风格。

筝和筑大都是五弦,筝要用手指来弹奏,筑则是用竹尺来敲击,所以说是弹筝击筑。瑟相对比较复杂,瑟的弦比较多,甚至多达二十多根，要双手并弹，左右手都会很忙，乐师教我半天，我也是手忙脚乱，叩、弹、压、拨，动作很多很夸张，却弹不好，所以叫鼓瑟。当然，我们还弹了汉地的琵琶。武帝时改造过的汉琵琶曾被细君公主带到乌孙，我早就见过，它圆满生动，而龟兹的曲颈琵琶声音比较狭小单调，经过我和绛宾的仔细琢磨，汉琵琶和龟兹琵琶演奏时才有了一点合拍的感觉。

我和绛宾在长安的生活和学习都很幸福闲适。有一天，我感觉到身体有些异样，有恶心呕吐的状况。我以为我病了，很担心在长安待不下去。绛宾说，请大夫来看看。汉廷派来太医给我诊断，他察言观色，把脉问诊，然后说恭喜我，我怀孕了，并嘱咐我要少活动，保胎安神为要。

听了这个消息，我和绛宾都非常高兴。他很喜欢孩子，两个人商量，这个孩子是在长安孕育的，要给孩子起名叫怀德，就是满怀对大汉的感恩，去光大龟兹的德行。此时，我们已经在长安待了大半年，现在我怀孕了，就要计划返回龟兹的时间了。

就在我们计划返回龟兹的时候，发生了一件事。有一天，有刺客打算刺杀绛宾，他们埋伏在院子门口，等到绛宾下车时突然发动袭击。袭击者有三人，都穿着黑色的衣服，蒙着面，手持长刀，围住刚刚下了马车的我和绛宾。为首的一人不由分说，冲过来挥刀就砍绛宾。绛宾并无防备，他手里拿着一具琵琶，慌乱间迎面一挡，只听咔嚓一声，那具汉琵琶的音箱被砍中，嗡嗡鸣响着，琴弦绷断。绛宾回过神，一脚踹去，那人闪开，横着又是一刀砍来。绛宾从怀里掏出双管铜觱篥，和他缠斗在一起。马车手兼护卫手反应过来了，他们手拿短刀，和另一个靠近马车的黑衣人对峙。

我赶紧下车，手里拿着一面羯鼓，一边向靠近我的黑衣蒙面人砸去，一边大声呼喊。他挥刀砍在鼓上，咔啦一声响，引起了四周居民的警觉。我大声喊叫，将手里的鼓砸去，那人一脚踹在我的肚子上。沉沉暮色中只见刀光闪闪，黑衣人闪展腾挪，绛宾勇猛顽强，我被踹中肚子，哎呀一声倒在地上。此时，忽然听到一阵杂沓的脚步声，从西市街巷拐角处出现了一队巡逻的士兵，手持长枪短刀盾牌，飞奔过来。

几个黑衣人眼看不能袭杀绛宾，就赶紧向后面退去，转身沿着一条街巷攀墙逃走了，身手十分敏捷。巡逻队首领带兵到了我们身边，查看情况。绛宾的胳膊受伤，但不严重，我半坐在地上，感觉到下身湿冷，出血了，可能保胎遇到问题了。他下令卫兵继续搜寻追击袭击者，并派人将我们护送到家里。

就是在那天晚上，我流产了，肚子里几个月大的孩子刚成形，说没就没有了。这当然是黑衣人踹在我肚子上导致的。幸亏那天我和绛宾手里拿着几件乐器，在搏斗中起到了武器的作用。被砍坏的琵琶、有刀痕的铜罾篥、砸破蒙皮的羯鼓成了我们被袭击的物证。袭击者最终没有抓住，当天他们消失在西域客商和胡人杂居的西市区。他们出手突然，袭击目标显然是绛宾。我们后来判断，这和龟兹与汉廷交好有一定的关系，也许是匈奴人干的。但是谁在幕后指使，谁策划实施了袭击，最终也是一个谜。

大汉皇帝得到奏报，绛宾王和王后弟史在府邸门前受到袭击，十分震怒，下诏严查。几天下来，追查未果，皇帝一怒之下，将数百名从西域来到长安的胡人、浪人和商人全部驱逐出去，也算是给我们一个安慰和交代。

可我永远地失去了一个孩子，这是我最伤心的。绛宾安慰我说，看来时机已到，我们在这里完成了学习。我们回去吧，回到龟兹我们的家里，也许是最好的。

我们决定返回龟兹。在长安待了一年，该学习的都学习了。绛宾得到大汉皇帝赐予的黄金三十斤、绫罗绸缎几百匹，还被特授绛宾王金印紫绶，这表示大汉是龟兹的宗主国，一旦龟兹有事，大汉必发兵征讨。

那一次刺客的袭击对我的心情和身体，都是一个巨大的打击。孩子没了，我这才体会到做女人的痛苦和不易。胎儿在我体内的悸动，我的母性的焕发，都因这一次怀孕而发生，我是一个女人，这种感觉很明确，可是忽然就没了，孩子和我身体的那种充盈感都被

克孜尔石窟第188窟主室券顶右侧　因缘故事

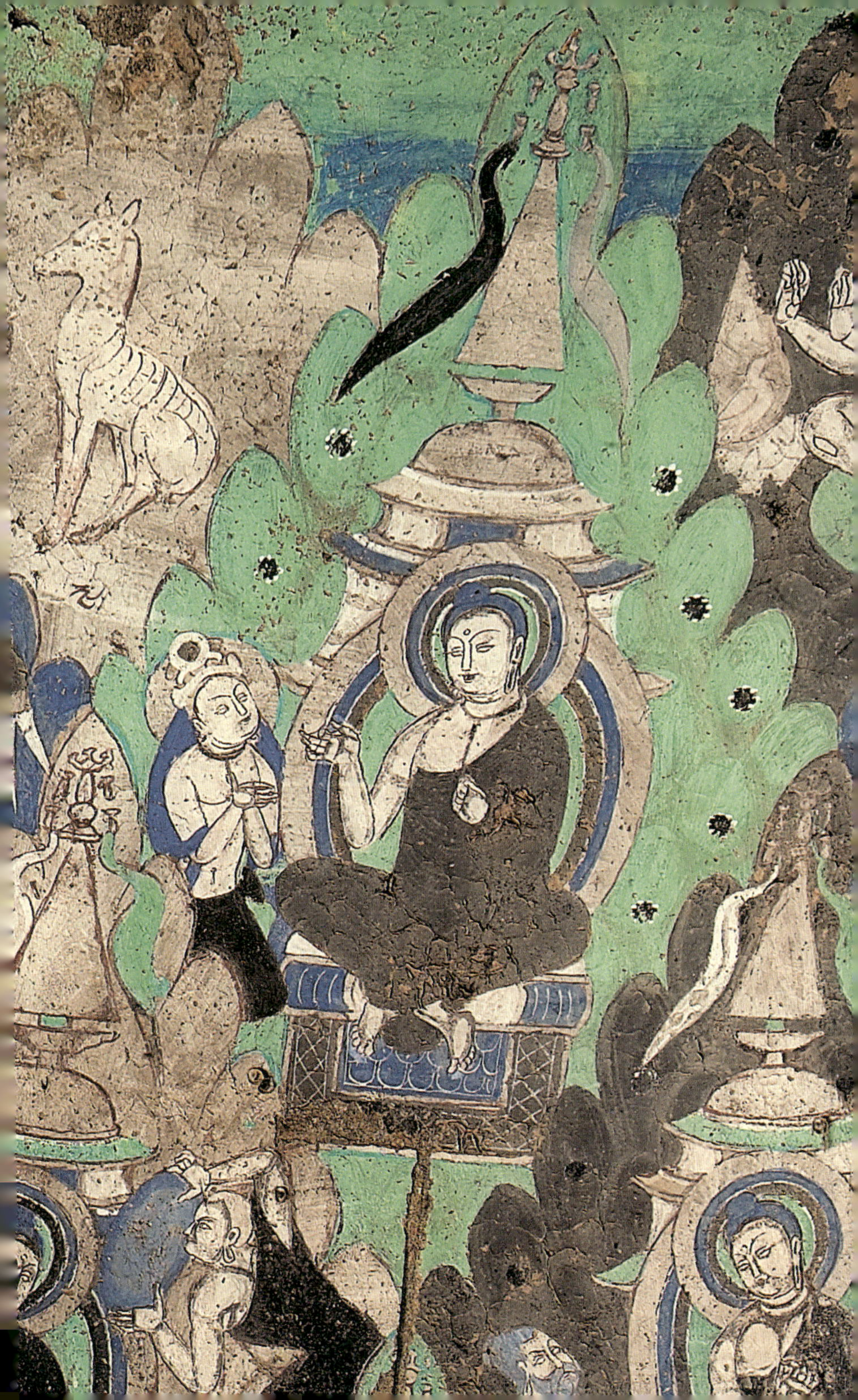

破坏了，我整天以泪洗面，成了一个悲伤和软弱的人，即使绛宾劝我也没有用。

我们行前一天的下午，宣帝派人专门为我们组织了一场杂技表演。这可能是绛宾的主意，他是为了让我高兴起来。

在长安的某处宫苑中，皇帝带着一些汉廷的官员，陪同绛宾和我观看演出。大家穿戴整齐，表情既轻松又凝重，因为这是一次告别演出，明天，我和绛宾就要返回龟兹了。

杂技表演是精彩绝伦的。此前，我还没有看到过这么精彩的杂技表演，花样太多了。首先，是跳丸和叠案表演。跳丸，就是表演者手里拿着扔起来接到手的皮球，越扔越多，他也变换身姿，不断地扔球，每次球掉落下来他都能接住。叠案是在方形的案子上倒立，从五层案子开始，案子不断增加，他还在上面倒立，一叠一叠的案子加上去，他却仍旧倒立在案子上，案子越来越多越来越高，倒立者还在倒立着，让我感觉十分惊险。还有扔跳丸、飞剑。旋盘子，就是顶着盘子转啊转，盘子就是不掉下来。还有玩旋球的，把一个大球玩得就像是长在头上面一样，球怎么滚都不掉下来。表演吐火术的人把火吐出去有一丈远，火焰从嘴里喷出去，让我瞪大了眼睛。玩魔术的，也叫幻术，只见表演者的手里、身上的东西一会儿多了，一会儿少了，一会儿没了，一会儿有了，你根本就看不到这一切是怎么发生的。

越往后面，节目越精彩。特别是走索表演，令人心惊胆战。爬杆子是很多人在杆子上爬上爬下，就是不掉下来。还有顶竿子的，一根巨大的像房梁一样粗的竹竿被他顶在胸前，竿子上还有一个小人儿，小人儿在高高的竿子上翻跟头。还有马车车橦表演，这需要两辆马拉的车，在车上的横杆和竖杆上都有人，做各种动作，在两辆马车的杆子上跑来跑去。最后，是人和鸟兽在一起的表演，有孔雀、鸵鸟等大鸟，还有人扮演大型动物的表演。节目很多，令人大开眼界。我和绛宾对汉廷专门组织这样一场欢送会为我们送行，心存感激，也留下永远美好的回忆。这场杂技表演，让我的心情好多了，我慢慢放松下来，心里也没有那么痛苦了。

　　返回龟兹的路途十分遥远。离开长安城的一刹那，出了城门，看到远山远河远天远地在眼前展开，我的心情忽然十分黯淡。我不知道还能不能再回到长安。

　　回返龟兹的路十分漫长，绛宾比我着急，他担心龟兹国内部生乱。我们离开龟兹有一年了，上次刺客袭击，说明有人对他十分不满。可能是匈奴人，也可能是南部的疏勒人策划的，或者是车师后国的人干的也说不定。敌人是谁不能确定，的确是一件麻烦的事。

　　我们带着很多汉廷的礼物和赏赐，还有我们搜集的各种乐器。这些都是我的宝贝，我摸出一把琵琶轻轻弹奏，心情逐渐晴朗起来。外面的风景越走越开阔，也越走越荒凉。窗外风景无限辽阔，也扩展了我的内心。

四

元康二年（公元前64），我和绛宾王在长安学习期间，有消息带给在长安的我们，说乌孙大昆莫——我的父亲翁归靡去世了。

我对父亲翁归靡的去世感到十分悲伤。作为女儿，我和他的感情很好，他身材胖大，坐在马上，马都要给他压塌了，所以他有个外号叫作"肥王"。但他性情温和，与我母亲解忧公主的感情也很好。我母亲嫁给他之后，和他生了好几个孩子：我的大哥叫元贵靡，二哥叫万年，三哥叫大乐，我是老四，我还有一个妹妹叫素光。

我父亲去世，继承乌孙昆莫的叫作泥靡，外号"狂王"，因为他性格暴躁，很难与人相处。他是我母亲的前夫——乌孙昆莫军须靡和他的匈奴夫人生的儿子。算起来，他是我父亲翁归靡的侄子。

那么，就出现了新的问题。按照乌孙王室的习俗，我母亲要跟新昆莫泥靡结婚。我想，以我母亲的隐忍性格，她一定会和这个比她小很多岁的泥靡结婚的。果然，她和他结婚了。这是我母亲的第三次婚姻。我来数一数吧，第一次，从汉地长安远嫁乌孙，嫁给了军须靡；军须靡死后嫁给翁归靡，也就是我的父亲；就在我和绛宾在长安学习的时候，我父亲翁归靡去世，我母亲解忧公主嫁给了乌孙新昆莫泥靡。

军须靡、翁归靡、泥靡，我母亲在四十年里先后嫁给了这三位乌孙昆莫。而和泥靡结婚，纯粹就是政治性和习俗性的。她比他大很多岁，现在是个六十多岁、精明强干的老太太，泥靡是个精力旺盛的壮年乌孙男人。我母亲不可能和他建立良好关系。

泥靡当上乌孙昆莫之后，性格更加暴虐。我和绛宾从长安回到龟兹，使者前来报告，泥靡和我母亲的关系不好，在处理乌孙的各部落的关系上十分粗暴，结怨很多。那些遭受了泥靡欺压的乌孙部落首领，就去找我母亲申诉。我母亲立即改变泥靡的做法，公正处理被泥靡搞坏的事情。我母亲对他很不满，因他辱骂过我的母亲，不尊重她，二人发生了剧烈的冲突。从此，两个人在乌孙除了有重要的事情商量才见面，平时基本不见面。

泥靡对我母亲恨之入骨，可我母亲毕竟是汉家公主，她在乌孙当然是势单力孤的，只是她这个汉家公主的身份，让谁都敬仰三分，不敢轻举妄动。无论何时，她的这个身份是她不变的护身符，狂王再狂，他也不敢杀了我母亲。如果那样做，就会引来汉朝发兵攻杀他，这一点，狂王也是知道的。

到了甘露元年（公元前53），我母亲那时感觉自己年纪大了，七十岁了，做什么都力不从心，就想回到长安安度晚年。可泥靡在乌孙作乱，她又放心不下乌孙国的十几万户、六十万子民，还要确保乌孙和汉朝的亲密关系，就很有些举棋不定。

为铲除暗地私通匈奴的泥靡这个后患，她发动了一场除掉昆莫的政变，却没有成功。那时，汉宣帝派出卫司马魏如意、副侯任昌为宣慰使者，前来乌孙联络探望她。我母亲就拟订了一个大胆的计划，她说动了魏如意和任昌两位汉使，决定在汉使和泥靡相见的宴会上，埋伏好刀兵，借助汉使威严，斩杀对大汉阳奉阴违的泥靡，以绝后患。

是冯嫽冯夫人后来给我讲述了那天晚上惊心动魄的一幕。当时，骄横的狂王泥靡骑马带人从远处归来，进入大帐，对汉使施礼，并接受魏如意和任昌的拜贺，魏如意和任昌给狂王泥靡奉上汉廷的各种赏赐。正在一件件看着那些赏赐礼物的时候，我母亲咳嗽了一声，埋伏在外面的刀手立即进来，挥刀砍向泥靡。

泥靡身材高大，身穿护甲，他很狡诈，早就感觉到这天晚上的晚宴有点问题，就做了防备。果不其然，有人冲出来杀他。他拔刀保护自己，但已经被砍伤。他冲向我母亲，要砍杀她，被护卫拦截。一阵混乱当中，他受伤不敌，大喊大叫，门外的骑兵冲进来保护他赶紧逃走，他和属下骑兵向东逃窜，前往匈奴控制的地区。这场变故来得快，但没有成功。

泥靡逃到匈奴地，向匈奴单于诉苦，请求讨伐解忧公主。大汉和乌孙的关系恶化了。不久，狂王泥靡的儿子领兵从北庭西进，包围了乌孙冬都赤谷城。

我母亲派出冯嫽，星夜前往西域都护府，请求大汉都护郑吉发兵救援。冯嫽那时已经是乌孙右大将的夫人，她只要有机会，就会保护我的母亲。我可以想象在那个深秋，在积雪皑皑的天山间策马奔走的冯嫽冯夫人心急火燎前往西域都护府请求发兵的情景，她穿越天山那无尽的盘山道，抵达郑吉所在的都护府，请来了郑吉发派的西域南道各国救兵。

由于郑吉发兵前来，被泥靡的儿子围困的赤谷城得以解围，我母亲得以安全了。为了修补和乌孙的关系，汉廷派出中郎将张遵前往北庭，亲自慰问在那里依附匈奴人的狂王泥靡，给他带来金子二十斤。张遵带来汉地的药物，让医生治疗他的刀伤，借以修复他和大汉的关系，并告诉泥靡，说他会问责于我的母亲。张遵将两位汉使魏如意和任昌押解回到长安问责，不久，魏如意和任昌被处死。张遵手下的车骑将军张翁则留在赤谷城，盘问我母亲，要她详细交代和两位汉使密谋杀害狂王泥靡的罪行。我妈妈不服，据理力争，历数狂王泥靡和匈奴勾结的桩桩件件，把张翁说得哑口无言。他本来是想问罪于我母亲，整理好口供送到汉廷，治罪我母亲，听我母亲这样辩解，张翁大怒，抓住我母亲的头发使劲往地上磕，我母亲的额头出血，仍旧在为自己辩护。

冯嫽立即上前解围，制止他的暴行，拔出刀子警告张翁，不得再对汉家解忧公主、乌孙昆莫王后如此无礼，否则立即斩杀他！张翁这才罢手，带领手下匆匆离去。我母亲担心张翁回到长安向朝廷报告歪曲事实，怕汉廷听信他的一面之词，就让冯嫽起草了一份奏疏，说清楚整个事情的原委，特别是泥靡私通匈奴、反对汉廷的情况，说自己不如此不足以警告乌孙的亲匈奴势力，让快马将奏疏火速送往长安。

张翁回到长安，奏请朝廷治罪我母亲。结果，朝廷还是更信任我母亲的奏疏，张翁因殴打我母亲解忧公主、对事件处理不当被治罪，最后死在监狱里。

一波未平，一波又起。我父亲翁归靡和他的匈奴妻子所生的儿子乌就屠，也是我的同父异母兄，他看到狂王失势受伤，躲到匈奴地，感到机会来了，就率领被狂王欺压的几个乌孙部落首领，领骑

克孜尔石窟第186窟主室券顶左侧　降服火龙缘

兵包围了在东部匈奴地躲藏的狂王泥靡,把他杀了,然后自立为乌孙昆莫。

消息传到长安,大汉十分恼怒,汉宣帝派出破羌将军辛武贤率领一万五千精兵,快速抵达敦煌,准备联合郑吉的兵马,一起讨伐乌就屠。

在这个时候,冯嫽冯夫人发挥了她的胆识和巨大作用。她的丈夫是乌孙右大将,和乌就屠是从小在草原上一起长大的,西域都护郑吉了解这个情况,希望冯嫽能够在这个紧要关头,劝说乌就屠投降,要他明白他自身的处境。

我母亲和冯夫人这两个女人在险恶的西域环境中早就锻炼出比铁还坚强的意志。冯嫽带着一些乌孙护卫前往北山,去劝说乌就屠。北山是匈奴的盘踞之地,从伊犁河谷走盘山道,穿越整个天山峡谷,再沿着天山北路东行,要七八天才能到达那里。

那时,乌就屠杀了泥靡,正在北山避居,不愿意再回到乌孙大草原。他四下招兵买马,积蓄力量,发动数万乌孙骑兵,准备与汉兵决一死战。他很担心解忧公主以昆莫夫人的名义,发动乌孙诸部落的十多万兵马攻打他,见到是冯嫽冯夫人前来,乌就屠放松了一点。

冯嫽告诉他,你杀了昆莫泥靡自立为王,是不行的。再说,你到底和匈奴亲近,还是和大汉和好,在这个问题上要摆明态度。大汉已经派出一万五千人的精兵，不日将从敦煌出发，前来讨伐你。泥靡虽然令人厌恶，可你杀他后自立为王，也是大汉和乌孙诸部落不能接受的。

乌就屠说，嫂夫人啊，你的丈夫是我的老朋友，我们是一起长大的。现在你来了，那我就听你的。你说，这个事情怎么解决？我已经杀了泥靡自立为昆莫了，总要给我一个交代吧。我猜，解忧公主是不是想让她的儿子元贵靡当乌孙昆莫呢？

冯嫽说，元贵靡是翁归靡和解忧公主的儿子，他继承昆莫是恰当的。不过，元贵靡可以做大昆莫，你做小昆莫，你们一大一小都是昆莫，这样，乌孙的诸部落就都能团结起来。

乌就屠想了想，说，好！这样对我也是一个安慰，我同意。

冯嫽说，我还要把这个事情向大汉皇帝禀报。等我去了长安，得到了大汉王朝的正式册封，你的小昆莫的称号就是被认可的。乌就屠欣然同意了。于是，本来在草原上一触即发的一场乌孙人和大汉之间的血战，就此偃旗息鼓。冯嫽把乌就屠愿意做小昆莫的消息，传递给西域都护郑吉和在敦煌驻扎的辛武贤，让他们按兵不动。

这时，汉廷的快马也来到西域，传令大汉皇帝要召见冯嫽，听她说说西域的事情。冯嫽冯夫人在护卫之下，回到长安。此时距离她跟随我母亲前往乌孙已经有五十个年头了。她抵达长安时，汉宣帝令文武百官在郊外迎接，长安的百姓围堵住入城的大道，争相目睹这个声名远扬的塞外汉家冯夫人。

汉宣帝召见冯嫽,向她仔细询问乌孙国以及西域各国的情况,还有我母亲的近况。冯嫽都向皇帝做了详细的禀报。针对乌孙的情况,冯嫽建议汉朝册封乌就屠为小昆莫,册封元贵靡为大昆莫。

汉宣帝同意了冯嫽的建议,正式下诏,任命冯嫽为特使、甘延寿为副使,持节乘坐大汉使者的驷马高车,前往乌孙宣谕。还没有歇歇脚,又从长安出发,想必冯嫽内心十分感慨。她当年从这里出发时才十六七岁,还是一个不谙世事的少女,如今,她已经是一个白发银丝的老太太,却还要为汉家天下大事奔忙,即刻启程,前往那茫茫西域荒蛮之地,一定是感慨万千。

此时的冯嫽,内心里对西域也有很多牵挂。她丈夫是乌孙右大将,率领乌孙数万兵马,她还有几个孩子,他们也都成家了,在昭苏草原、伊犁河谷和伊塞克湖南岸的赤谷城分散居住,她也牵挂着他们。乌孙国对于她不再是辽远蛮荒之地,而是一个蕴含着她的感情、带着她很多牵挂的地方。

冯嫽和甘延寿抵达乌孙冬都赤谷城,告知乌就屠前来听诏令。其实,乌就屠已经从北山西来,在特克斯河上游的谷地盘踞,察看动静。听说冯嫽如他所愿带来了汉廷的正式诏令,册封他为小昆莫,他很高兴,于是带着自己的部落人马赶过来。

在赤谷城内,我母亲解忧公主在座,冯嫽作为大汉特使、甘延寿作为副使，宣谕皇帝诏书，封元贵靡为乌孙大昆莫，管理乌孙六万户，四十万口子民，封乌就屠为乌孙小昆莫，管理乌孙四万户，二十五万口子民。这是皆大欢喜的局面。

驻扎在敦煌的破羌将军辛武贤的一万五千精兵，得到这个消息，返回了长安。

又过了两年，到甘露三年（公元前51），我的哥哥——乌孙昆莫元贵靡因病去世。他的儿子——我的侄子星靡成为乌孙大昆莫。小昆莫还是乌就屠，他一直驻在北山，也就是塔尔巴哈台山一带，与星靡相安无事。

我大哥元贵靡去世那年，我的三哥大乐也去世了。一下失去两个儿子，我母亲解忧公主感到十分悲伤，她感到自己也将不久于人世，因此十分想念故土，就上疏大汉皇帝，请求回到长安养老。

汉宣帝准奏，由冯嫽陪着我母亲，我母亲带着三个孙儿、孙女回到长安城。冯嫽的丈夫乌孙右大将那时已去世，她也想回长安，安度晚年。

她们路过龟兹，我看到她们时悲喜交加。眼看着她们都老了。冯嫽外表强悍冷静，可我的妈妈却显得十分忧伤，有一种不堪重负的衰弱感。这与我的两个哥哥去世大有关系。这一年，距离我从长安回到龟兹也有十多年。那年回到龟兹不久，我又怀孕了，生下一个儿子，起名叫丞德。丞德迎风而长，当时已经有十多岁。

我看到我母亲解忧公主满脸忧愁，却不知道如何帮她化解忧愁。解忧解忧，可她身在西域几十年，经历多少磨难，真的是无法解忧！

那天，她紧紧抓住我的手，说，弟史啊，我的女儿，你要记住，女人的命运有时候在自己的手里，有时候在天的手里。我这次回到长安，可能就是和你永别了。听她这么说，我们母女抱头痛哭。

母亲的话让我明白，我们是最后的告别。果然，她回去后不到两年就去世了，享年七十二岁。而她在乌孙的时间加起来，却有五十多年。

冯嫽的故事还没有完。她和我母亲解忧公主回到长安，乌孙的局势变得不稳。继任乌孙大昆莫的星靡很年轻，性格比较懦弱，而乌孙人都是放牧、吃肉长大的，男人大都很强悍。一个性格怯懦的人是镇不住乌孙局面的，有人作乱企图推翻他。星靡写了一封求助信，快马送到长安城。

与此同时，西域都护府也得到乌孙内部亲匈奴势力抬头、企图推翻星靡的消息，并把这个消息送往长安汉廷。汉宣帝召集大臣和才回到长安不久的我母亲商议。

此时，我母亲已重病缠身，有心无力，不可能再返回乌孙。她说，她要和冯嫽谈谈，希望她能返回乌孙，前去辅佐星靡，使乌孙安定下来，与大汉保持良好关系。宣帝觉得可行。

当天下午，我母亲回到宅邸，请来冯嫽。她把目光投向了冯嫽，两位饱经沧桑的老人的目光相遇，我能想象到她们目光里包含着的那种百感交集，什么都不用说，我母亲眼神里的期待与重托冯嫽就看懂了。她们是几十年相交结下的深厚情感。我母亲哭了，她说，你了解乌孙，熟悉西域事务，你回去辅佐星靡，就能稳定乌孙。

这时的冯嫽也老了，她并不想回到那天高地阔的乌孙。两位老人回到长安，本来是想一起陪伴着安度晚年的。这下子又有变化，让她无法言说。她们互相看了许久，两个人的手紧紧抓在一起，相对流泪。

冯嫽对我母亲说，好！我回去，我一定把事情处理好！

汉宣帝下诏，冯嫽任大汉使者，并派遣一百名卫兵护送冯嫽前往乌孙，特命她携带汉廷金印紫绶，安抚乌孙诸部首领，给予他们汉朝列侯和重臣相同的地位，让他们辅佐好星靡昆莫，并有很多赏赐和礼物。

冯嫽回到乌孙，冯夫人回来了！很多人在乌孙大草原上奔走相告，这个情景，我是可以想象出来的。冯嫽不辱使命，她四下奔走，分别找乌孙各部落首领面谈，授予他们汉朝皇帝赐予的金印紫绶，恩威并施，让那些不满星靡的势力逐渐瓦解。后来，乌孙稳定的局面维持了很多年。

我母亲在冯嫽动身前往乌孙后不久就去世了。有胆有识的冯嫽辅佐我母亲的孙子星靡数年之后，在伊塞克湖畔的赤谷城去世。

好了，细君公主的故事我在前面就说了，我母亲解忧公主的故事也结束了。冯嫽冯夫人的故事结束在赤谷城。四个女人，还有我的故事没有说完，是不是？

我的故事现在我告诉你。当年，我们从长安返回龟兹后，绛宾按照他在长安学习到的典章制度在龟兹国做了一些改革。这些改革有成功的地方，也有失败的地方。一些保守的龟兹王公贵族对他的部分改革进行了抵制，好在这是一个相互妥协的结果。

后来，每隔一年，绛宾带着我就去长安一次，在那里待上一两个月，为的是把龟兹的音乐带过去，为大汉宫廷雅乐创造更为辉煌的气象。每次我们去，都得到了汉廷的热情接待。由于绛宾和我的努力，龟兹和大汉的关系很多年里都很亲密。

我的儿子丞德太子也在龟兹长大，成年后，我和绛宾把他送到长安，在那里学习文化礼仪。他是以汉廷皇室外孙的身份前去长安的，受到了高规格的接待。

我也在逐渐变老，我母亲和冯嫽冯夫人去世后，身在龟兹的我感到很寂寞。

某一年，忽然之间，龟兹王宫内发生了一种传染病，就是那一次歌舞会上出现的那个身穿黑衣的人带来的。他消失在歌舞会上，却施放出几只带病的旱獭，旱獭在宫廷内迅速引发了急性出血热，很多人身上出现了出血性紫癜，很快就惨叫着死去。可怕的疫病由此在龟兹传播开来。我下令立即关闭龟兹城门，每个区、每个家庭都要隔离开来，王宫内每个房间也要隔离。就在那几天，绛宾，我的夫君也被传染上了出血热。临终时，他躺在我的怀里，让我用细君公主留下来的那具汉琵琶，给他弹了一曲《还相见》，这是我们在长安时谱写的曲子，为的是在一些告别的时刻弹奏。

他枕着我的腿，我弹着唱着的时候，他浑身发烫，胸部都是血斑，微笑着慢慢闭上了眼睛。我大哭起来，扔下琵琶，我把他抱在怀里，大声呼唤他，可是他再也没有醒来。

我也染上那种病。整个龟兹都陷入疫病的袭击中。绛宾去世了，我躺在王宫里巨大的帷幕围拢的大床上，回想着三个女人的故事。我知道，我也要死了，我让人以最快的速度到长安去把儿子丞德接回来，让他继承龟兹王位。我已经等不及了，我躺在那里奄奄一息。我思前想后，把我们这几个女人的故事全都想了一遍，再过一会儿我就会死去了。

我的怀里抱着那具细君公主的汉琵琶，我相信，以后只要有人弹起这具琵琶来，我的生命就会在旋律中重新复活。（注：本书中提到的古代西域龟兹、乌孙等"城郭诸国""行国"同中原地区不同时期存在的诸侯国一样，都是中国疆域内的地方政权形式，不是独立的国家。）

克孜尔石窟第224窟右甬道内侧壁　阿阇世王

第二歌

康家
九代

一　康伽

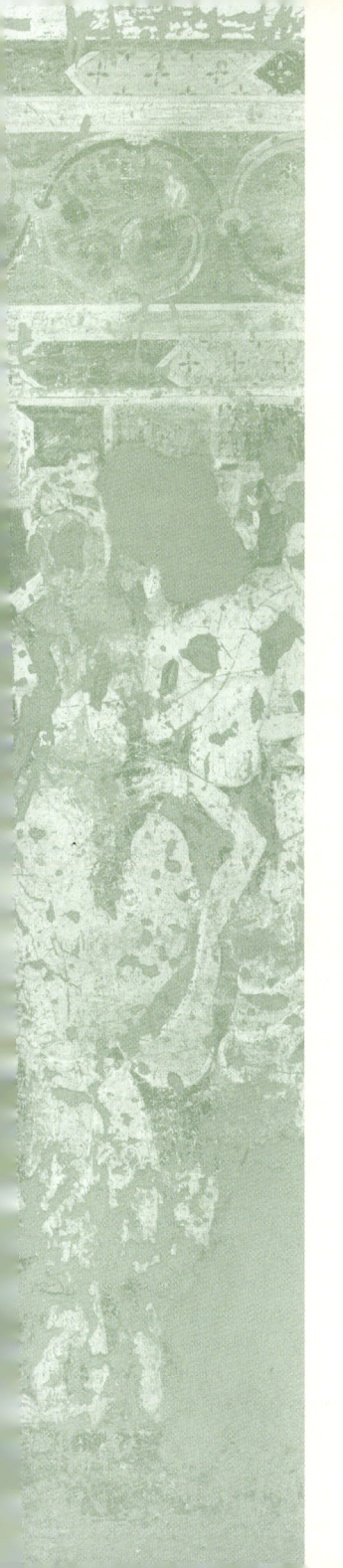

我要给你讲述的,是我们家族九代人的故事。故事的开始,要从我爷爷的爷爷的爷爷的爷爷说起,他告诉我爷爷的爷爷的爷爷,我爷爷的爷爷的爷爷又告诉我爷爷的爷爷,我爷爷的爷爷告诉我爷爷,我爷爷又告诉爸爸,我爸爸又告诉我,我爷爷的爷爷的爷爷的爷爷,他的名字叫作康伽。

这么讲,确实有点拗口,也很不好分清楚到底谁是谁。可我们家族的血脉就是这么的一条直线下来,每一代,都是单传一个男丁,也都姓康。

你觉得很奇怪是吧?这确实有点奇怪,但我们家族九代到我这里,都是单传下来的,都和龟兹有关系。可以说,我们家一代代人都是龟兹人。作为龟兹人，康家九代人，每一代的社会身份，大部分的时候是商人，有的人一开始不是商人，后来变成商人，有时候是和龟兹联姻的贵族，但依旧是商人。

算起来，我这个讲述者康振业，算是我们康家的第九代，算起来，我的出生距离我爷爷的爷爷的爷爷的爷爷活着的时候，应该有二百多年的时间了。二百多年！你没有听错，现在，中原地区已经是大魏时期，而二百多年前的我爷爷的爷爷的爷爷的爷爷生活的时代，那时候还叫作晋朝呢。

按照洛阳这个地界的说法，我爷爷的爷爷的爷爷的爷爷叫作远祖，他父亲也就是康伽的父亲叫作鼻祖，可是我们家族的鼻祖是谁现在不知道。从康伽这位远祖开始，顺下来，就是我们家的太祖、烈祖、天祖、高祖、曾祖、祖和父母然后到我，就这么九代人。你问我，那我之后九代人又叫作什么？按照洛阳这个地界的说法，我的下一代叫作子，然后是孙、曾孙、玄孙、来孙、晜孙、仍孙、云孙、耳孙。连起来，这就是祖宗十八代。

康伽活着的年代，龟兹的石窟开凿还没有蔚然成风。那个时候，中原汉朝接连被曹魏和晋朝所取代。但中原朝代虽然更迭了，可是在西域，依旧有戊己校尉、西域长史这样的管理机构，设置在高昌和楼兰的海头，保障着龟兹子民的安全。

康伽生活的年代龟兹并不太平，总是有在草原上强大起来的游牧部落袭扰乃至抢掠龟兹的子民。比如焉耆、高车、嚈哒、柔然等部族国，前后一百多年的时间里，先后强盛过，不断侵扰龟兹。每一次，他们的骑兵就像是旋风一样刮过龟兹，将城门攻破，让龟兹人拿出金银铜铁和财物，签订纳贡的协约。只要龟兹人有所反抗，他们就烧杀抢掠，让龟兹城十室五空。

我爷爷的爷爷的爷爷的爷爷，也就是康伽，后面我就直接叫他的名字了。这个人并不是龟兹人。他可能也许肯定是一个粟特人，姓康名伽，叫康伽。相传，他出生在盆地之国的马拉坎达城，又称飒秣建，也叫悉万斤和康居等名字，他生在这么一个遥远的地方。我还没有去过呢，你想去，我就带你去。

相传，早在大汉张骞凿空西域开始，有一条从大食高原那边骑着马和骆驼的商队，贯通了长安和洛阳。大秦、大食、粟特、安国、康国、天竺、曹国、石国的很多商人，就像是接力队伍那样，从大秦出发到达大食，再到撒马尔罕。在那里，他们把粟特人从长安和东边、南边的中原地区通过马队和驼队贩运来的丝绸等日用品，在撒马尔罕进行货物买卖交换。等到货物交换完毕，那些从西边来的大食商人回去了。然后，在马拉坎达城的粟特商人，就组织驼队马队，装上这些香料和日用品，沿着大沙漠的南北两侧，经过龟兹和敦煌一路向东。

粟特人长得高鼻深目，大眼睛，深眼窝。成年男子须髯丛生，头发也梳成辫子垂于脑后。你说我不像粟特人？是的，我们康家的血缘很复杂，我说到后面你就知道是为什么了。粟特女子则将头发盘髻后用头巾扎裹起来，高高耸立，很有仪态。

粟特男人是最善于经商的人。一般男人长到了二十岁，就必须跟着商队出远门，学习经商谋利。哪里有钱赚，就去哪里，不管那个地方有多远，几乎可以说西到大秦大夏，东到长安洛阳、南海真腊，粟特人是无所不到。粟特人的性格开朗健谈，一般刚生下来的男孩子，都要由母亲喂在嘴里一勺蜂蜜，手里握着一块明胶。

这是要做什么呢？我告诉你，嘴里喂蜂蜜，这是盼望孩子长大之后，与人说话就像蜂蜜一样甜美，这样就善于和不同的人打交道。嘴甜，是粟特人做生意的一大法宝。而让新生儿手里握着一块明胶，然后让孩子去抓东西，抓到什么是什么，那是祝福孩子今后很会赚钱，手里拿着钱，就像明胶粘黏物体一样，无法撒手。

康伽年轻的时候，就是这么一个跟随商队贩运货物的人。后来，他在龟兹住下了，他喜欢龟兹，这里地域辽阔，有山有河，还有四通八达的交通，天气稍微有些干燥，但视野很好。据说他曾经说过，人一定要生活在视野辽阔之地，这样才可以看到更远的远方。

那时候他应该已经挣了一些钱，就在龟兹扎根，在那里娶了妻子。是一位龟兹当地的女子，名叫苏耶婆。苏耶婆非常丰满漂亮，很快，他们就有了儿子。但后来，苏耶婆就再也没有生育。我们家很奇怪的，每一代都只是单传一个男丁。

他把家安在龟兹，然后，他继续奔走在大路上。渐渐地，康伽有了自己的马队驼队，他赚了很多钱，盖了更多的房子，有了更多的钱财货品。他的老婆很厉害，即使自己不再生育，也把他管得很严，曾经有女人跟着他来到了龟兹，却被他老婆赶走了。后来，她还听说他在疏勒和张掖分别养了一个女子，她就不让他出门了。

苏耶婆很刚烈，她说，你要是再去和她们相见，我就把你的儿子杀了，然后我也自杀。看来，康伽年轻的时候是一个多情和柔情的男人，最后，他就断了那些情事。

自从他参加过一次血腥的战斗之后，他的性格就改变了。

这要从在龟兹东面的焉耆国的逐渐强大说起。焉耆本来是个小地方，等到他们人口有十万、胜兵有两万的时候，感觉力量比龟兹大了，焉耆就有些膨胀了。大汉朝的时候，焉耆在龟兹的东边，扼守着天山南北的要道，在东南边还有一面巨大的湖泊。那座湖泊就是博斯腾湖。也是在汉朝，龟兹王族曾在班超带领下抗击匈奴，也打败了匈奴的跟班焉耆，这就使得焉耆和龟兹结下了宿怨。这个宿怨就这么变成了解不开的疙瘩。

焉耆曾是匈奴的仆从，自从匈奴被大汉在数百年间不断打击，已经被打得落花流水，逐渐不成势力，残余的匈奴人就西迁到了伊犁河谷的草原地带，在那里，他们融合了当地的部落，如乌孙和塞人，形成了新的部族，叫作狯胡族，还建立了狯胡国。

焉耆强大起来后，他们和狯胡国勾连，形成了跨越天山南北的联盟。这个时候，为了和龟兹分庭抗礼，找机会惩罚龟兹，延续很多年的宿怨之恨，又翻腾在焉耆王的心头了。

根据我祖上的一代代传下来的说法，当时的焉耆王龙安企图向西扩展地盘，结果一战就被龟兹王白山击败，死伤数百人，还给龟兹赔了不少财物。

焉耆王龙安娶了狯胡国的王族女子，大婚之后没多久，狯胡王后就怀孕了。据说，这个狯胡女怀孕长达十二个月，比一般的妊娠期要长两个月，不知道生的是个什么怪胎呢？龙安听说了夫人怀孕，总是不见生产下来，很着急，后来还是剖开了腹部，才生出一个体格雄健的男婴。

这当然是传说了，没有一个女人会怀孕十二个月生不出孩子，对吧？不足月的倒是有的。这个传说，主要是让龙安的儿子的出生，带有神秘性和传奇性。

龙安就给这个新生的男婴取名为龙会，等到龙会成年，龙安就把他立为王储。龙安后来得了重病，临死的时候，他把龙会叫到病榻跟前说，儿子啊，我曾经被龟兹王白山所侮辱，这是我记恨了半辈子的事情。如今，我老了，要死了，等我死了，你要给我报仇雪恨哪！

过了几天，他不会说话了，然后又过了几天才死去。

龙会继承了焉耆王位之后，记住了父亲的临终嘱托，开始图谋攻打龟兹。他秘密打造精铁武器，悄悄练兵，并且经常派密探去打探龟兹王白山的消息。

有一天，他听说白山要到北山山麓的石窟寺去礼佛，就决定发动袭击。他派出焉耆精兵一万人，袭击龟兹城。

这一仗，龟兹王白山始料未及，在回城的路上他遭到了焉耆兵的伏击，被龙会杀了。此后，龙会率兵出击龟兹王城，以迅雷不及掩耳的速度，将疏勒、莎车等小国全都击败，使他们都臣服于焉耆，龙会成为整个喀喇昆仑山北麓和天山南麓所有小国的霸主。

然后，龙会带着胜利之师来到龟兹，加冕自己为龟兹新王，然后让儿子龙熙在焉耆担任焉耆王，还把龟兹王族都拘禁在焉耆。他在龟兹，目的就是压制龟兹人可能的反叛。

龙会后来被一个人杀了。那你猜，他被谁杀了呢？

你猜不出来，是吧？他被康伽所杀。龟兹人对龙会袭杀龟兹王白山愤怒不已，一直在寻找报仇的机会。

龙会自从加冕为龟兹王之后，经常大摇大摆在龟兹城外活动。他对龟兹附近的胜山胜水很感兴趣，到处游玩。相传，康伽因为钱财多，可以买很多武器秘密准备复仇，他人高马大力气足，因此，

071

即使他不愿意，也被推举为反叛的首领。

康伽带着龟兹人离开家庭，躲到北山之中一直在谋划着。

过了半年多，他瞅准了一个机会，带领几百个勇士，在野外对路过的龙会发起了攻击。这一次，龙会防备疏漏，袭杀行动一举成功。这是一场苦战，康伽带领的几百龟兹壮士大多数都战死了。

那是一场遭遇战，龙会的护卫军也死伤过千。混战之中，康伽的一条胳膊被砍断，他的一只眼睛被刺瞎。直到更多的龟兹人赶到，消灭了剩下的焉耆士兵，救下康伽，这一次袭击行动才告结束。之后，康伽率领一众人马前往焉耆，用龙会的尸首换回了龟兹被拘禁的王族很多人。

在龟兹，白姓王族继任龟兹王，康伽袭杀龙会有功，可龟兹新王却对他很忌惮，不仅下令收缴了所有参与袭击龙会的龟兹人手里的兵器，还派人对康伽盯梢，假意说，希望康伽担任龟兹军的兵器采买总管。

康伽有些心灰意冷，说自己还是要去做生意。这场改变龟兹命运的战斗中，他断了一条胳膊瞎了一只眼，可见搏斗之激烈。由于亲眼见到很多朋友死在伏击战中，他心情很低落，不被信任也让他感到很憋屈。

他回家之后，发现妻子苏耶婆躺在病床上，得了重病，拉住他的手，却已经说不出话来。没多久就去世了，留下了一个接近成年的儿子，叫作康安归。

短时间里，生老病死的冲击，让康伽的心情苦闷。那场血肉横飞的袭击让他反而遭受猜忌，他始料未及。他也失去了妻子苏耶婆。好在儿子康安归健康成长，他的商队还在，商队从洛阳回来，给他带来了很多的财物，也带来了那边陷入战乱的消息。天下似乎都不太平。

这时，从天竺经过马拉坎达城传过来的佛教，已经在龟兹地区盛行起来。在龟兹城北部、西部的山麓的砂岩悬崖上，从西边而来的行脚僧人开凿了第一批禅窟，终年在那里修行。有时候，他们还下山到市镇之上讲经说法，超度逝去的人。

那些年，在古道上行走的商人商队，都是提着脑袋来做生意的，一不留神就会被抢劫。被抢了财物还算好的，有时候有人还会被强盗杀害，丢了性命。所以，人人都有不安感，都会感到生命易逝，都十分期望祈求神灵和佛祖的保佑。

想想吧，从大秦、大食、大夏到马拉坎达，从马拉坎达再到疏勒、于阗、龟兹、焉耆、高昌、敦煌、张掖，再到长安、洛阳，再往南走到达大海的边上，这一路是何其遥远！到处都是沙漠戈壁和崇山峻岭，只要是一上路，那就要把自己的性命交给了上天，心里充满了对眼前的天地之间蛮荒一片的自然世界的恐惧感，所以，向上天的祈求也就显得特别重要。因而，天竺传过来的佛教逐渐成为人们内心的安慰，而在山崖上开窟造像礼佛修禅，则渐渐成了这条大道之上的精神寄托。

康伽经过那一场战斗，心灰意冷，把生意全部交给了儿子康安归，让他开始在大道之上奔走。

有一天，一个衣着褴褛的僧人来找他，说，有一位高僧想见你。

然后，僧人引他来到了龟兹北面的阿克塔格山下、渭干河边。他端详着这一片山麓。可以想象，在康伽的眼睛里，阿克塔格山麓开始有了不一样的光彩。"阿克"是白色的意思，塔格就是"山"。往远看，他看到远处的雪峰之上，晴空万里，大山迤逦而去。奔腾的冰雪融水从阿克塔格山间奔流而下，冲刷出一大片绿洲山麓。往东看，是一片无尽的戈壁滩，上面都是黑色的鹅卵石和砂石，完全是不毛之地。而距离地面有几十米的高度，已经有不少禅窟开在半山腰的砂石沉积层的山崖上。

那个僧人指了指半山腰上一座洞窟，说，高僧就在那里。

康伽爬上去，看到这个禅窟很小，只能容纳一个人在里面禅修。有一个僧人正在闭眼打坐禅修。打坐的僧人睁开眼，看到康伽爬上来，就问他，你就是康伽？你不知道我找你的缘由吧？

你是让我来听你讲经说法的吗？

康伽看到这个人肤色很暗，像是从天竺来的游方僧人。深棕色的皮肤，很瘦，眼睛却特别大，似乎燃烧着某种光芒。他问，你呢？

你到底是谁？

我是谁？我是佛图澄。我本来姓帛，但我现在是佛图澄。你过来，我给你看看你的未来。康伽，你已经是家财万贯，可你失去了妻子，也不想再娶妻生子，你尘缘即将了断。我知道你内心苦闷无以排解，你应该成为一个礼佛之人。你受到指引，来到了渭干河边上，在这里遇到了我，佛图澄。

佛图澄就出生在龟兹，他很小的时候在龟兹的寺院出家，成年之后，去天竺北部的罽宾国学习佛法。罽宾国又称劫宾国、凛宾国，是佛国圣地之一，位于喜马拉雅山山麓之上，相传，阿育王派佛教僧侣末阐提去罽宾和犍陀罗一带传教，感化了当地很多野蛮之人，让他们皈依了佛法，解脱了罪孽。

佛图澄给康伽讲因由缘分，讲经说法，用麻油将手掌涂抹之后，让康伽看。

康伽看到了自己的影子，正在一个很大的城市里游走。你看，你未来要跟我一起游走天下，前往中原洛阳。

康伽惊呆了。他说，你能看到我的未来？佛图澄点点头。你要是不信，那你跟我一起下山回城，我们去龟兹吧。康伽就跟着佛图澄一起回到龟兹城。

后来，佛图澄在龟兹城中作法，他善用密宗道法，真的能呼风唤雨，凡是想来问他未来吉凶的人，讲了来由之后，佛图澄摇动铃铛,然后就能告诉人家结局如何。每一次都灵验了。他能观天象,会看面相,有时候下猛药,能让死去的人复活。他念咒,能够呼唤来雷霆震怒,也能够让天空降下雨水。这让龟兹白姓王高兴,也感到害怕。

此时的康伽,已经成了佛图澄的入门弟子,每天都跟着佛图澄。

某一天,佛图澄忽然对康伽说,龟兹王要杀我,你跟我走吧。康伽就跟佛图澄走了。他们这一去,就到了晋朝的洛阳,佛图澄到那里去弘扬佛法。

在洛阳,佛图澄的名声逐渐传布开来。过了一些年,后赵的石勒当权,把佛图澄请来,问他,和尚,你给我看看佛有什么神奇的,又有什么灵验的?

佛图澄知道石勒不相信佛法,说,佛道太深太远,我还是就近给你看看佛法吧。说完,取来一个盛水的陶盆,然后在里面盛满了清水,焚香念咒,须臾之间,那空空的陶盆中生长出来了一株青莲,还开花了,灼灼其华,令石勒看呆了。从此,石勒称呼佛图澄为大和尚,遇到各种问题,都来向佛图澄求教。

后来,石勒死了,石虎继位,这更是一个残暴之人,可正因为他残暴,就需要佛图澄为他遮掩,在洛阳大寺,他尊拜佛图澄为国宝大师。给佛图澄和弟子康伽最好的生活器具用品,在各种场合尊称佛图澄为大和尚,还让自己的儿子和大臣几天就前往寺里一拜。

佛图澄也以道德教化来影响石虎，使得石虎的残暴行径稍微有所收敛。

在洛阳，佛图澄声名卓著，远到天竺的僧人都来洛阳听他说佛，门徒号称有一万多人。那么，康伽呢？就这样，他跟随佛图澄去了洛阳，后来就没有了消息，他最终肯定是死在洛阳了，他再也没有回到龟兹。

二　康安归

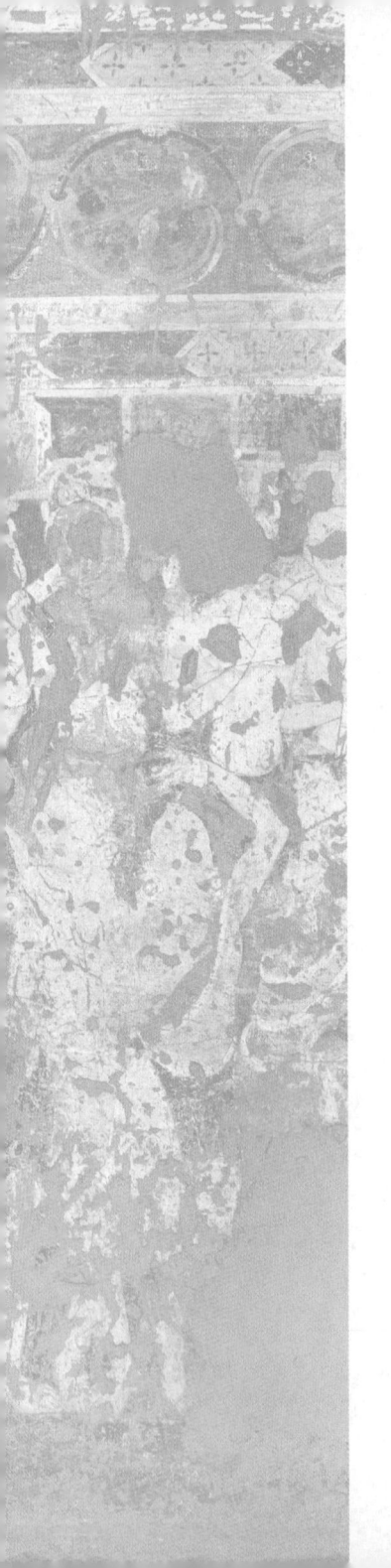

　　康伽的儿子是康安归。到了二十岁，康安归就被父亲赶出了家门，他从此是一个走南闯北的生意人。在大道之上行走，他并未在龟兹安家。接近三十岁的时候，他回到龟兹，发现自己的父亲已经跟佛图澄去了洛阳。可以想见，他除了积攒了一些钱财以外，没有一个亲人，这使得他感觉非常孤单。

　　康家每一代都有自己的故事，我就拣最重要的事迹来说。说回到康安归吧。一次偶然的相遇，使他爱上了一个龟兹的王族公主。那是有一天，他在自己的店铺里收拾货物，看到一个蒙着面纱、浑身飘散着一股香气的女子进来了。奇异的是，在她的头顶，飞舞着很多蝴蝶和蜜蜂。她进来问，店家，你这里有龙涎香吗？

透过时间的帷幕，我能感觉到康安归的眼睛当时一定亮了。一个接近三十岁、一个亲人都没有了的孤苦的年轻男人，被这个女子身上的香气所吸引，那是一件很正常的事情。他问，你身上的味道怎么这么香？

女子不回答，说，你是店主吧？你这里有没有龙涎香？

这么多蝴蝶和蜜蜂在你的头顶盘旋，你还挺招蜂引蝶的。你身上的香气，是什么东西提炼出来的？康安归有些答非所问。

蒙面的姑娘说，你这么一问，我就知道你不是龟兹人。这种香气，是我用龟兹城外的沙枣花和红柳花混合了野蜂蜜自己蒸馏调制出来的。

康安归说，姑娘，我从来没有听说过，你还能这么提取香料。我这里有很多香料，都是我从大食到长安一路上贩运的。我都拿出来给你看看。

于是，他从店里拿出来很多种香料。有广藿香、肉桂、香茅、檀香、沉香、麝香、龙脑香、番红花、罗勒、树胶、鸡舌香、丁香等几十种，还拿出来了香囊、香炉等藏香和焚香的用具。

这让姑娘很开眼。她拿出钱，买了很多种香料。

忽然，进来两个侍女打扮的女子，说，咱们要回去了，不然你

克孜尔石窟第188窟主室券顶右壁　提婆达多砸佛缘

会挨骂的。然后,这个蒙面的姑娘带着一头的蝴蝶和蜜蜂就走了。

目送头上都是蝴蝶蜜蜂飞舞的姑娘走了,康安归从此就害上了相思病。

他每天都盼着姑娘来。过了七天,那个姑娘又来了,这一次,她身上的香味变了,也没有蝴蝶蜜蜂跟着她飞舞了。

她问他,我想和你一起调制香料,你能教我吗?

康安归当然很高兴了,他说,好啊,当然好了。

于是,就在康安归的店里面,姑娘和他调制香料。

一个多月之后,有人来把姑娘带走,不让她再来了,实际上,这个姑娘已经喜欢上了康安归,她也告诉他,她是龟兹王的小女儿,是一个王族公主,名叫白阿丽蓝。

公主白阿丽蓝被发现和年轻男子私下来往,龟兹王很不高兴,不让她再出门。

康安归好久看不到白阿丽蓝,就去龟兹王宫里找她。有人说,你既然喜欢小公主白阿丽蓝,那就拿着钱财直接去找龟兹王求亲吧。龟兹王是一个开通之人,会答应的!

康安归就让人抬着几箱子金银财物,前往龟兹王宫求亲去了。

他这可真是胆子大。

龟兹王白纯不同意他们的婚事,说,小子,你要知难而退。我小女儿白阿丽蓝贵为公主,说亲的部族王侯有不少。你是多少有点钱财，可这和我比起来，都不算什么。你说，除了钱财，你靠什么娶王家的公主呢？

康安归说，王啊，我还会继续做生意，去挣更多的钱，买更多的香料。我也有礼佛之心，可以日日向佛虔诚祷告。

龟兹王白纯哈哈大笑，你的钱比我龟兹王的钱多吗？我这里的金子多到都用来当马镫子用脚踩着呢。

康安归是一个单纯的年轻人，他不知道，龟兹王在考验他的诚心。那您说，开出娶白阿丽蓝的条件，我就努力去实现。

龟兹王有意难为他，说，你能去开凿一百个石窟吗？等你开凿一百座石窟成功了，我就把小女儿婚配给你。

康安归施礼后说，好，陛下一言为定，我就去开凿石窟了。他真的就去筹钱，找工匠、画师，组织人手去北山开凿石窟了。

那时候，开凿石窟要选择远离市镇的清静之所，便于静心修行。同时，开凿石窟的地方还要水草茂盛，最好位于山清水秀、鸟语花香之处。

康安归看到，眼前的山麓之下、绿洲之中，有两条山沟，一条是苏格特沟，另一条是子里克沟，水量一大一小，滋润和浇灌着山麓下的大片绿洲。在绿洲之中，树木和花草都是郁郁葱葱的。树有杨树、柳树、榆树，长得高大而古朴，上百年的树木比比皆是，树叶婆娑，遮天蔽日。在山麓前面的绿洲之上，还有大片的荒地上长满了青草。有一些已经被在这里修行的僧人开拓成田地，种植了一些小麦、大麦、糜子，以及蔬菜和瓜果。看来，这里就是最好的修行之地。

此外，还有一些果树，杏树、梨树、李树、桃树和苹果树，在春天里都盛开着娇艳的花朵，在风中摇曳。一阵阵微风送来了花蜜的香气，这让他有沁人心脾之感。这里绝对是开窟造像的一个绝佳之地。

康安归还看到，这里有一大片灰白色树叶的沙枣树。沙枣是野生的树种，沙枣枝条上长着刺，结出的累累沙枣悬挂在枝头，成熟之后果实能浸透出一些蜜来，齁甜齁甜的，让蜜蜂喜不自胜，嗡嗡嘤嘤地盘旋其上采蜜忙。

他想到了心上的姑娘白阿丽蓝头上的蝴蝶和蜜蜂，微微地笑了。

相传，康安归就这样立即着手开凿石窟。他请了很多工匠，花钱请他们开凿石窟。他自己也加入开窟的人中间，日日夜夜都在开凿。开凿啊开凿，在北山山麓上的砂石悬崖上开凿。每开凿完成一座，他就让人去告诉被龟兹王锁在宫内的小公主，说自己又开凿了一座，距离一百座石窟还有九十多座。公主就让人给他送来一件信物。

康安归没有想到的是，到他开凿到第十座石窟的时候，他积累的钱花完了，他完全没有想到，开窟造像这么花钱。那些工匠看他没有钱了，就都跑了。

他就自己继续一个人在山上继续开凿，工期进展就很慢。结果，他就累坏了。

小公主白阿丽蓝发现好久都没有他的消息。派人去石窟群那里了解情况，回来的人说现在那里静悄悄的，看不到开窟人，不知道发生了什么事情，也看不到康安归的身影。

白阿丽蓝心急如焚，她日夜盼望见到心上人，就想办法在奶奶的帮助下，使用化装术溜出了王宫，前去寻找康安归。小公主和侍女骑马来到石窟遍布的山麓去看他，最终发现他躺在一个未完工的石窟中一个石床上，一点气息都没有。她扑过去摇动他的身体，他一动不动，身体发凉，看来已经死了。

龟兹小公主白阿丽蓝就哭了。她哭啊哭，泪水哗哗地流着。流成了一条小溪，到最后简直就像是倾盆大雨一样，她的眼泪止不住，那些泪水在北山山麓边流下去，山脚下一些泉眼开始汩汩冒水，她的泪水哭成了泪泉。

一眼眼泉水开始汩汩地冒出水来，滋润着北山荒芜的山坡。但那泪泉的泉水是咸涩的，就如同公主姑娘的眼泪。

关于康安归的生死，有两种说法：一种说法就是康安归死去了。他的身体就像干枯的树叶那样，任凭白阿丽蓝怎么哭泣，都没有再复活，公主的泪水最后汇聚成了龟兹的泪泉，汩汩而出。

还有一种说法，说是心诚则灵，白阿丽蓝的泪水把康安归的身体打湿了。相传，康安归缓慢地苏醒过来。原来，他没有死，只是又累又饿，昏过去了，处于接近死亡的状态，正是公主的泪水把他从干燥、假死的状态里唤醒。

我们知道，有的沙漠里有一种鱼，叫作肺鱼，这种鱼在没有水的时候，会像死了一样深藏在干裂的泥土之中度过好久好久。一旦遇到水，肺鱼就会逐渐苏醒，完全活过来，继续在水中游动。传说，康安归正是具备了肺鱼的功能，他才能在缺水的情况下活着，进入一种假死的状态里，然后在有水的情况下，复活过来。

这就是龟兹石窟旁边的山沟里泪泉的美丽传说。

当然，其实，我也不很相信，这个故事多少有些虚假。我觉得，康安归和小公主白阿丽蓝的爱情经受了严峻的考验是真的，但泪泉的形成，与他无关，不过是后人的牵强附会罢了。

那些龟兹石窟山道边的很多泉眼，一直都是往来于弓月城和拨换城之间的行脚商人和牧人的歇息之处，泉眼也给牲畜和野兽提供了生命所需的水源。这一点是毋庸置疑的。

那么，第二种说法的后来呢？按照所有美好传说的结局，龟兹王让他们成婚了。康安归和白阿丽蓝结婚的那一天，是龟兹满城飘香的一天。他们给全城的人都派发了他们调制的各种香料，以至于城里城外，连风都是香的。

后来他们过上了幸福的生活，生下了一个儿子。老龟兹王很高兴，给孩子起名叫康元礼。但没有过多久，康元礼还在襁褓里的时候，小公主就因为一场病死去了。

公主白阿丽蓝死了之后，康安归大受刺激，他整日不出门。几个月之后，他带着一个商队，再次踏上了那条通往大秦、大食和撒马尔罕的大道，远走高飞了。后来，也没有人再见到过他。

传说，他后来去了大秦，发明了供大秦的皮货商人遮掩皮货臭气的香水，在大秦成了一个著名的香水商。但那不过是来往在大道上的商人流传的说法，对于这一点，龟兹人是半信半疑的。但泪泉，却是实实在在地存在于龟兹北山山谷之中的，很多眼泉水在叮咚作响，就像是人在掉眼泪一样。

又过了一些年，有一位龟兹音乐家专门到泪泉去听那泉水叮咚的声响，然后谱写了一首十分动人的乐曲，就叫作《泪泉》。

后人还在泪泉边上修建了石窟寺，如果行人到那里去，会看到半山上的石窟寺。也时常有牧人在遥远的山坡上弹唱着那首《泪泉》，就连盘羊听了，都会在悬崖之上驻足良久。

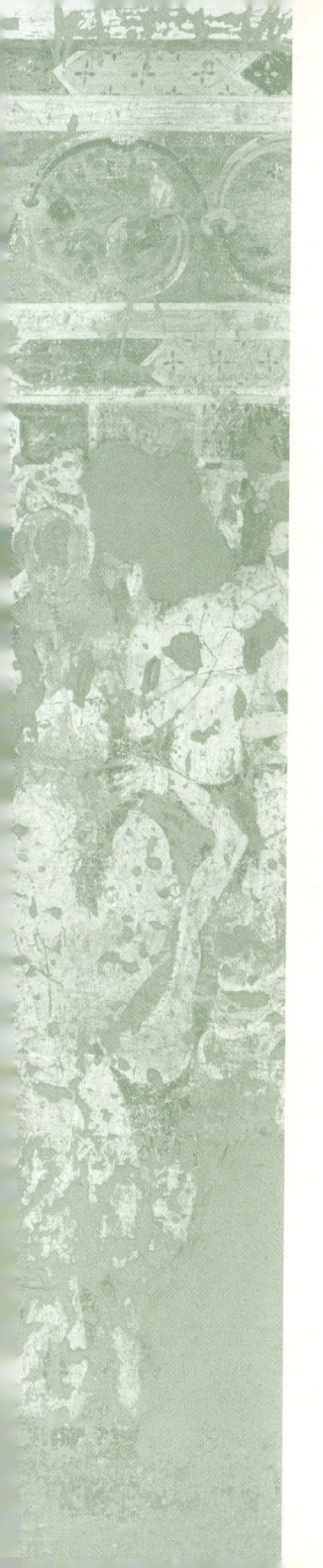

三　康元礼

康元礼的父亲康安归带着商队离开了龟兹，就再也没有回来。他是一个伤心的人，不愿意回到伤心之地龟兹了。

康元礼自幼父母都不在了，一个死，一个亡（远走天涯），康元礼是在外祖母的养护下成长起来的。有一个说法，那就是隔代亲，康元礼自小由外祖母带大，外祖母对他是百般溺爱。康元礼自幼被娇生惯养，这使得他少年之后就变成了一个浪荡子。谁让他生下来就在龟兹王宫里养尊处优、锦衣玉食、娇宠无限呢。

康元礼与一群纨绔子弟混在一起，跑马遛狗，无恶不作。后来在一次斗殴中打死了一个龟兹人，就跟着一个商队跑到安国躲起来。

过了一年,他一个人又回来了。

于是,出现了这么一个情况。他回到龟兹的几个月之后,有一个安国的年轻女子,自称安宝尼,前来找他,还带来了一个襁褓中的孩子,她说,康元礼,这刚生下几个月的孩子,是你的。你在安国和我好了一阵子,就把我甩了,现在,我来找你了。

康元礼确曾是这么对待安宝尼的。安宝尼是被父母亲逐出家门的浪荡女,和他有染,现在有了一个孩子。但他蛮不讲理,就是不认她。

龟兹王族外祖母也就不承认,但私下里给了安宝尼一笔钱,还安排给她一个店面,让她有个生活依靠。

安宝尼就带着孩子在龟兹住下来。康元礼也不搭理她,还是一副浪子脾气,整天继续和一群纨绔子弟在一起玩闹,干了不少荒唐的事情,坏名声越来越大。

第二年,龟兹白姓王族内部发生了争斗。康元礼外祖母这一支白姓王族,被一场类似政变的事件边缘化,外祖母被赶出了王宫,他家在龟兹的地位一落千丈。

这是突然发生的,是始料未及的。康元礼和外祖母带着几个用人,被龟兹新王逐出了王庭,在城外的一个小镇上居住。

有一天,康元礼继续在外面惹是生非,回来之后被外祖母责骂,结果，他一怒之下推倒了外祖母，外祖母的脑袋磕在了一块石臼上，一下子就死了。

康元礼失手一推，酿成了这个大错，他惊呆了，这等于是他失手杀了最爱他的外祖母。现在，这个世界上，和他最亲近的人也死了，康元礼成了一个孤家寡人。

相传，这一天天气突变，天色忽然阴沉下来，似乎上天要对康元礼进行惩罚。他看着天空中乌云密布，觉得有大祸临头之感。

他仰脸看天，说：难道会有雷劈我吗？话音未落，一道闪电过后，一道雷击直接打在他身边的一棵树上，把树劈成了两半，树枝子哗哗掉了下来，有些砸在他身上。再回首，他家也着火了，雷火迅速吞没了他家那低矮的草屋。

他就开始奔跑，而那闪电和雷击就跟着他。一道闪电，一阵雷声，把他的魂都给轰没了。他没命地跑啊，跑啊。

有一阵子，一道闪电击中了他的身体，他感觉到全身猛地麻酥酥的，头发全部竖了起来，感觉到浑身的衣服都烧焦了。他定睛一看，果然是，他全身的衣服都焦黑一片，丝丝缕缕的，成了破衣烂衫。

他明白了，他遭遇了奇怪的雷劈。

他躲到哪里，雷跟到哪里，但他没有被雷劈死，这时，他发现自己跑到了城外，跑到了北山石窟寺，在雀儿塔格山前的一座石窟中，他躲了起来。

石窟外面依旧是电闪雷鸣，就像是白色的火焰那样将石窟外面的一片树林点燃了。熊熊的大火之中，他隐约看到在火焰升腾中出现了一个人形的打坐图像，闪着光芒。

那个打坐的人形白色图像似乎在说，孽障啊，皈依佛祖吧，要注重四谛、八正道，要用持戒、禅定、智慧的三段心路历程，达到修行的根本。

康元礼看出这个火焰升腾出现的人物很可能就是释迦牟尼本尊。他惊呆了，走出洞口跪下来，喃喃自语，佛祖保佑，我从此要皈依佛祖！

眼前的熊熊大火继续燃烧，但人形已经不见了。康元礼再定睛看去，火焰中什么都没有，所有的火苗就像是毒蛇在吐芯那样，使劲往上蹿。夜空之中，似乎有飞鸟传来声音，皈依啦！浪子皈依啦！

飞鸟在夜空中与夜晚的黑融为一体。接着，下起了倾盆大雨。

全身赤裸的康元礼醒悟了。这是上天在惩罚他，这是释迦牟尼在召唤他，他必须明白这一点。

在一座石窟中，看到了眼前的菩萨像，他明白自己这次获救，是由于天要惩罚他，可是释迦要拯救他。他跪在释迦说法的壁画前，虔诚地许下了一个心愿：过了这一天，我将洗心革面，重新做人，成为一个向佛之人。

相传，从那天之后，他就跟着一个年老画师，在龟兹的石窟寺学习画壁画。他悟性很好，在北山新开凿出的石窟中虔诚地画壁画。不久，有人发现，他似乎是天生的画匠，很会使用矿物颜色和各种植物颜料，把它们调制在一起，然后用在洞窟壁画的绘制中。

那段时间，是龟兹石窟开凿最多的时期。龟兹的王族和几家大族，以及豪门大户，还有行脚商人、赚了钱的巨贾，都在龟兹开凿石窟。石窟开凿了，就要画壁画。那么，谁来画壁画呢？就是康元礼。看过康元礼画的释迦、菩萨、天人，他们无不惊叹他画笔之下的娑婆世界。他们给康元礼很多钱让他画壁画。

这就成了他的生计，但他毫不吝惜钱财，谁缺钱他就给谁，他彻底变了。他用那些钱开凿了几座中心柱形的支提窟，但他最想开凿一座内心里献给外祖母的石窟。然后，他一心开凿一座大像窟。

这座巨大石窟的开凿用了好几年的时间，等到石窟开凿完工，石窟之内的塑像和壁画全部完成之后，一众僧人和前来礼拜的龟兹人都很震惊。

这座大像石窟分为前后室。在前室，塑有一座高大雄伟的立身佛，高达七十五尺。这是释迦牟尼的立身佛，非常高大，在北山正面的石窟中，面向眼前的绿洲与潺潺的小河，全身都贴了金，是金身释迦牟尼像，佛像右手做无畏印，左手下垂，握住了佛衣的一角。

人们从很远的地方就能看到那尊金色的立身佛像，这会令人心生敬畏和慈悲心。这座大像窟成为龟兹石窟的标志，很多人纷纷前来礼拜。一尊高大的释迦牟尼立身像金灿灿的，远远地注视着行旅之人，注视着将死的人和刚刚出生的人，注视着朝气蓬勃的年轻人和精力充沛的中年人，注视着所有的人。

这座石窟的前室的壁画美轮美奂的。石窟顶是一幅大飞天像，有一个散花飞天的表情就是他根据外祖母的面容画下的，慈祥生动。在后室，是一尊释迦的涅槃卧像，躺在开凿出来的一座大涅槃台的石床之上，长约四十二尺。释迦牟尼涅槃像是泥塑的，面容非常安详，就像是睡着了一样，嘴角流露不易察觉的微笑。背光是火焰形的图案，在洞壁的顶上，画着几幅飞天，飞天正在飞行中，身体上挂着璎珞和宝绳，裙子在腰间束成了结，两腿展开，一伸一屈。在飞天的身后身前，是三宝、摩尼珠和天花雨的图案。

左侧的壁画是弟子举哀图。那些身着袈裟、偏袒右肩的弟子呈现听闻噩耗几乎要跌倒的倾斜状态，他们因悲伤而摇摇欲坠，面容都是哀伤和痛苦的模样。特别是瘦骨嶙峋的大弟子迦叶，表情非常撕裂，悲伤到了极点，看到的人无不动容，不禁泪下。在后室右侧的壁画，还有一幅佛本生故事，画的是一只大老虎和两只小老虎在啃噬着一个斜躺在地上的人。

这正是摩诃萨埵太子本生故事，也就是俗称"以身饲虎"的故事画。康元礼以这座大像窟作为自己留给龟兹的忏悔礼，也是献给最爱他的外祖母的纪念。

那个被他抛弃的安国女子安宝尼得病死了。有人把她带着的小孩儿送到了正在日夜开窟的康元礼身边。

康元礼看到,这个孩子长得非常壮实,比一般的孩子都强壮,他就给孩子起名叫康力士,承认他是自己的儿子,然后带着他一起在石窟中绘制壁画。

就这样,康力士跟着康元礼在龟兹石窟里慢慢长大。孩子长到六岁的时候,他把孩子寄养在寺庙里,依旧在北山石窟中画画。

康力士迎风而长,长得很壮实,个头很大,就像他的名字那样,八岁的时候就很有力气。

有一天,这孩子忽然不见了,康元礼走出了石窟寺,喊他的名字:康力士!康力士!

没有回答。过去他只要是看不到他,走出洞窟站在山岭上一喊"康力士",就能听到儿子在远处回答他。这一次,没有回答。

他开始紧张地寻找,后来,终于在一条小山沟里发现了儿子康力士,他已经昏过去了。让他惊讶的是,和儿子紧紧地抱在一起的还有一头瘦弱的棕熊的尸体。附近的山岩之上,一群胡蜂正在嗡嗡嘤嘤地乱飞。

他明白了,一定是儿子发现了胡蜂窝,去那里掏蜂蜜,结果,恰巧一头瘦弱的棕熊也从山上跑下来，和儿子抢夺蜂蜜。棕熊喜欢吃蜂蜜，康姓人也喜欢蜂蜜，康力士就和一头棕熊相遇了，他果然力大无比，他用他带着的小刀刺死了棕熊，他也受伤昏迷了。

康元礼救醒了儿子，非常激动。

康力士说，爸爸，我杀死了那头熊！它竟然敢和我抢蜂蜜！

康元礼很高兴，他把胡蜂蜜抹到康力士的嘴里，说，你很快就要长大了，你的嘴里要说出蜂蜜一样甜的话，你用你的手抓钱，要像粘住了一样不撒手。

到康力士二十岁的时候，康元礼就让他跟着一个粟特人商队走了。你要成就你自己的事业，我们康姓男人到了二十岁，必须出门远行。

康力士走了，康元礼依旧在北山石窟中画壁画。

相传，康元礼就是在龟兹石窟中老死过去的。没有人看到他的尸体，不知道他是死在了哪里。后来，人们在他开凿的那座大像石窟的右边甬道的前壁，发现了一个供养人像。这幅供养人像，很像康元礼。供养人像是跪着的，侧身，但脸部却显现很多特征，恰似康元礼的表情。

人们说，那是康元礼把自己画在了那里。如果遇到了战乱之年或者灾荒之年，前来礼佛的人会惊讶地发现，甬道前壁上的这尊不起眼的供养人跪像，眼睛里会流出眼泪，用手一摸是湿漉漉的。

那正是康元礼发愿的慈悲之泪，也是他的忏悔之泪。

四 康力士

康力士二十岁的时候，就在父亲康元礼的催促之下，跟着一个路过龟兹的商队，上路经商去了。八年之后，他回到龟兹，在龟兹买下了一个很大的院子，前面是店铺，中间是住宅，后院是一个仓库。

康力士长成了一个力大无穷的男人。他身高接近八尺，体重比一头牛还重。他高高的个子，宽大的身材，走在路上很扎眼。

虽然他个子高，体魄强健，但他也很会做人，嘴巴特别甜，肯定和他小时候父亲喂他蜂蜜大有关系，康力士能说会道，能把死人的心都说活，能把敌人的心都说化了，说成了亲人，能把天上的鸟说得掉下来，把地上的走兽说得走不动路，就想靠近他听他说话。所以，很多人都喜欢和他相处。他很会赚钱，钱到了他手上，就像是粘上去了那样，甩也甩不掉了，钱生钱，钱也越来越多。

这一次他回到龟兹，却找不到他的父亲了。别人告诉他，他父亲花了好几年的时间开凿了一座很壮观的石窟，在里面塑造了一尊立佛、一尊涅槃佛，那是他父亲的功德。在石窟甬道前壁的下面，有他父亲绘制的一幅供养人小像。

康力士就离开龟兹王城，到北山崖壁上的那座大像窟中，去寻找父亲康元礼的踪迹。

那是一个早晨，太阳已经升起来了，一时之间霞光满天。远远地，他就看到，在前山山麓的高处有一尊金色的大佛在朝他微笑，他爬到石窟的近前，看到这尊父亲出资出力塑造的高大的立身佛右手抬起，向前施无畏印，左手下垂着，拉着泥塑袈裟的一角，面容清净而安详。

一刹那间，康力士被立身大佛的高大和慈祥所震动。他久久地跪在佛像的前面，不能起身。他似乎感到自己的全身都沐浴到了佛的光辉，或者说，在他的内心迸发了向佛之心的温柔虔敬。

他走进这座石窟，观赏精美的壁画，又参拜了后室的佛祖涅槃像。然后，转圈回走，在释迦牟尼立身像的左侧甬道前壁的下侧，他看到了一幅供养人画像。画像很小，只有一尺高，正在半跪着行礼。

那个供养人的画像，很像是他的父亲康元礼，他不禁流出了眼泪。他单腿跪下来，伸手去抚摸那幅供养人画像。他的手指刚刚触摸到画像的眼睛，他就感觉到，那画像上人的眼睛在流泪。是的，一串串如同小小的珍珠般的眼泪流了出来。

这是父亲在和他说话吗？康力士很震惊，也很激动。

那天，他在石窟崖壁和附近的山沟里盘桓了很久，想到很多往事。这里是他熟悉的环境，他也到小时候和棕熊搏斗的山沟里看了看，过往的回忆都复活了，他想到了在这里和父亲一起生活的场景。

回到城里，他就把一些财产拿出来，捐献给了龟兹香火最盛的大寺莲华寺。

这座寺庙在龟兹王城的西门外。莲华寺住持是一位从天竺来的密宗传人卑摩湿罗，这位寺院住持的皮肤黧黑，脑骨清奇，凸出来一块圆形头骨。他面容苍老，偶尔咳嗽，似乎有重病在身。看到身材高大钱财很多的康力士给寺庙捐钱，他也很高兴。但卑摩湿罗又面露忧愁，他对康力士说，力士啊，你父亲在龟兹开凿了一座有释迦牟尼立身佛的大像窟，很多来来往往的商人、僧人、行人都在念你父亲的功德。你想不想也做一件和你的父亲媲美的功德事呢？

康力士说，我当然愿意。我手里有钱，我现在能做很多事情了。您是高僧大德，您说，我可以做的那件事是什么呢？

卑摩湿罗说，你看，那边墙上的壁画，里面画的是什么？

康力士朝方丈所指的寺院的一面墙上看去，只见那面墙上，画着一队大象，正在前行。为首的一头大象身上有一个莲花宝座，宝座上端坐着一尊观音菩萨。

康力士不很明白，笑着问方丈，您是想拥有一头大象？

卑摩湿罗住持笑了，是啊，力士啊，你有慧根。我知道你惯于走南闯北，见多识广。龟兹是佛教圣地，很多人向往这里。我曾经做了一个梦，梦见在莲华寺来了一队大象，一头大象的身上有一个莲花座，上坐一尊观音菩萨，带来了无上的光华。醒来之后，我就叫人画下了我梦里的场景，就是那幅壁画。

我看到你之后，力士，我想到了你父亲以顽强的意志开凿那座大佛石窟的功德。现在，我觉得，康力士，你力大无穷，钱财在手，只有你能圆了我的梦，只有你才能把我梦中的大象带到我的眼前来，带到莲华寺里来。

康力士的眼睛亮了，他看着卑摩湿罗住持，觉得卑摩湿罗是很认真地在和他说话。他点了点头。

康力士就是这么一个有梦想的年轻人。他敢想敢干，在外奔波了八年，他早已领略了这大千世界，认识到此有世界的广大无边，也领悟到佛法无边广大。

莲华寺的卑摩湿罗住持这么说了，他也答应了。他就一定要把大象引到龟兹来。可哪里有大象呢？据传说，在一两千年前，在中原的黄河流域还有很多大象，后来，由于气候的变化，大象逐渐向南方温润潮湿、水草丰美、森林广袤、果实累累的地方转移而去了。

康力士想到，在古道上经商多年，他听闻了很多与大象有关的传闻。天竺多大象，但康力士觉得，去天竺的路很艰险，要翻山越岭，且语言不通，把大象从天竺驱运到龟兹，虽然路途稍近，可翻越大雪山却是困难重重。相反，向东向南走，前往安南、真腊和盘盘国，传说中那里有很多大象，甚至还有白象，如果在安南、真腊和盘盘国等南方湿热的森林茂密之处找到大象，把大象驱运到龟兹来，该是一件多么好的事情啊。

康力士就决定即日启程，他立即开始准备。

启程前，他又去拜望了父亲的供养人画像。他单腿跪下来，向父亲的画像诉说自己即将前往遥远的东方之南方，去寻找大象特别是白象，然后驱运到龟兹。沿途不知道会遇到什么样的艰难险阻，希望父亲能保佑他。

父亲的画像上，眼睛是湿润的，但并没有流出珍珠般的眼泪。他就想，这一定是父亲对他的行为十分赞许的缘故吧。

他带了几个伙计，准备了一些货物作为盘缠，选好了马匹，启程前往东边内地。

这东行之路可真是前途遥遥，一路迢递，望不到头。从龟兹到焉耆，再从焉耆到西州，又从西州到伊州，沿着起起伏伏的雪山、火焰山的南侧山脚下向东而行，不断穿越沙漠戈壁无人区。有人烟的地方就歇歇脚，无人烟的地方就快速通过。经历了风沙和日月，尝尽了旅途的艰难。

过沙洲的时候，他们遇到了匪徒，虽然康力士力大无穷，可毕竟寡不敌众，大半货物被抢，多亏他巧舌如簧，留下了几条性命，和一些藏得比较隐蔽的宝物。过了肃州又过甘州，过了甘州到凉州，过了凉州去秦州，过了秦州，再走一段路，就是长安了。

在曾经五光十色、盛大辉煌的长安城，在高大的宫墙之外的商铺、民舍和里坊，他看到了一片破败的景象。几十年前，西晋末年的一场大乱，导致长安城遭到前所未有的破坏，繁华的长安至今都没有恢复元气。好在他熟悉长安城，数年之前他就经过这里，在这里盘桓很多天。接着继续前往东边的大海边，去购买珍珠与丝绸。这次来到长安，他卖掉了一些贴身藏着的宝贝，换了一些钱，然后带着几个伙计继续向东进发。

他到了洛阳，看到洛阳城也遭到了很大的破坏，好在很多寺庙的香火还很鼎盛。然后，他继续前行，沿着一条条秦汉开辟的驿路，艰难地向南而行。

越走天气越热，让人心生烦躁。南方温暖潮湿，容易得热病，他的一个伙计就是连着拉了几天稀，最后死在了路上。埋葬了伙计，带着剩下的伙计，他们继续往南走。

历经千难万险，他终于到达了扶南国北部的真腊国。

在那里，他刚好碰到了一场战事，看到了当地的国王乘坐在装饰华美的战象之上，率领上百头大象出征，这一幕一下子把康力士惊到了。国王乘坐的那头战象，非常高大，比康力士还要高大，国王和将军分别乘坐不同的战象，步军紧紧跟随，保护着大象上的国王和将军前进，所向披靡，敌人应声而退，或伏地投降。

康力士看到了大象的威力。战事结束，他看到喂养战象的人给大象吃蔬菜和裹着熟肉的米饭。那些大象什么都吃，用长长的鼻子，把吃的东西卷裹起来，然后送到嘴巴里。康力士拍着大象，很喜欢这种看似温和，实际上一旦发怒却非常凶猛的动物。

也就是在那一天，有一位当地将军的女儿，也看到了康力士。她从来没有见到这么高大威猛的男人，因为真腊男人长得都比较瘦小，个别的人也不过是瘦瘦高高，没有那种像牛一样壮实的男人。这个娇小玲珑的姑娘坐在一头体型相对较小的大象身上，冲着康力士微笑。她的笑，让他想到了龟兹石窟壁画里的菩萨的笑。她有一嘴白牙，皮肤是浅褐色，头戴花环，所到之处总是有一股花香。他们四目相对，就有些两情相悦的感觉了。

她说：你是谁？看着又蠢又笨的，站在那里做什么呢？我们在打仗呢!

康力士的嘴巴这个时候恢复了甜蜜。啊,娇小美丽如同小鸟一样的姑娘啊,你可能不知道,我是从龟兹一路走了一万多里路,才来到这里的。我来这里,是为了寻找白象,也是为了和你这样的姑娘相遇。

姑娘笑着,把头上的花环丢给了他,他接住了花环,扑鼻的芳香和嗡嗡嘤嘤的蜜蜂也扑了过来。

这后面的事情,就不用说了。康力士就在真腊待了下来,他和她就恋爱了。然后,她的将军父亲准许他们结婚。康力士就在真腊住下来。

离开龟兹之后的第三年,康力士才回到了龟兹。他带回了一个象队,这支大象所组成的队伍一共有八头大象。

前面说了,他和那个真腊女子结婚了,真腊女子名叫越舒云。她的将军父亲很喜欢这个来自龟兹的女婿,因为他太聪明、太会说话,也很快就学会了真腊语。将军想把他留下来,发动对扶南的战役,因为真腊不想再做扶南国的附属国了。

康力士率领大象军,打败了扶南国。他很会驾驭战象,也熟悉了大象的习性。

一年多之后,康力士执意要回到龟兹去。他给岳父说,他在龟兹的一所寺庙里许愿了，要把这里的大象带回去，如果不回去，佛祖会惩罚他。

将军岳父同意了。就这样，康力士和越舒云一起，踏上了返回龟兹之路。他们把一队大象引到了龟兹，还带来了真腊的蜂蜜和蜂蜡，南方的上好丝绸和漆器。

康力士驱赶成群的大象，回到龟兹，在龟兹城引起了巨大的轰动。龟兹人争着到街上看大象，特别是，在大象身上的莲花座上，还坐着一个小巧玲珑、如同仙女一样的女人。龟兹人认为这是佛祖的眷顾，才让他们看到了大象，和大象身上的活菩萨。

康力士先回到莲华寺去拜见住持，卑摩湿罗住持身穿密宗法衣，出来迎接康力士，因为康力士圆了他的一个梦。他还看到了越舒云，真的就像是一个活菩萨，笑盈盈地坐在一头白象的莲花座上，冲着他微笑。

这一天，莲华寺里特别热闹，全城的人都纷纷来到莲华寺，礼拜佛像，并向康力士和越舒云致意。

当晚，心满意足的住持卑摩湿罗法师升座，希望康力士能继承他的衣钵。到了这天晚上，卑摩湿罗住持在斋堂打坐，就忽然圆寂了。卑摩湿罗的脸上挂着看到白象和白象身上莲花座上的观音菩萨的满足的微笑。尽管这个观音菩萨实际上是康力士的夫人、真腊女人越舒云。

康力士引来大象到龟兹这一壮举，让很多龟兹人在很多年里都记得他。后来，他并没有在莲华寺出家，而是在莲华寺留下一头白象。没几天，就带着夫人越舒云，赶着其余几头大象继续西行，前往南天竺。

　　他为什么又要继续往西走呢？是这样的。在他回到莲华寺圆了卑摩湿罗的梦之后的第二天，卑摩湿罗圆寂了，要传莲华寺的衣钵给康力士。这天晚上，康力士也做了一个梦，梦见卑摩湿罗对他说，他的魂灵已经回到了出生地南天竺。希望康力士把这些大象送到天竺那边的寺庙去，他会非常高兴。

　　于是，康力士就和夫人越舒云一起带着一个商队，以及七头大象，还有驯象人，浩浩荡荡地启程前往南天竺，从此就没有回来。

五　康正果

康力士就这么走了,在龟兹留下了一地的传说。他还留下了一头白象在莲华寺里。他和他的真腊夫人越舒云前往南天竺之后,一晃二十年过去了,人们在嘴上继续流传着关于康力士的美谈。

传说久了,也会褪色,人们就渐渐淡忘了康力士的故事。而他带回龟兹的那头白象,到底是一个什么下落,也没有了说法。更多的可能就是,没多久,那头大象就死于莲华寺,被葬在北山的一条山沟里。大象这东西食量大,在龟兹可能有些水土不服,早早夭亡,也是注定的事。

康力士走了二十多年后,在龟兹出现了一个年轻人。他自称是康力士的儿子,叫康正果，今年二十一岁，是一位行脚商人。人们看到他的小个子小脸，就依稀想到了，他和他的母亲越舒云比较像，和父亲康力士不像，康正果的身材小了好几号，他的父亲康力士却是一条壮汉。

康正果还带来了一个十多人的商队，骑着马和骆驼，带来了来自大秦、大食和安国、康国的上好的香料、毛皮和玛瑙等东西。

他告诉龟兹人，他的父亲康力士后来不仅去了天竺，还远到大食，和越舒云一起走了很远的路，在整条商道之上名气都很大，人人都知道有一个叫"大象力士"的龟兹人，是商队的首领。

康力士和越舒云在康国安居，母亲生下了他之后，身体出了毛病，得了血崩症。在他十多岁的时候，康力士和越舒云就在一场疫病中先后死去。康正果是靠着父亲的一些商人朋友照料，才逐渐长大的。到了二十岁，按照家族的传统，作为一个成年男人，他必须上路成为一名行脚商人，如今，他就这么带着商队，来到了龟兹。

在龟兹，他做的第一件事情就是要回了属于他父母亲的那个房屋院落。那是康力士原先买下的，他走了之后，就变成了一个驿站。有一个从凉州来的羌人占据了这所前后院都很大的宅子。

龟兹王现在姓苏，这个房产纠纷闹到了龟兹王苏罗笈多那里。苏罗笈多听了双方的陈述，他也知道康力士的传奇，康正果出示了父亲康力士的一柄刻有他名字的宝刀，苏罗笈多就把院子判给了康正果。

康正果是一个很能干的商人，他很快就在商道上建立了名声。他在自家的前后院继续扩建屋子，使之成为一个很有名的龟兹货物中转站。不断买进卖出、卖出买进，他赚了很多很多钱。

康正果信奉的是祆教。这还要从父亲康力士和母亲越舒云在康国故去之后，举行的那次葬礼说起。康国有一处名为寂静之塔的火葬之地，是祆教的神圣之所。一场疫病流行中，他父亲和母亲接连去世，身上布满出血紫癜。

康力士和越舒云的遗体放在木排上，被缓慢推进寂静之塔的火化洞。他看到，祆教的教士点燃了柴火，在那一刻，父亲和母亲的尸身在火中逐渐被席卷。

祆教的教士念着《阿维斯陀》经文，赞美着火焰，说，火焰啊，你是阿胡拉·玛兹达的儿子，火啊，你是纯净的，是光亮的，是神的至善至真的现形，你是正义的眼睛，在黑暗和光明的斗争中，唯有你，火，是胜利者！你会让死者复活，让活着的人获得力量！

少年康正果惊讶地看到，父母亲突然在火焰飘摇的火化洞中坐了起来，在火焰漫卷中，向他摆手示意，久久不停。那是告别，是期许，更是神迹般的祝愿，因为这世界这么广大，从此，就要康正果一个人独闯天下了。

康正果泪流满面，直到火焰再次席卷他们，他们安然地又躺在了火焰中。

自那之后，康正果就渐渐成了一个信仰拜火教的人。在康国，有不少祆教的庙宇，祭司教主在祆教庙里祭拜太阳、月亮、星星、天空和火焰神。

他还记得火神的样子，每到祭祀的时候，大祭司都要在脸上涂上灰色，身穿黑色的衣服，祆教教主则在额头和耳朵、鼻子等地方涂抹麝香与苏合香混合起来的香料，头戴高高的白帽子，鼻子以下也用一块白布蒙起来，为的是不要吹灭那熊熊燃烧、不断与黑暗抗争的火焰。

康正果在康国的祆教寺庙边上长大成人。教主很喜欢这个孩子，给他传授了很多祆教的天文知识。比如，怎么看星星、看云彩来预测天气，还教给他一些幻术。幻术就是高级魔术，比如，转眼之间手里的东西变了，以面具的转换使人觉得头颅在转换，点燃手臂上沾了油脂的毡子，双手可以着火而不伤害自己等非常奇特的幻术。

祆教的天文地理知识和幻术手法都很神奇，这让康正果觉得很有吸引力。而且，祆教教徒经常手拉手踩着节拍一边跳舞，一边唱歌，赞颂火焰和光明，这种仪式感很好，很让他喜欢。

回到龟兹之后，在他的院子里，除了买卖货物，康正果还传播祆教教义。那时候在龟兹，各种宗教互相之间并不排斥，佛教、祆教、摩尼教、道教等等都有传播。康正果就在自己的院子里建立一座祆教祠，供奉火神，讲授传播祆教，举行拜火仪式活动，吸引了很多人。

不过，康正果后来信奉了佛教，变成了一个开窟向佛之人，这就需要仔细说说了。

当时摩尼教在龟兹也有传播。摩尼教诞生于波斯帝国，是一个叫摩尼的人创建的教派。这个教派的主要观点，就是认为人间世界存在光明与黑暗两者之间永恒的斗争，善与恶之间存在永恒的斗争，人们应该站在光明的一面，要扶危济困、抛弃财富、禁欲独身，这样才可以成为一个良人，死后才能进入天堂。不然的话，只要是喜欢财富，就会损害他人的利益，就会变为恶人，就要下地狱。

摩尼的思想对波斯统治者来说是离经叛道的，因为摩尼仇视富人和有权力的人，对统治阶级很不利。后来，摩尼被波斯萨珊王朝的国王瓦赫兰抓起来处死了。波斯国到处追踪抓捕摩尼教徒，许多摩尼教徒就四散而逃，有一些就逃到了安国、康国和龟兹，在这里落脚，然后继续传播摩尼教。很多商路上奔走的粟特人、安国人就信奉了摩尼教。

在龟兹，康正果传播祆教，而摩尼教教主迪纳维尔在传授摩尼教。摩尼教有经文、有寺庙，和祆教只有一个祠堂供奉火神大不一样。

康正果传播方式非常鲜活，使得有些摩尼教徒转到了祆教的门下，这就让迪纳维尔很恼火。于是，他约请了龟兹佛教大寺昭怙厘寺的大和尚梨密多罗，带着一些教徒信众，前来兴师问罪。

康正果正在院子里宣讲祆教教义，谈到了光明和黑暗的争斗，谈到了火、水和土的神圣，接着就要点燃火炬，祭祀祆神。

迪纳维尔看到康正果的信众中有摩尼教原来的信众，就说，看哪，你这里有我摩尼教的人，被你欺骗了。

康正果看到迪纳维尔现身，还有昭怙厘寺的住持梨密多罗，知道他们是来者不善。但梨密多罗合掌说，我只是来看看，我可不是兴师问罪来的。

迪纳维尔说，你说火是你们崇拜的对象，你能让你的胳膊点燃火而不伤着自己吗？

康正果笑了一下，扯开了袖子，露出里面白色衬衣的袖子。他拿过火把，点燃了衬衣。顷刻之间，康正果的左臂着火了，他高高地举着左臂，就像高高地举着火把，左手臂在熊熊燃烧，右手握着火把也在燃烧。而康正果面不改色心不跳，直到火焰燃烧殆尽，康正果的胳膊并未受伤。

康正果说，你知道吗？你们摩尼教是从祆教里分出来的教派，我们本来就没有什么可以争的，我们都赞同这个世界分为光明和黑暗两个部分。

迪纳维尔很不服气，他说，你们拜火教的人崇拜火，很能操纵火，这一点我服了。没有问题。那你能呼风唤雨吗？

康正果看了看天，他看到了一片雨云正在从前山那边飘过来。他说，好啊，我要这里下雨，你信不信？

迪纳维尔摇着头说，不信！

这时，康正果双手举天，高声赞颂祆神，口中唱诵着歌谣，然后让信众们点燃了手里的油灯，把油灯放在地上围成了一个圈子。康正果和信众们一起手拉手，踏着拍子又唱又跳，没过多久，天上就下起了倾盆大雨。

迪纳维尔被雨水浇了一头，他感到很狼狈，觉得很没有面子，就去拉一个原来信奉摩尼教的信众，那个信众不跟他走，康正果就去拦住他。

迪纳维尔突然从腰间拔出一把刀，一刀就砍到了康正果的脖子上。那把短刀非常锋利，几乎是削铁如泥，眼看着康正果脑袋搬家了。可是，奇怪了，康正果采取幻术，立即在被砍断的脖颈那里又生出一个脑袋来。原先滚在地上的头颅，顷刻之间就不见了。

迪纳维尔傻眼了，又是一刀，康正果的脑袋再次掉在地上，胸腔中却又生出一颗脑袋来。这下，迪纳维尔彻底崩溃了。

此时，梨密多罗上前一步，一把将迪纳维尔的刀夺去。迪纳维尔瘫软了，他倒在了地上，被昭怙厘寺的几个和尚抬走了。

梨密多罗躬身施礼，说，我回头再向你讨教。然后也走了。

康正果声名大振，他勇斗摩尼教教主的故事迅速传遍了整个龟兹。龟兹王请他前往王宫，询问他，为何他的手臂着火不受伤，为何能够呼风唤雨？为何他被砍头后，又能生出一颗头来？

康正果就给龟兹王表演这些，手臂上着火是油毡子与胳膊之间还有一层石棉。他明白告诉龟兹王说，换头术是幻术，是掩人耳目的，就是以快打慢，动作要快。然后，他把幻术的过程放慢，给龟兹王讲解，龟兹王就恍然大悟了。

从此，康正果在龟兹的名声就更大了。

有一位龟兹王族的女儿迪迪拉热看上了他，主动找人来说亲。康正果说，除非她信奉袄教，否则不会和她在一起。

迪迪拉热来了，她长着一双莹莹闪光的绿眼睛，就像是一只神秘的猫。她腰身纤细，就像是蜜蜂的腰一样。她头上有一顶装饰了很多亮片和珠子的红色圆帽，蒙着隐约可见下巴的半面纱。她说，我们一起来跳一个舞吧，就是你们经常跳的那个拜火舞。说罢，她就一手上举，一手在腰，手指灵动起来。

康正果把一只手向后一背，一只手在前面摊开手掌，做了邀请的动作，两个人就跳了起来。他们的舞蹈真的是绝了，所有在场的宾客，都看呆了看傻了。他们两个人的舞姿太优美、太动人，就像是天生的一对儿那样，跳得如同两朵火苗；又如同两匹奔跑的马，一公一母；或者如在空中追逐的鹰与鸽子，互相嬉戏和追逐。这样的舞蹈让所有人都动心，让所有人都要为他们祝福了。

相传，即使迪迪拉热的王族父母亲反对，迪迪拉热也要坚决嫁给康正果。她的父母亲忧心忡忡的，说，女儿啊，我们听说，这个康家的男人都很命硬，嫁给他们家的女子都很短命，你可要小心啊。

迪迪拉热说，父亲母亲大人啊，幸福不是依靠时间来计算的，幸福是内心里的感受。哪怕是只有三天幸福，我也要去追求！

她的父母说，那你就走吧，和他在一起吧。听说，这个来自康国的年轻人，还会使用幻术，连脑袋都能换掉，你要当心啊。不知道他会不会使用假头来欺骗你呢。

她的父母不赞成他们在一起，即使他们知道康正果有很多钱财。但到后来，康正果和迪迪拉热还是结婚了，他们在一起的身影令人羡慕。

迪迪拉热是一个音乐和舞蹈行家，她拿出了家传的一把琵琶。这让康正果很惊讶：这把琵琶很古老啊！这琵琶的琴弦是新的，可这琵琶的身形却是圆形的，和现在龟兹的曲颈琵琶怎么不一样呢。

迪迪拉热告诉康正果，这把琵琶的来历非凡，在她的家族中流传下来好几百年了。它是当年龟兹王后弟史留下来的。弟史是龟兹王绛宾的王后，他们早在汉代就去长安学习过音乐。这把琵琶的来历还有更加传奇的地方呢，在汉武帝时期，它是细君公主从长安带到乌孙国去的琵琶。后来，细君公主去世了，这把琵琶又被随后和亲到乌孙的解忧公主拿在手里，成为解忧公主解忧的乐器。解忧公主就是弟史的母亲。

等到弟史出生长大，这把琵琶就成了弟史公主的爱物。弟史公主和绛宾王去世之后，这把琵琶曾经在王宫后院的乐器室内被高高地悬挂着，由微风吹了三个月，然后被乐师包裹起来，用一些润油和棉帛毯子养护着。这把曾经跟随弟史去过长安的琵琶，在白氏龟兹的王族中被视为珍宝，只有能歌善舞的王族女子，才可以拥有这把琵琶。

现在，这把琵琶传到了迪迪拉热手里，成为能弹奏出无比妙曼美丽的曲调的乐器。在康正果后院的祆教祠中，每当康正果宣讲祆教教义的时候，听众就会听到旁边的屋子窗户流泻出一段非常美妙的琵琶乐曲，他们就心旷神怡，眼前甚至出现了火苗和光明的景象，他们就更加相信祆教了。

由于有迪迪拉热的助力，康正果在龟兹的祆教传播获得了很大的进展。

有一天，昭怙厘寺大寺的住持梨密多罗前来找他。说，你改信佛教吧。我佛慈悲，佛度一切苦厄，救苦救难的佛能够度你的苦厄。

康正果笑了，我能有什么苦厄？我很幸福，因为，我有我的迪迪拉热。

梨密多罗双手合十，躬身说，可这只是一种幻觉啊，你信不信？她会遇到异常劫难。我不得不说看到了。啊，我看到了这一切，这劫难太大了。到时候，请你来找我吧。说罢，梨密多罗起身走了。

康正果觉得这个梨密多罗大和尚说的话很不吉利，他不喜欢梨密多罗的一个原因是，梨密多罗是一个印度密教传人。

他不再去管梨密多罗说什么，继续自己的生活。等到迪迪拉热怀孕之后，他找了两个女子精心地服侍她，不让她干任何活儿。

这时，听说了女儿怀孕的消息，迪迪拉热的父母亲来找女儿，他们疏远的关系和好了。

迪迪拉热的肚子一天天变大，康正果觉得很幸福，自己要做父亲了，这样的未来是崇拜火焰所带来的光明。他特地在袄教祠前举行了一次袄教的祈祷仪式，众多信众都前来加持，看到祠堂前面的铜火盆中，火焰熊熊带来了光明，就一起唱颂火神。

他专门祭拜了袄神，他告诉迪迪拉热说，袄神有示意，说一切都是顺利的，是大吉大利的。

等到迪迪拉热临盆生产的时候，遇到了一个大麻烦。这也是女人的一个劫难，她遇到难产了，孩子胎位不正，生不出来。接生婆忙活半天，结果更坏的情况发生了，迪迪拉热出现了大出血，止不住。

有人来告诉正在后院忙活的康正果说，可能迪迪拉热保不住了，只能保孩子了。

康正果冲进了内室,一把握住头发凌乱、双眼迷离,正在挣扎中的迪迪拉热的手。迪迪拉热大汗淋淋,湿漉漉的头发和身体散发着热气,可这热气却正在飘散。她深情而略带遗憾地看着他,说,康正果呀,我迪迪拉热和你在一起度过了那么多幸福的日子,我已经没有什么可遗憾的了。我会给你留下一个儿子的……然后,她就死去了。

康正果大哭不止。他这才想起来梨密多罗的话。

他抱着那把汉琵琶,在屋子里弹奏了三天三夜,就是无法忘怀迪迪拉热带给他的所有的日子里的所有的欢乐和温情。他想,这把汉琵琶,也要跟着她一起去了。就这样,跟着她去吧!那把汉琵琶就在康正果的目光中,随同迪迪拉热其他的爱物一起被放置在迪迪拉热的榆木棺材中,埋葬在北山的一处陵墓里。

安葬迪迪拉热之后,他忽然恨起了祆神。祆神并没有保佑他,反而让苦厄降临到他的头上。他就去找梨密多罗。

那是一个下午,梨密多罗约请康正果来到一座还在建造的石窟中,在半山腰的一个洞窟里,下午的阳光扫过窟顶,洞窟内后室的涅槃台上,释迦牟尼涅槃像还没有塑造,但石床上躺着一个人,盖着一件华丽的丝绸锦帛。

康正果由梨密多罗引领着,来到了石床边。

梨密多罗掀开了锦被。康正果吃惊地看到,在石床上躺着的,正是迪迪拉热的身体。她闭着双眼,安详而美丽,躺在那里一动不动。康正果转而又诧异了,我已经把她安葬了,怎么她在这里?

梨密多罗说,她是已经往生了。请你注视她,忆念死亡。然后,梨密多罗开始念诵不净观经。

康正果泪如雨下。他上前试图把面如梨花的在死亡中沉睡的迪迪拉热抱起来,可是,在梨密多罗的诵经声中,在他的注视下,迪迪拉热的面容顷刻之间就朽化了,变成了一具骷髅。忆念死亡,康正果的双手上抱着的,现在是一具有着两个空洞的眼窝的骷髅头。而那正是迪迪拉热的遗骸。

就在那一瞬间,康正果明白了,这是梨密多罗在引导他观想死亡,摈弃人间牵挂。任何身体都会衰朽,此时,断绝内心的情缘欲念,正是悟证的时刻。

康正果把遗骸骷髅放回石床,双手合十,说,梨密多罗,请度我苦厄。

梨密多罗双手合十,默然许久,说,那你在这里出家吧。

康正果转身面向梨密多罗点了点头。然后,他再回身向石床看去,那里已经一片空无。

后来,康正果就在梨密多罗担任住持的昭怙厘寺出家了。康正果给刚出生的儿子起名叫康洗心。

后来，康正果跟着梨密多罗前往罽宾国，云游天竺，学习佛法，再也没有回来。

他的儿子康洗心，则在外公外婆的抚养下，逐渐长大成人。

那个时候，龟兹境域广大，无论是王城，还是民城，都很繁华。佛教在龟兹也越来越壮大，其他教派如摩尼教和祆教则信众逐渐稀少、逐渐式微。

在龟兹城内山前，到处都是佛寺。特别是，在龟兹王城的西门外，伫立着两尊高大的佛像，高达八十尺。在两尊佛像前面，还有一座广场，可供千人一起礼佛。每过五年，这里都要举办盛大的行像仪式。在古道上来往奔走的行路之人，从很远的地方就能看到龟兹城西门的大佛像，内心会瞬时涌起一阵安详的情绪。

在龟兹雀儿塔格山的南麓，很多山岩之上都在开凿石窟，在石窟寺前，也都有木结构的建筑。在山上的禅窟中，很多游方僧人在里面打坐，而一座座由大像窟引领、佛像众多的石窟营造完成。从雀儿塔格山的西山到东山，几条山脉的山路上，都有石窟群。龟兹佛国胜境的美名到处传扬。

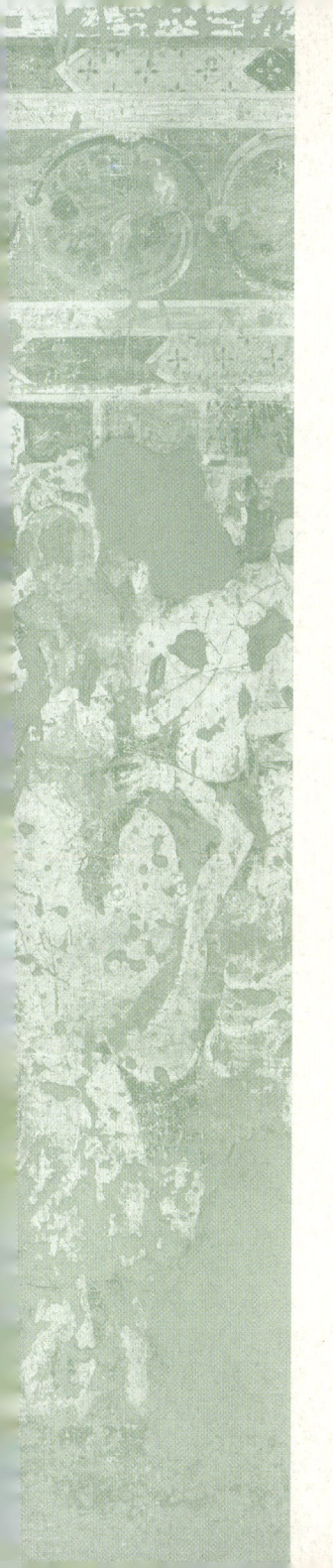

六　康洗心

　　康洗心迎风而长，俗话说，有苗不愁长。孩子生下来，你都不用管，孩子就会长大。康洗心在外公外婆的精心呵护下，逐渐长大。他懂事之后，就问他的外公外婆，我的爸爸妈妈呢？他们脸色立刻变得很沉重，告诉他，你的妈妈迪迪拉热因为生你而死去了，你的爸爸他跟着一位高僧去罽宾求法，再也没有回来。

　　相传，康洗心就这样在龟兹长大。龟兹王城之内，佛寺林立，他耳濡目染，多少也沾染了一些佛缘气息。长到十八岁的时候，外公外婆先后去世，他继承了他们的一些财产，也继承了一直被封存起来的父亲留给他的财产。

克孜尔石窟第60窟主室右壁下部 联珠纹饰

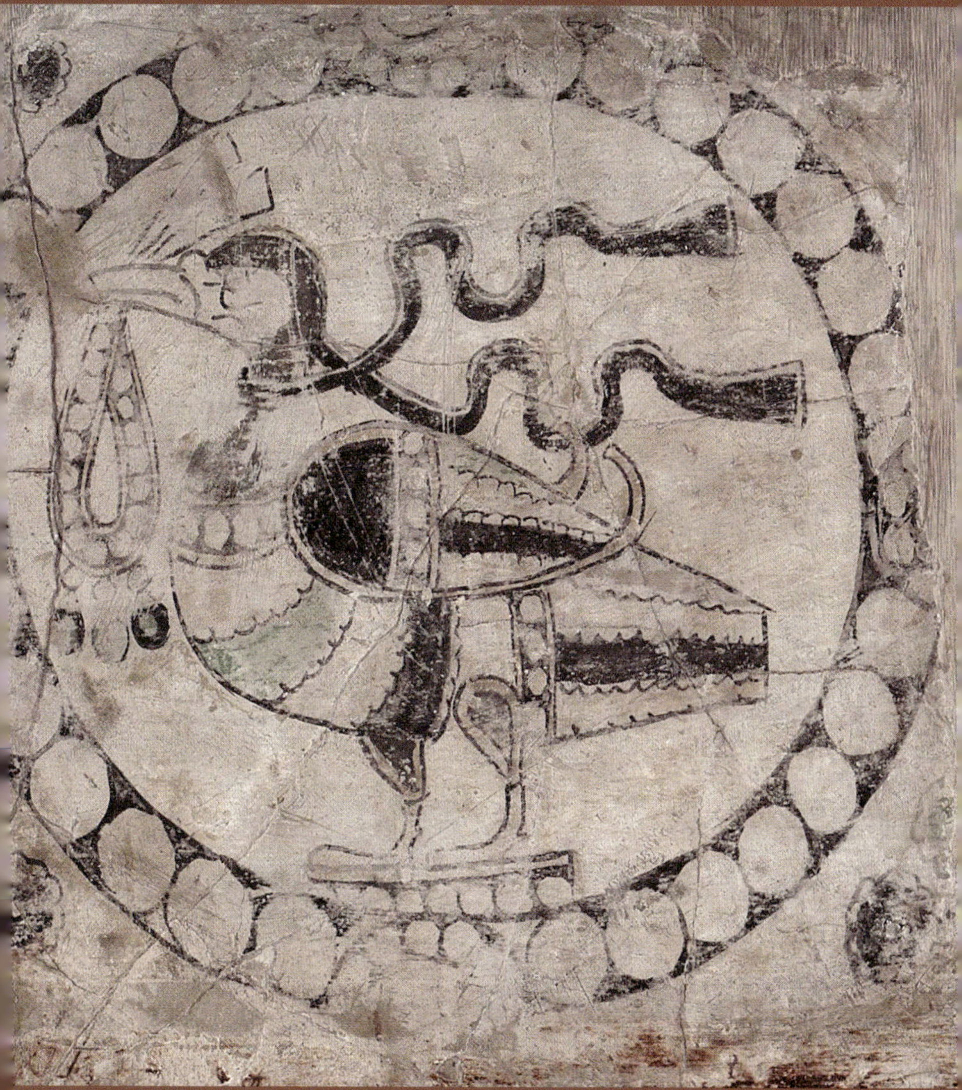

仿佛只是一眨眼，本来还是一个孤儿，康洗心就成了一个很有钱的人。他的远房亲戚和他的关系都不怎么样，母亲迪迪拉热的几个兄弟姐妹以及他们的孩子，与他一向不来往。二十岁，康洗心就组织了一个商队，走在著名的商业大道之上。

他的商队驮马、骆驼都很多，还雇用了一个上百人的护卫队，手持波斯弯刀和龟兹精钢短刀，一路之上与劫匪和盗贼相抗，从来都没有失手过。

又过了五年，康洗心对经商忽然感到了厌倦，他挣了很多钱，财富堆满了房间，可是，这又有什么意义呢？他生在商贾之家和龟兹王家，富贵似乎是从娘胎里带来的。可是，富贵却对他失去了吸引力。五年里，在大道之上奔走，他见到了那么多的人、那么多的风景，人心的险恶和风景的广大，都令他逐渐变得成熟。

回到龟兹，在空无一人的大堂之内，盘腿坐在地毯上。他在想，我要重新安葬母亲迪迪拉热。他还听人说，母亲的墓里还有一把汉琵琶，那是细君公主、解忧公主和弟史王后流传下来的。

按照老人的指点，他找到母亲下葬的地点，掘开了母亲的墓葬。但墓葬之中，除了裹在一截榆木桩上的花毯和丝绸锦缎之外，什么都没有，甚至都没有母亲的遗骨，更别说有琵琶和随葬品了。

这成了一个谜，母亲的遗骨到底到哪里去啦？他充满了疑窦。

后来，在一座石窟寺里，有一个老和尚告诉他，很多年以前，他在一个夜晚,就在这个地方,看到一个男人挖开了这座坟墓,然后点燃了一团火,火化了他母亲的遗骸,然后把遗骨收纳到一个罐子里就走了,从此杳无音讯。

康洗心明白了,他猜那个男人就是他远走他乡的父亲康正果。他焚化了母亲的遗骨,然后,带着骨灰瓮远走罽宾。

那把汉琵琶自然也就不翼而飞。传说,有一个从东北来的奚部落的商队曾经路过龟兹石窟,在那里禅修了一段时间。商队里,有一个女子在一座石窟中的一个飞天雕塑的手中发现了一把真正的圆形琵琶,就取下来带走了。

东北的奚部落,在万里之外的天寒地冻之处生活,那把琵琶要是去了那里,走得可够远的。他寻找汉琵琶的心也就此罢了。

就在那一年,龟兹遇到了灾年。先是大旱,庄稼都死了;接着是牛羊瘟疫,死了很多牲畜;然后是火灾,在龟兹城内,连片的民宅、寺院和部分王宫都被一场莫名其妙的大火焚毁了。龟兹国不知道为何遭到了天谴。

那一年,龟兹王也死了,一时之间,龟兹王族内部陷入了纷争,短时间没有办法产生新的龟兹王。龟兹陷入了群龙无首的混乱局面。东边的焉耆就趁机进军龟兹,伺机占领了龟兹东边的一些土地。

在龟兹,康洗心决心将自己的财富拿出来,救济灾民,重修寺院。他广结善缘，布施财物，并发起了佛教祈祷大会进行祷告。

有一天，一个从撒马尔罕来的商队经过龟兹，天黑的时候抵达龟兹，就在康洗心的客栈留宿。他们行踪诡异，天不亮的时候就点亮马灯，迅速收拾行装，几十人带着驼马队伍火速离开。天亮了，康洗心发现，从屋顶之上攀缘着柱子滑下来一个衣不裹体的女子。

这个女子二十岁左右，长得非常美艳，眼睛是蓝色的，头发是褐黄色的，卷曲如波浪，披在肩膀上，她抱着肩膀，站在康洗心的面前，求助于他。

他靠近观察，发现她脸部有瘀青，再看，似乎她浑身上下也有伤痕，不知道是被谁伤害。刚才，她是藏身于康洗心的客栈屋顶的大梁上，怪不得一早上整个商队吵吵嚷嚷的，似乎在寻找着什么。

细问之下，她告诉他，她是撒马尔罕那边的女子，那个地方盛产茴香、石榴、石蜡和宝石。她叫娜娜米洛，是被这伙商人劫掠想卖到洛阳去。

她说，他们还劫掠了一些撒马尔罕的女人，都藏在马背上和骆驼背上的箱子里，拿毡子裹在里面，行路的时候晚上到达村镇，天一亮就离开了。

康洗心觉得这个叫娜娜米洛的女子眼睛流波，非常迷人，也有些不可靠。她身上有着一股淡然的香气，不知道是不是来自撒马尔罕的榴花的香气。他说，那你想怎么样？

女子说，我在这里举目无亲，我就在你这里，你收留我吧。

康洗心想了想说，好，那你就待下来吧。

娜娜米洛就在康洗心的店铺里待下来。她非常能干，能帮助他处理货物、打理客栈，也很善于待人接物。看她活泼的身影出没，善于应对各种人的样子，他有些高兴，也很疑心，觉得这个女子的身世很神秘。平时她很善于化妆，化妆之后非常漂亮，眼睛的大小都可以通过描画而变化。

不过，康洗心想，人世间，信人要胜过疑人，不管她怎么说，到底是什么人，我都要相信她。

康洗心就把财富的管理交给了她。一个月之后，有一天晚上，她溜进他的屋子，钻进了他的被窝，向他的眼睛吹气，一股熏香把他惊醒，他看到她此时化身为火焰在燃烧着，她就像是一团烈火那样，覆盖了他，让他无法挣脱，也让他无法自拔。他成了她的俘虏。

不久之后，在龟兹人的见证之下，他们成婚了。

婚后的娜娜米洛就像是一团火苗子，她喜欢穿红色的衣服，每天天亮之后，迎着太阳起床，之后就开始忙碌了。她成了他的影子，在龟兹到处活动。她很会理财，将他的很多货物都换成黄金等贵重金属，放在他卧室里的一个大箱子里。

又过了一年，娜娜米洛生下了一个男孩儿，孩子的脸庞和眼睛和康洗心长得很像。

这个男孩儿刚刚出生的时候，康洗心给他喂蜂蜜，他吃了；在他手里放上黏米，他伸出手，在桌子上抓住了一支画笔，画笔上沾着青蓝色，在桌子上乱比画，脸上涂上了彩色，还在笑。

康洗心就给这个孩子起名叫作康青蓝。

几个月之后，娜娜米洛就不见了。这和一个夜晚到达的商队有关，这个商队天擦黑就抵达了龟兹，第二天天不亮就出发了。然后，娜娜米洛就不见了，家里的贵重财物，特别是那些金子银子和上好的丝绸锦帛都不见了。

康洗心找了好几天，不见娜娜米洛的身影。那个商队是从长安返回，正在前往大食。他忽然想到，可能娜娜米洛跟着商队走了。

又过了一段时间，有一个从安国过来的商人带话给康洗心，说娜娜米洛本来就是结过婚的，还有一个女儿，因忍受不了丈夫的暴力而跟着商队跑到了龟兹。在龟兹，她见到康洗心非常善良，就留了下来，还给他生了一个儿子，算是报答他。她拿走的金银丝帛，就当是报酬，她再也不会回来了。

那个夜晚抵达的商队，受了她丈夫的委托，就是前来带她走的。

康洗心明白自己是多少有点受骗了。可是，娜娜米洛给他生了一个孩子，这算是欺骗吗？不算，她带走的那点金银珠宝，又算什么呢？可她也够狠心的，留下孩子就走了，那也是她的儿子啊。算了，无所谓了。康洗心苦涩地笑一笑，继续做自己的事情。

后来，别人看到他一个大男人带着牙牙学语的康青蓝，就劝他再找一个女人带孩子。

有一天，一个浑身瘌痢的老女人带着一个十多岁的女孩儿找他，说，这个女孩儿是他父亲康正果在罽宾生下来的。

康洗心当然很怀疑这个说法。父亲跟着梨密多罗走了，很多年没有任何消息。看着这个浑身脏破的老女人，他心生怜悯，什么都没有说，先安顿下老女人和孩子住在自己的客栈里。女孩子的眼睛也是怯生生的，过了几天，就变得放松了。然后，这孩子喜欢到处探查康洗心家里和店铺里的东西。

有一天，康洗心对她说，你肯定不是我父亲的孩子，不过，不管你是谁的孩子，你在这里住下，我就能管你吃住。你最好能学点技艺，在厨房里帮忙。女孩儿有点不情愿，也只好在那里帮工。

老人和孩子在康洗心这里住了三个月，有一天，她们就消失了，经过查验，他们俩偷走了康洗心的不少金银财宝。

这是康洗心第二次受骗。但康洗心还是不以为然，他就是天生善良，什么人找他帮忙只要是能帮的，他就去帮。就这样，他前后受骗九次，还是对陌生人和身边的人都很好。父亲给他留下了很多遗产，这些遗产逐渐为各种人所骗取，他也不在意。

他将他的财物用于开凿石窟。他从疏勒、焉耆，甚至远到罽宾、天竺等地方招募匠人，木工、泥工负责雕塑，画工负责绘制壁画，他发愿开凿九座洞窟。一座座洞窟开凿在龟兹北山木扎提河对岸的山麓和山腰上，这些洞窟成为龟兹王族和平民，还有来往客商朝拜礼佛的场所。由于他的带动，龟兹北面的山、西面的山、东边的山，凡是能够有条件开窟的场所都在开凿石窟。

康洗心的儿子康青蓝很有慧根，他就跟着画工在洞窟里，帮助磨碎矿石成为颜料，他也和画工学着点彩，绘制壁画，在菱形图案里画佛像。有时候，康青蓝也去泥工那里看泥塑大小佛像，大佛是立佛，一般都塑造在一面山崖洞窟最中心的一座洞窟里，那段时间里，龟兹的大像窟比较多，大佛像常常高达四五十尺，身上涂金，施无畏印和与愿印，使远处来的人远远地就能看到，顿时心生敬畏和膜拜心。

少年康青蓝学着塑造一些略小于真人的佛像、天王像等，用于摆放在大佛像两侧的木架上。有些洞窟里，一层层的泥塑佛像非常壮观。

龟兹的石窟在那段时间里，越发繁盛，山麓上的很多洞窟开凿连成了一片。

有一天传来消息，在北山的禅定窟中禅修的一个僧侣团遭到了从伊犁河那边过来的马匪的洗劫和绑架，马匪还绑架了康洗心的儿子康青蓝。

康洗心一听,就非常着急,赶紧筹备财物,带着几个伙计前去施救。见到马匪,他先交上不多的金银财物,但绑匪把他也绑架了,带到山上一座石窟中,面见匪首。

匪首是一个秃顶的男人,长着络腮胡子,他用皮鞭抽打康洗心,问他要更多的赎金。

康洗心说,我的钱财现在不多了,这么多年,我都把财物给了穷人,用于开窟造像。我的儿子是我唯一的根苗,你把他放了吧,我让人把店里剩下的所有财物都拿上山来,交给你们。

匪首就下令让人放了康青蓝,孩子一溜烟下山跑向龟兹城。接着,一群匪徒跟着康洗心去城内去取财物。

等到他们把财物取回来,匪首在石窟里对着康洗心说,我看你,是很善良,可是,善良的人能抵挡我的砍刀吗?

康洗心笑着说,不能。人头不能抵挡利刃。

匪首还是一刀砍来。就在这一刻,忽然,白光一闪,匪首发现,刀砍之处,康洗心已经不见了,他很诧异,身边没有。他往头顶观瞧,发现头顶的洞壁之上,出现了一个佛像,佛像的面容很像是康洗心,正要大骂,忽然,在他们的头顶降下了熊熊火焰,一时间把匪首等十多个匪徒都围在火焰中燃烧。火焰将这些十恶不赦的匪徒裹挟着,他们在火焰中上蹿下跳,无法摆脱火焰。大火一道道从天而降,只听那些群魔乱舞的匪徒嗷嗷叫着,渐渐倒地在洞窟中不动了,他们全都被烧死了。

接着,洞窟顶端又降下来一股股的清水,就像是雨幕和瀑布一样,大水倾盆,一下子把火焰浇灭了。那些匪徒的尸身也化为一堆堆黑色的骨灰,燃烧殆尽,之后又被水所冲刷,成为灰烬与骨砂。

剩下的匪徒惊慌失措,他们来到这个洞窟,看到了康洗心施放的神迹,那是类似于佛陀在舍卫城的水火双神变,将匪首等全部烧死水化了。

匪徒们就一哄而散,也顾不得那些还在洞窟里绑着的僧团僧侣了。

最后,是僧侣们自己解救了自己。

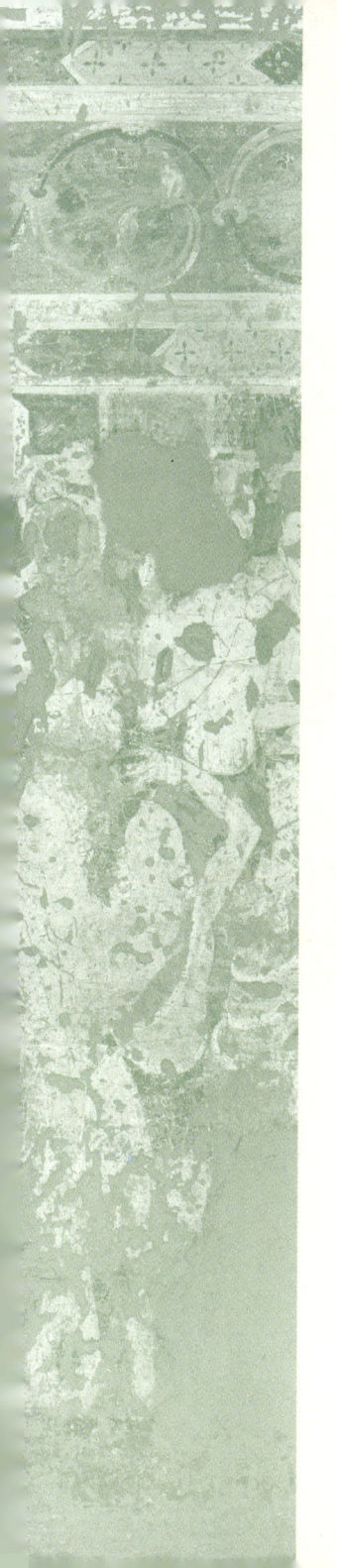

七 康青蓝

康青蓝来到那个匪首企图斩杀父亲的洞窟，发现洞窟里有一些已经溶化朽坏的人的骨灰。那是一些匪徒被父亲的神力所击杀的。但父亲康洗心也不见了。

他抬头望向洞窟的顶端，发现洞窟顶的中脊线上出现了一身佛像，佛像站在日神双轮战车上，身边有像天鹅那样的两只大鸟亘娑环绕着。这就像是释迦牟尼在舍卫城水火双神变的情景。佛像旁边还有日神和凶悍的迦楼罗大鸟，还有那伽蛇在上面盘绕。

康青蓝流下了眼泪。他知道，父亲已经化身为一铺佛像，藏身于这个洞窟顶了。他端详着洞窟顶端那尊不会再说话的佛像，流下了眼泪。他忽然意识到，在这个世界上，他没有一个亲人了。此时，他的家财也被父亲散尽，什么都没有了。

从此，康青蓝就成了一个生活在山野之中的孩子。

他迎风而长，住在石窟里，成为在山上和洞窟中生活的小野人。有牧人知道他的来历，就给他送了两只羊，一公一母。他先是当牧羊人，在半山坡上牧羊。放羊是孩子热爱的事情，他很会放羊，而且羊群也在迅速繁殖。他养的家羊还和山岩之上的岩羊交配，生下了一种很独特的羊，长着盘羊那弯曲的角，但性情却温顺很多，且依旧被他驯养。有龟兹的达官贵人就来买他的羊肉，发现特别好吃。

放羊累了，康青蓝就回到山洞或者石窟中歇息。

在山崖边的木拉提河水常年都在奔涌，这里也不缺水，康青蓝就与开凿石窟的很多工匠打成了一片。他熟悉这片砂岩山岩之上开凿的每一个洞窟。那段时间里，绵延二百多里的山岩之上，出现了很多石窟群。

这些石窟群，占据着山岩最为显眼，也最为方便人们礼拜的地方。工匠们叮当作响地开凿石窟，他嘴里咬着一根青草的草秆，在远处的山坡上，看着山崖上，一座座洞窟就像是一只只眼睛，在山岩之上张开了眼帘。

在整片的龟兹北山和南山河道、交通要道的一些必经之地，出现了十多处石窟群，各种类型都有。从供养人的角度来说，有路过的大道之上的商人供养的石窟群，他们赶着驮马商队到达这里，在龟兹城内休养几天，然后出钱开凿石窟。

很多商人非常虔诚地来到这片石窟，他们雇工匠开凿新的石窟，也出钱请画匠绘制壁画。作为供养人，他们在石窟完工、画匠即将完成壁画绘制的最后阶段，要求画工把他们的像画到洞窟的左右甬道的下部，画像也不大，显示了他们作为供养人虔诚和卑微的礼佛态度。

也有龟兹王族专门膜拜的北山石窟，那是龟兹王族供养的。那片石窟群最大的特征，就是有很多中心柱型石窟和几个大像窟。

中心柱型石窟，是分前后室的，前室的中心柱正面有佛龛，佛龛之内有雕造的石佛像，或者木质的佛像安放在佛龛里。大像窟，则是一尊高达几十尺的一尊佛像伫立在前室，后室之内则是佛像的涅槃窟，往往有一尊释迦牟尼的涅槃卧佛躺在石床之上，在涅槃中露出了安详的微笑。

特别是，在龟兹石窟群最中心的一个位置，有一尊高达七十五尺的大佛像，右手施无畏印，左手下垂，轻轻地提着佛衣，面部安详。康青蓝知道，那座石窟是他的一位祖先开凿的。要是从远处看上去，特别是在早晨的时光中，就能看到那尊佛像沐浴在一片金碧辉煌的阳光灿烂中，脸部挂着一丝慈悲的微笑，顿时这片荒芜的山峦就变得光芒万丈了。

有人告诉康青蓝，他也是龟兹王族的血脉，他笑了笑说，我是这片山岭的儿子，我的父亲变成了壁画中的人物，我和什么龟兹王族一点关系都没有。

他的名字叫康青蓝，所以，他从小对各种非常熟悉，懂得岩石研磨成粉状物之后，作为壁画颜料涂抹到墙上所形成的绝佳效果。一些壁画工匠就委托他去开采和寻找制作壁画颜料的青蓝石。天青石、金石、宝石绿等各种矿物色，都被他找来了。

工匠、画匠花钱购买这些东西，他把供养人给他的金银财物，都埋在父亲变成壁画的那个洞窟顶上的一个石洞里。

他也帮助那些画匠绘制壁画，他发现，绘制壁画是一个很辛苦的活儿，往往要在洞窟里待上一整天。等到天黑了，光线黯淡了，绘制壁画才结束。他有时候感觉到不耐烦，坐不住，一溜烟跑到山上去了。

康青蓝对山中的动物和植物特别熟悉，他就帮助画师在壁画中绘制动物和植物。只要是需要绘制动物的地方，画师就会请他参加。他们在山谷中呼喊他的名字："康青蓝——青蓝——青蓝——"

一阵阵回声在山谷之间回响，传达到遥远的地方。

画师在山崖上等待着。很快，就能看见一个比猿猴还要敏捷、身披羊皮袄的少年，从远处的山坡上像是一阵疾风那样奔跑过来。

他就将动物、植物，特别是将一些植物的花叶变为一种纹路绘制出来。卷草纹、连珠纹、细草纹，他都会画。他没有见过莲花，那些在天竺和中原见过莲花的画匠就告诉他莲花的模样。他也学会了绘制莲花图案。

他逐渐长大到了十八岁。有一天，在山坡上放羊，他发现，在一片灌木丛的后面，有什么东西在窥伺他。他机敏地察觉到了，就假装不动声色。那是一个温暖的下午，阳光斜斜地照射着这片山坡。

他赶着羊群，逐渐靠近那片灌木，然后突然就扑了过去。

他抓到了一个人。具体来说，他抓到了一个女人。这个女人身上披着一张白色的羊皮，很像是一只绵羊。女人的年纪和他相仿，眼珠子是蓝绿色的，很好看。她很紧张，也很羞涩，想逃跑，但被他抓住了。她比画着，说还有一匹马，是她的马，在附近。

他找到了那匹白色的走马，然后，他把她带回了自己住的石洞里，给她喝水，吃肉干和野果子。她安静下来，冲他笑。

他和她说话，她一开始似乎听不懂他在说什么，显然，她不是龟兹人。不过，她学习能力很快，没多久就能和他比画着交流了。

她说，她来自很远的高山上，她们的族人都在那里生活，在云一样的高山上生活着。到了夏天，族人们出来放马，骑着马走着，她就迷路了，然后到了这里。

那你叫什么？他问她。

我叫娜孜。

娜孜娜孜，很好听的名字。

你呢？你叫什么名字？

我叫蓝色和青色。我叫康青蓝。

康青蓝康青蓝，青蓝，她说，娜孜和青蓝。她笑了。

你的眼睛是蓝色的和绿色的。和我的不一样，我的眼珠子是灰色的，我知道的。他说。

康青蓝见到这个女子之后，内心和身体上都起了反应。这种反应是他过去从来没有感觉到的，特别是身体的反应，让他有些无所适从。这使他在山洞那狭小空间里与她相处，有些局促感。

娜孜却很大胆，过来帮助他脱掉皮袄。她给他摘掉皮袄上的虱子的时候，他的身体裸露着，两腿之间的悬垂物很不听话地直立起来了。但这个女子却似乎并不在意，似乎熟视无睹，坦然面对他的一切反应。

到了晚上，月亮特别亮，也特别圆。月光照射进石洞的前壁，康青蓝听着身边草床上的女子熟睡的一点点鼻息，自己却睡不着。

远处忽然响起了狼嚎的声音。女子很紧张，惊醒了，在草床之上甩开羊皮衣裙，一下把他紧紧地抱住。她那温热的身体完全是裸露的，热得发烫，胸前的双乳饱满生动，挤压他的胸膛，和他热乎乎地贴在一起，一下让他更加无所适从，又似乎有所醒悟。他的脑海里涌过了很多他见过的动物交配的画面。她的手也摸索着，握住了他坚硬起来的男根，蓝绿色的眼睛在黑夜中闪光，看着他，那么地热切，嘴里喃喃说着鼓励他、安慰他的话，让他感觉到她就是他的一个亲人。他把她紧紧地抱在怀里，感觉到月亮的光线弯曲着进入到山洞之中，她的目光会说话，说着蓝色和绿色的话语。

他和她紧紧地黏合在一起了。他们的身体就像是起伏的山峦那样，在黑夜里波动起来。

天亮之后，他醒过来，感觉到身边空了，抬头看，娜孜正在那里，整理着他的一些衣物，帮助他整理皮制衣服上的破洞。然后，她用温柔的笑、用蓝绿色的眼睛看着他。

康青蓝就过上了一种新的生活，一种和另外一个人在一起的生活，有了一个女人的生活。这个女子温柔体贴，让他感觉到天地的颜色都变化了。不同的是，这女子的身体下面有一道缝儿，会在某几天里流血，这让他很惊奇。那几天，娜孜体弱无力，且需要草木制作的香薰裹着下半身。

康青蓝在山坡上奔跑的劲头更加大了。他白天放羊，她骑马跟在后面，她那匹白色走马很善于在山路上奔走。

克孜尔石窟第38窟主室券顶左侧　大光明王本生

他去洞窟画壁画的时候，她也跟着，但画师不让她进洞窟，说女人不能进入洞窟。她就在外面的树下等着他。

就这样，过了几个月。他惊奇地发现，娜孜的肚子慢慢地大了起来，而且，也不像开始那样每个月要流血几天。

她告诉他，肚子里有了一个孩子，那个孩子是他们一起造就的。

他兴奋起来，也感到迷惑，不知道怎么面对自己将要有一个孩子的局面。

又过了一些日子，一天清晨，他迷迷糊糊听到了洞窟外面有声音。不是野兽走动的声音，而是人的声音，有人吹了几下口哨。

女子翻身起来，走出石洞，不见了。

康青蓝一骨碌起来，走出去，却见到在不远处的山坡上，有三个女人骑在马上，正在和牵着白马的她说话。她似乎在辩解着什么，他听不清。但那几个女人的态度特别坚决，让她上马跟她们走。她顺从地上马了，这时他出来了，冲她大声喊，娜孜，不要走——走——走——

声音在山谷之间激烈地回荡着。

那几个女人和他的女人娜孜骑着马，快速地转过山坡就不见了。他穿着皮袄在后面追赶。她们骑在马上，走得很快，他能看到她不断地回头，可那几个女人在簇拥着她不断地奔走。人的脚没有马的腿跑得快，是肯定的了。

他站在山坡上，看着她们骑着马在远处的云杉林的边缘消失了，感到了无比的心痛和惆怅。

娜孜走了，连同她肚子里的孩子。他不知所措，这样的感觉在女子出现的几个月里，多次发生。娜孜改变了他的生活，但又甩开了他，让他重新跌落到过往的生活当中。

他在附近的山岩上坐着，忽然发现，在山岩上有很多岩画。有些岩画的内容过去他看不懂，现在，都看懂了。那是男子和女子在交合的场景，有的岩画，是裸体男子站立着，两腿之间是长长的男根，裸体的女子站着，两腿之间是一道缝隙。此时此刻，那些岩画之上，牛羊马驼，还有岩羊、黄羊和雪豹等各种动物的交配和跳跃，全都在他的眼睛里变得鲜活。这使得他格外想念那个女子。

再到石窟里绘制壁画的时候，他就将对娜孜的想念，化作了实际行动。他还想到了岩画，那些正在交配的动物，和正在交合的人。

康青蓝把裸女画在了壁画上，只要有出现魔女诱惑佛陀的场景，以及天女、飞天，他都要把她们画成裸女。还有一些菩萨画像，也被他画成了半裸的身形，还有因缘佛传图中的庵摩罗女，以及横卧在佛陀脚下的一尊裸女，都是裸体的，身上只有耳环、臂钏、腰带和脚环，煞是美丽非凡。在他画笔之下的那些裸女、半裸女画像，都像一个人，那就是娜孜的身体形态，非常妙曼美丽、妖娆生动，出现在壁画上，让很多画师目瞪口呆，也让他的眼睛里熠熠生辉。

有的供养人和画师不同意他这样在佛教洞窟里画上裸女。有一个画师愤怒地毁掉了他画的裸女壁画。

康青蓝会在第二天重新去绘上裸女，因为，那是他的娜孜。

这在石窟寺和龟兹王城的寺院里都引发了争论。也有禅师支持他，认为这才是不净观的最佳体现。修禅的人在观想佛像的时候，既要观想死亡，也要观想各种世间万象的诱惑，特别是女人的诱惑。

康青蓝自身的遭遇也传播开来，人们都知道他遇到了一个女子，女子怀孕之后又走了。他变成了一个伤心的人。

有一天，一位从河西地区前来修行的禅师告诉康青蓝，你遇到的那个女子，也就是你的娜孜，她是东女族的女人。传说，东女族的人全部由女人组成，她们是不和男人生活在一起的。

这个禅师合掌说，康青蓝啊，她们生活在河西南边高大峻拔的山区。那些东女族的人都是女人，女人生活在一起，长到十六岁的女子，在熟女的教导之下，会下山去寻找合适的男子，然后去诱惑男人爱上她，怀孕之后她就走了。她会重新回到山上，如果生下来的是一个女子，就都留下来养着，如果生下一个男孩儿，不久之后，就会送到南边的吐蕃人那里去。东女族就是这样的一种人。

听到这些，康青蓝释然了。但对娜孜的思念，却日复一日地在他内心里燃烧。他无法忘记她的目光，她的目光就像是缠绕在他脑海里的一缕缕棉线那样，不断地绕圈、绕圈，让他无法结束思念。她蓝绿色的眼睛就像是一面湖泊，让他深陷其中，让他感觉到特别的痛苦。

后来，在龟兹，康青蓝成了一个传奇的有争议的壁画画师。他也是一位离经叛道的画师，正是那些年，他通过对附近山岩上的生殖崇拜的描摹，画裸女和半裸女菩萨、魔女画像在石窟壁画中，由此引发了一场关于佛教绘画是否可以画裸女的巨大争论。

那段时间里，也正是从东土归来的一位佛学大师带回来的大乘佛教与龟兹小乘佛教产生激烈争论的时期。一时之间，在龟兹的很多寺庙里都在争论，在山上的石窟寺中也在争论。释迦牟尼佛成为多佛中的一佛，如来佛、弥勒佛、卢舍那佛等佛，都成为膜拜的对象，净土变、地狱变等大型壁画在龟兹风行一时。

还是有人对康青蓝绘制的石窟壁画中那些裸体魔女和半裸的菩萨感到不满。他们不断地去龟兹王那里告状。这最终导致龟兹王下令抓捕康青蓝。

在抓捕他的人抵达他栖居的山洞之前，康青蓝已经得到消息，他逃走了，从此不知所终。

龟兹人对康青蓝最终去了哪里是众说纷纭。有一个说法非常神奇，有人说，他们看到他和一群在山岩上攀登的岩羊生活在一起，身手敏捷，善于攀岩，甚至能跳起来去抓捕半空中的金雕。也就是说，他成了盘羊和岩羊的首领，生活在更为高大峻拔的北山群山之中，在雪峰之间奔走，在岩石之上隐藏，成为野羊的首领，不再回到人群之中了。

有意思的是，在那些龟兹石窟中，只要有画匠不嫌费事，给裸体魔女和半裸菩萨再画上衣服，过不了多久，那些画像又重新变为了裸体魔女和半裸的菩萨。

不知道是谁，又是在什么时候重新去绘制的。那些女子妙曼多姿、妖娆鲜活地存在于龟兹石窟的壁画中，至今都依然如此。

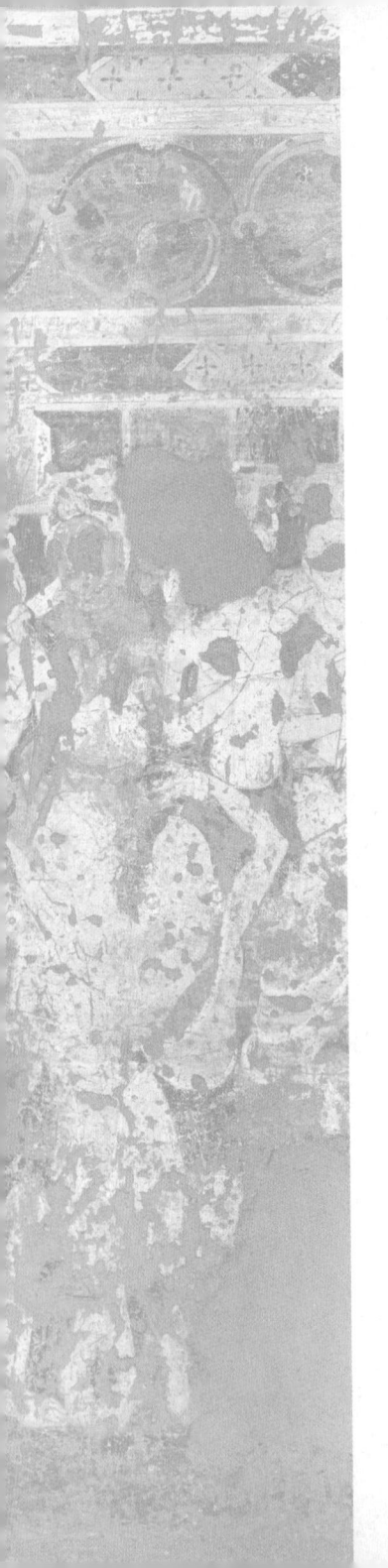

八　康千里

　　康青蓝消失在龟兹人的视野里很多年之后,有一天,从河西地区来了一个商队,他们把一个男孩子带到了龟兹,告诉龟兹人,这个男孩子就是康青蓝的儿子,现在取名为康千里。孩子是在沙洲的粟特人聚集地长大的。

　　相传,一个半掩面的女人,某一天找到了这个粟特人聚集地的首领萨保,说自己是东女族人,部族不收留男孩儿。就把一个一岁大的男孩儿交给了他,说,这个男孩子本来要交给吐蕃人,但她想,还是要把他交给粟特人。他的父亲姓康,在龟兹生活。说罢,那个女子就走了。

　　根据推测,那个女子就是他的生

母——东女族人娜孜。

孩子长大一点，三岁的时候，在成长仪式上，他抓住了一匹木雕小马驹，被养母起名为康千里。男孩儿就在沙洲的粟特人聚集地长大，长到十二三岁，有一天，他做了一个梦，说，有一个叫龟兹的地方，呼唤他回到那里。然后，萨保就让商队把他带到龟兹来寻找父亲。

男孩子有十二三岁的样子，有着蓝色的眼珠子，就像是蓝天化作了两滴水，藏在他的眼眶里，非常英俊。

那个商队是河西人、粟特人和安国、何国人所组成的，整日在从大食到洛阳的古道上奔走。他们找到了龟兹最大寺院的住持，希望他们将孩子留下来。

寺院听说是康青蓝的儿子，就把孩子留了下来，然后，那个商队继续向撒马尔罕进发了。康千里就在龟兹的寺院里长大。

那些年，龟兹人深受北山北面的河谷地带强大起来的柔然和高车部的袭扰。

龟兹国盛产精铁，柔然人垂涎已久，经常发动对龟兹的袭击，然后劫掠一些精铁和财物再走。碰到这种情况，龟兹人都是紧闭城门，严阵以待，私下里派出讲和的使者，给柔然大军说软话，送上一些财物和精铁，然后，柔然人就退兵了，这样龟兹国就又能消停地过安稳的日子。

紧接着,在和柔然人的对阵中,高车人逐渐壮大起来。经过多次交锋,高车人打败了柔然人,把柔然的势力从龟兹的北面赶到了更西的地方。然后,高车大军翻山越岭,从北面一路向龟兹城杀来。

这时的康千里,已经二十岁了,长得高大英俊,聪明过人。在龟兹寺院里长大这些年,他在庙宇内外,也结识了不少喜欢跑马斗羊的野小子,带着这帮人到处奔跑,他是他们的首领。跟着保护寺庙的护卫,他学会了使用刀剑,也很会使用弹弓和弓箭,外出上山打野兽,背上就背着弓箭。

那年月,寺院香火盛大,也有贼人惦记,他就率领一群人,保护寺院不被抢劫偷盗,抓住过一些贼人。

康千里也曾去寻找过传说中的父亲和爷爷的痕迹。

传说,他的父亲康青蓝变成了一只盘羊,他就去北山以北更高峻的山峦高处,那里是盘羊和岩羊群出没的地方,看到盘羊首领,他会用弓箭瞄准,然后大声呼唤着,康青蓝——可是,那只盘羊并未有特异的表现。虽然盘羊就在眼前,他却没有放箭,他想,万一是父亲变的呢?他到处寻访,没有任何一只盘羊像是他的父亲那样,能够传递给他相关的信息。那不过就是一个神秘的传说罢了。

他也来到了那座据说有他爷爷的供养人画像的石窟,仰脸去观望石窟中脊上的舍卫城神变壁画。

他等了很久，那一铺舍卫城水火神变壁画中的佛陀像，也并没有像龟兹人传说中的那样会喷出火和吐出水，且因岁月的延展而变得黯淡了。

他大声呼唤着康洗心的名字，壁画上的佛陀画像也没有任何动静。他感到很失望，觉得有关爷爷和父亲的传说，很可能就是无稽之谈。

高车人对龟兹的威胁却是迫在眉睫的。探子回来向龟兹王和寺庙大住持报告，高车人正在谋划一次对龟兹的战争。高车人打算翻山越岭前来攻打龟兹，并要一举击溃龟兹，使得龟兹彻底成为高车的附庸。

高车人之所以叫高车人，是因为他们有一种牛马拉着的非常高大的战车，光是车辘辘都有一人高，木质包铁。这种高车在高车人部落里面数量很多。这种高车可装卸，翻山越岭的时候，就拆解下来，到了平原和草原地带，就迅速组装起来，高车人一组组站在高车之上，身披铠甲，一手持坚固的盾牌，一手持长刀，背上背着箭囊。高车军与两翼的骑兵一起互相策应，对付草原上的敌人，所向披靡。

龟兹王听到高车人要派出重兵攻打龟兹的消息，忧心忡忡。多年来，龟兹都是这一片最为强大的力量，且与中原王朝保持着臣属关系。龟兹王一方面派出使者，请求大魏发兵支持龟兹，另一方面就积极地备战。

如何与来犯之敌高车人在战场上决出胜负，龟兹王心里并没有底。于是，龟兹王宫陷入了对战争的恐慌当中。龟兹王曾经多年和焉耆对阵，总体上都是龟兹一方胜利，现在，面对实力强大的高车人的侵扰，他们并无胜利的把握。所以，失败情绪已经开始弥漫在龟兹王族的心头了。

消息也传到了龟兹的各个寺庙里。康千里听说之后，就主动站出来，说，他有妙计，可以破除高车人对龟兹的大举攻击。

没有人相信这个无父无母的年轻人的狂言。但他到处说，他可以率领奇兵，对高车人进行打击。

一个寺庙长大的年轻人口出狂言的消息，也传到了龟兹王城之内。大臣密拉多找到他，说，你真的有办法对付高车人？

康千里面对密拉多，信誓旦旦地说，交给我三千精兵，再有一千骑兵配合，我就能率领这些人击败高车的三万大军。

密拉多半信半疑，又将他带到了王宫内。

龟兹王白达详细问了他的计划，康千里就在王宫里画出沙盘，和盘托出自己的作战计划。虽然龟兹王白达对康千里的计划将信将疑，没有确定的把握，但他想了半天，又和王族大臣商议，最后决定，将龟兹所有的胜兵分成两部分：最精锐的三千步军，交给康千里率领，一千骑兵，作为侧翼的保护。

还有几千人的龟兹胜兵，龟兹王白达的打算是，要用来保护龟兹王城的王族，万一康千里率兵在对高车人的战斗中失利，就让他们保护龟兹王族向疏勒撤退，他要去投奔疏勒了。

没过多久，高车人的精兵强将三万人马，正在翻山越岭，奔袭龟兹。康千里临危受命，被任命为龟兹护城将，率领三千步军和一千骑兵，迎击高车人。

此时康千里年方二十，在他的祖辈当中，二十岁的时候，都是要上路跟随着商队去做买卖、口蜜腹剑地去赚钱，钱到了手上就要粘住取不下来的。可现在，涉世未深的他却要率领几千龟兹精兵，对抗北部草原上新兴的霸主高车人的大举进攻，这实在令人担忧了。龟兹人知道康家一代代人都是声名远扬，但他们对康千里却没有那么大的信任感。

相传，康千里是一位胆大心细的人。早先，他就对高车人和柔然人打仗的情况有所耳闻，碰到来往东西南北的商人、路人、僧人和行人，他都详细询问他们见过高车人和柔然人的一些情况。特别是对高车人发明的高车，在作战的时候如何使用，步军、骑兵如何配合，在高高的战车上弓箭、短刀和长刀的使用，以及高车人的战阵是如何排列、作战习惯是什么样的，他都比较了解。

康千里率领三千龟兹胜兵和一千骑兵在龟兹城外扎营，展开了训练。面对高车人的进攻，他决定攻其不备、以少胜多。他预先派出探马，埋伏到北山的各个路段，详细侦察高车人攻打龟兹的行军路线。

高车人正在翻山越岭而来。每个路段，都有康千里派出的探子回来报告，敌军到达了哪里，所以他对敌军的行军路线和装备情况了如指掌。

他把三千人都埋伏在北山要道的位置，也就是高车人直扑龟兹王城的一条山路两边的大山之上。他准备了大量的弓箭、油火箭和巨石，计划对在山谷中的行军的高车人先发制人，攻其不备。

他得知，高车人也派出了数十人的先锋队列在前面探路。他就诱敌深入，派了一些僧人装成逃荒的样子，传递消息给高车先锋，说，龟兹人听说高车人要来攻占龟兹，慌乱至极，全城的人正在向疏勒逃窜。

高车人探马先锋果然上当，报告给了高车军的统帅，高车军就加速前进，逐渐进入康千里预先设好的口袋阵里。

那一刻，其实率领三千步军悄悄埋伏在山上的康千里的内心也是紧张的。眼看着高车军的先锋骑兵奔驰而来，山谷中回响着隆隆的马蹄声就像是在打雷一样，高车人三千骑兵在前，两万多步军在后，辎重和人马都在山道上快速移动。

康千里下令攻击。弓箭手射出弓箭，天空中就像飞鸟和蝗虫都在飞舞一样，飞箭飞蝗一样射向高车人的骑兵。紧接着，一阵火油箭射向了高车军行军队伍的中段——牛车上拉着粮草的辎重部队，然后就是巨石滚滚而下，把高车人砸得人仰马翻、溃不成军。一时之间，山谷中哀号一片，叫骂声、嘶喊声，人喊马嘶，牛车翻滚。高车人的高车战车优势还没有发挥作用，就在康千里的伏击之下，损失了四分之一。

这一场伏击战非常漂亮，高车人首战告输，他们紧急撤退十多里地，然后重新整队，步军从两侧山顶进发，骑兵在山谷中继续前进，高车辎重在后面缓缓而行。

这时，康千里已经率领三千步军回撤到山口地带的白杨树林里。在那里，他又下令骑兵两翼前进几里地，在山麓边等待号令，伺机发起攻击。

还没有展开正面战斗的高车军，遭受埋伏，折损四分之一人马，高车军的统帅恼羞成怒，他本以为，这次攻打龟兹是志在必得，他们要一举成功拿下龟兹，获得大批金银财宝和精铁丝帛，没想到第一仗就吃了败仗，死伤几千人。但他们的精锐仍在，且战斗力非凡。

这两万高车军一出山口，就在一马平川的山前荒漠之上列阵，骑兵四周保护步军，加速组装高车。

眼看着一辆辆高大的战车组装起来，站上了身披铠甲、手拿弓箭和长刀短刃的士兵，康千里下令，两翼各五百龟兹骑兵迅速出击。

龟兹骑兵手里拿着康千里特地打造的长柄砍刀，削铁如泥。一千骑兵猛烈冲击保护步军的高车军骑兵，砍瓜切菜一般，很快就打开了一个缺口。高车还在组装中，就被龟兹骑兵攻击，形不成战斗力。康千里下令，埋伏在杨树林里的三千步军冲杀敌军。三千龟兹兵冲了出来，将还在整队中的高车军杀得人仰马翻。

这一战，高车军又是猝不及防，被龟兹兵冲击得一片凌乱。高车军统帅慌了，决定撤退，因为他们实在没想到龟兹骑兵手中的长刀这么凶狠，高车军骑兵的马腿和人的铠甲都能被劈砍成段。高车人且战且退，退到了山谷口，康千里手里挥舞着一把长刀，率领步军挡住了高车军的后路。

缴械，不杀！缴械，不杀！

震耳欲聋的喊声，在半空中回响，高车人惊呆了。他们觉得龟兹人一定是有天助，此时似乎到处都是龟兹兵，高车军纷纷丢下武器，单腿跪在那里投降了。只有几百骑兵，护佑着高车军统帅杀开一条血路，向西山而逃。

经过清点，这一战，加上山谷中的伏击战，高车军死伤超过一万，投降五千多，还有几千人逃走和失踪。后来的几天里，又陆续从附近的洞窟中搜捕到一些高车逃兵。

康千里就这样一战成名。龟兹对阵高车获得胜利的这场战斗，也在天山南北威名远扬。高车人咽不下这口气，还在积累力量，伺机再度与龟兹决战。

康千里被龟兹王委以重任，负责统领龟兹胜兵两万，秣马厉兵，打算随时对抗来犯之敌。他还主动出击，消除隐患，使得高车军向更远的阿尔泰山脉迁徙而去。由于有康千里带兵征战，龟兹保持了很长时间的平安。

龟兹王也加紧与大魏进行联络，大魏皇帝下诏，派出文臣前来了解情况，派出兵将前来护佑龟兹，消息传到西域各地，龟兹就安全了许多。

过了几年，在康千里二十八岁的时候，龟兹王族的一位公主达拉丽与他成婚，他们的婚事成了当时龟兹的一件大事和美谈。

就这样，康姓家族和龟兹王族再度建立了血缘关系。

九　康振业

我长大以后,我父亲康千里早已经离开了龟兹。我母亲达拉丽告诉我,就在我刚生下来才一岁的时候,他就踏上了远行的路。

他怎么能忍心抛下我的母亲达拉丽和还在襁褓中的我去远行呢?事情是这样的,有一天,一个老人从石国的达拉兹来到了龟兹,他找到了我父亲。他说,康千里,你看看我,再看看你,你就知道,你是我的儿子了。我是你的父亲康青蓝啊!

那个时候,我父亲肯定是惊呆了。他说,怎么可能?传说我父亲变成了一只盘羊,怎么可能是你呢?

老人说,那咱们一起去找找我在龟兹

的熟人吧。

看样子那个老人六十多岁，我父亲就和他一起去找他说的龟兹的熟人。果然，有一些老人，特别是一些开凿洞窟的工匠和画匠，还有一些寺庙里的住持都认出他来了，他就是失踪很多年的康青蓝。

康青蓝感到了欣慰，说，你看，我就是你的父亲。

康千里最终接受了我爷爷是他父亲的现实。然后，他问，那你现在来找我，你到底想做什么呢？

康青蓝说，儿子，我知道你现在很会带兵打仗。前段时间，有一个从河西地区到达拉兹的商人告诉我说，你的母亲娜孜还活着，不过，她所在的东女族，被高原上的苏毗人打败了，苏毗人把东女族人全部抓起来，往西南方向转移。苏毗人是很凶残的父系氏族人，他们一直痛恨东女族，终于找到了一个机会，把她们都给俘虏了。

康千里知道了父亲的来意，但他还是说，那又怎么样？

康青蓝缓缓地说，我要你陪我一起去高原大山，去解救你的母亲娜孜。你在很小的时候被她送到了沙洲粟特人聚集地，我后来听说，这是她为了给康家留种子。现在，你的老婆也给康家留了种子。我要你陪我一起去找你的母亲娜孜，她正在苏毗人那里受苦。我们必须找到她，我们一家三口，一定要在一起。

康千里沉默不语。

这是我的梦想，现在，儿子，只有你，康千里，你既然能够统率千军万马,你也能陪我去找到你的母亲娜孜。

我父亲低下头,想了一会儿。然后,他抬起头说,好吧,父亲,我陪你去找我的母亲。

就这样,康青蓝和康千里,我的爷爷和我的父亲,在我还在襁褓中的时候,他们就甩开了我的母亲达拉丽,带着几个随从,前往苏毗人所在的高原。他们要去寻找我的奶奶娜孜。他们就这样走了。

我大约长到十二岁的时候,我母亲达拉丽接到了我父亲康千里的死讯。有人从高原上带回来一个陶罐,说,里面装着我父亲的骨灰。他最后死在了苏毗人的手里。而我爷爷康青蓝和我奶奶娜孜结局如何,不得而知。

我母亲、龟兹的老公主达拉丽将手伸进了陶罐,抓起了骨灰,也抓到了我父亲一直戴在左手无名指上的一枚天青石戒指。那是她当年给他戴上的,确认这就是康千里的骨灰了。

我母亲达拉丽悲痛欲绝,她心里的希望破灭了,几个月之后,因为悲伤过度就去世了。

这让我很悲伤。我不知道我的家族,一代代传下来,有这么多的悲情故事。所以,我后来就变得沉默寡言,不爱说话,喜欢摆弄各种乐器,吹觱篥,弹琵琶,打手鼓、答腊鼓,熟悉了各种乐器,借助乐曲排遣失去了父母的忧伤。

我在龟兹王宫里慢慢长大,外祖母是我的依靠。到我二十岁的时候,我执意要跟着一个商队远走高飞。

我的外婆把我锁在了一个屋子里,但我破窗而出,我跟着商队在天不亮的时候就出发了。既然我们家族的男人都是二十岁就要上大路,我也走在了大路上,一路向东而去。

我跟随商队抵达了大魏的平城。在那里,我看到了很多在商路上奔走的人。我和他们在一起也很愉快。后来,我又来到了洛阳。洛阳是一座很大的城市,比龟兹要大很多,也要更加繁华。

偶然的机会,我被邀请到洛阳的大魏宫廷里,为大魏皇帝和太后演出。就是在那里,我在一次大魏的宫廷演出中,认识了一个来自东北奚部族的女人。她长着一双晶晶亮的黑眼睛,黑色的鬈发一绺绺的,像波浪挂在她的脑袋上。

她还有一个很好听的名字,库莫奚丹。她走路就像是火苗子那样,一飘一摇的,非常好看,她的舞蹈我没有见过,那是奚部族的独特舞蹈,让人心醉。她的手会说话,更会吸引人的目光。她那双舞蹈的手,那扭动的腰肢无比灵活,让我看得呆呆的。

最关键的是,她还是一位琵琶手。她可以反弹琵琶,单腿还在跳着换着步姿,粉红色的裙子和喇叭裤腿就像是莲花和喇叭花在盛开。她的眼睛流波,她的嘴唇向上一翘,就能吸引我向她靠近,我都担心我会变成一个气泡,被她一下子吸走。

那些天，我们一起排演在大魏宫殿里要演出的乐曲，我被库莫奚丹迷得神魂颠倒的。我看了看自己手里的银字觱篥，取下了背囊里的曲颈琵琶。我的曲颈琵琶是梨形音箱，有四柱四弦，弹的时候要横抱，用拨子弹奏。

我看到她的那把圆形琵琶，觉得很奇怪，因为，这个时候，最流行的是曲颈琵琶，圆形的秦汉琵琶已经不流行了。

我问她，你这把琵琶是哪里来的？

她说，这把琵琶是在几十年以前一个从龟兹流浪到东北奚部的乐师带过来，送给我的曾祖母的。我曾祖母就这么传下来，传到我的手里，已经有四代了。

我的心开始战抖，我说，我要好好地看看这把琵琶。这把琵琶可能和我的家族也有关系，它很可能是我的一位女祖先迪迪拉热弹奏过的琵琶，甚至，还可能是大汉朝的时候，汉武帝给细君公主带到乌孙国的那把汉琵琶。

我控制住心跳，接过了琵琶，仔细观瞧。这把琵琶一看就是一个老物件，直柄、四轸、四弦，面板显得很古旧，但保养得还好，上有两个音孔，腹下有缚弦。

我说，库莫奚丹啊，就是这把琵琶，在我家族里的女人手里弹奏过的。就是它！

库莫奚丹的眼睛也亮了。她说,等我们在这里演出完毕,我就跟你一起去龟兹,去这把琵琶待过的地方。

这时,她调皮地推了我一把,说,但在去龟兹之前,你要给我讲讲你们家族的故事,一代一代的人,你们家族的男人和女人都是什么样子的。我们奚部族的人,要是愿意跟着一个男人远走高飞,就必须刨根问底,要让那个男人把他们家族九代人都要讲个明白,然后,才会把自己托付给他。

我说,好吧,那我就给你讲讲,康家一直到我共九代人的故事吧。但这个故事太长了,一个晚上讲不完的。

库莫奚丹又捶了我一下,康振业,那你就多讲几个晚上,反正,你讲不完,我不会跟你去龟兹。

我说,那我吹觱篥,你弹琵琶,然后,我就开始给你讲。

就这样,我们俩,我和库莫奚丹,这个玲珑剔透的女子,一起盘腿坐在大魏洛阳城这世间的繁华地的一处客栈里,然后,我开始给瞪着醉人的黑眼睛的库莫奚丹说,话说,我爷爷的爷爷的爷爷的爷爷——是一个男人——

废话,她捶了我一下,难道,他不是个男人?

我笑了,他叫康伽……

克孜尔石窟第171窟主室券顶左侧　动物

第三歌

霓裳羽衣

一 斗艺

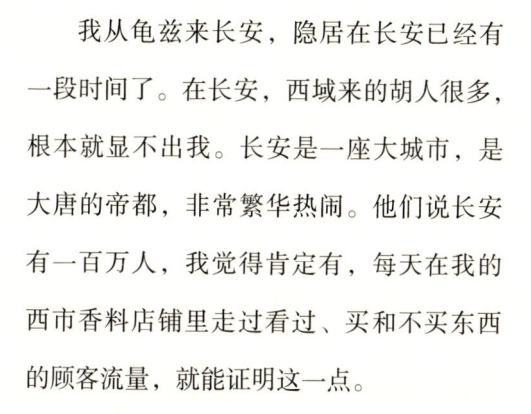

我从龟兹来长安,隐居在长安已经有一段时间了。在长安,西域来的胡人很多,根本就显不出我。长安是一座大城市,是大唐的帝都,非常繁华热闹。他们说长安有一百万人,我觉得肯定有,每天在我的西市香料店铺里走过看过、买和不买东西的顾客流量,就能证明这一点。

在我的店铺中,从西域来的香料、从东边大海上来的香料应有尽有。我的店里卖货真价实的好香料,有胡椒、乳香、红蓝花、苏合香、桂皮、花椒、大料、龙脑香、迷迭香、丁香、沉香、安息香、波斯小茴香、青木香、槟榔等几十种,还有一些名贵的药材,像肉苁蓉、胡麻、雌黄、石蜜、羚羊角、犀牛角、丹雄鸡、菩提子、水银、黑盐等药材，也很受欢迎。我有两个伙计专门打理。你问我有没有龙涎香？有，当然有。麝香呢？那更有了。不过，不要让孕妇闻到，以免流产。有的香料是有毒的，有的则是提神养颜的，还有的只是增加食物的香气。此外，女人用的脂粉香粉，我的店里也有很多种。在长安，无论肥胖的还是苗条的，女人都很热衷于打扮自己，无论是哪里来的女人，她们都善于精心装扮自己，在额头上点额红，修眉毛，在腮上扑粉，在脖颈上洒香水。经常有贵妇人骑在马上打着伞走过我的店门前，一路都是香气四溢。

我叫白明月，是龟兹王室白氏的一个王子。但我不想强调我的身份，我是逃离龟兹的，我厌恶残酷的权力之争。现在在龟兹当王的，是一位有身毒血统的人。龟兹残酷的政治斗争让我成了一个失败者，我在白姓王族的帮助下带着助手逃到长安，在这里隐姓埋名待下来。我的族人希望我伺机再回到龟兹，光复白氏王族的荣光，因为在龟兹，多少年来都是白姓王族当龟兹国的国王。血雨腥风让我惊魂未定，在长安，我必须保持沉默，才得到了稍许的安定。

如此说来，我的香料店铺是个幌子，主要是为了使我隐身于长安，有个饭碗。不像我的隔壁是一家波斯人开的珠宝店，他是正宗的波斯珠宝商人，一个独眼龙，为人极其狡诈。在他的店铺里卖的那些金银珠宝，很多都是假货。你一进他的店，就能感觉到什么是珠光宝气，什么是金碧辉煌和金玉满堂，可越是闪光的东西，假货就越多。金子和银子做的饰物就不说了，他的店里还有绿松石、翡翠、昆仑玉、蓝田干黄玉、砗磲、珊瑚、青金石、水晶、玛瑙、玳瑁、琥珀、琉璃、明月珠、南海珍珠、东珠子、紫贝、文贝什么的，宝贝很多。那家伙以次充好、以假乱真的手法是防不胜防。有时候被人发觉了，回头找他算账，他瞪着一只眼，假装听不懂你在说什么。你要是举拳打他，他就求饶，赶紧给你换真的来。

有时候我还是思念龟兹，思念龟兹国那三重城墙，很多巍峨的建筑有太多的记忆，我思念龟兹佛寺众多、梵音阵阵的氛围。这时，备受煎熬的我会把店里的事情交给伙计向小达，我就怀揣着我的觱篥，出了金光门疾疾地向城外走，走到一处无人的高坡，然后在那里伤心地吹觱篥。只有觱篥的曲调响起来，我思念龟兹的乡愁才会减掉一点。

除了觱篥，去年我在仓皇间来到长安的时候，还带来了羯鼓、大鼓、手鼓、铜角等各式龟兹乐器。在龟兹王宫里长大时，我就和众位白氏王族宗亲的孩子一起，打小就开始学习龟兹音乐。我擅长的是打击乐器和吹管乐器。弦乐是龟兹女人擅长的，我并不擅长，但那些弦乐器我都摸过，只是没有带到长安来。

我在吹七孔觱篥的时候，能引来远处的飞鸟谛听。比方说那一天正值黄昏，昏黄的太阳在远处的苍茫之处坠落。一些飞鸟似乎也是从西域飞来的，它们好像能听懂我的觱篥曲，呀呀叫着，围绕着我飞行。

在高坡上，在残阳如血的光线里，我被这群鸟包围着，我的觱篥声凄清而邈远，诉说着从长安奔向西域大道上的苍茫。我独自在吹奏觱篥，一个白衣秀士出现了，他高声朗诵道：

南山截竹为觱篥，此乐本自龟兹出。
流传汉地曲转奇，凉州胡人为我吹。
傍邻闻者多叹息，远客思乡皆泪垂。
世人解听不解赏，长飙风中自来往。
枯桑老柏寒飕飗，九雏鸣凤乱啾啾。
龙吟虎啸一时发，万籁百泉相与秋。
忽然更作渔阳掺，黄云萧条白日暗。
变调如闻杨柳春，上林繁花照眼新。
岁夜高堂列明烛，美酒一杯声一曲。

我放下觱篥，转身看去，他向我走来。靠近我，我发现这是一个文人打扮的人，也许是皇帝身边的文侍卫。

他说，我叫杜鹤年，是宫廷教坊诗人。我正在为宫里寻找乐师。刚才，我朗诵的这首诗是几十年前一个叫李颀的诗人，写给觱篥高手安万善的。你知道安万善吗？

我回答他说，当然知道！吹觱篥的高手。

嗯，是的，李颀曾经听过安万善吹奏觱篥，就写下了这首诗，成了名作，一直在长安传诵。我刚才在一边听了，你的觱篥吹得比安万善不差，我情不自禁就诵起这首诗来。

我笑了，安万善是大名家，我哪里能和他比。不过，我听说他离开长安有很多年了。

杜鹤年说，是呢，我听说他回到西域了。现在，当今圣上正在排演一部歌舞，叫《霓裳羽衣舞》，我在到处打探谁的觱篥吹得好，我就找到了你。我想向宫廷乐队的大乐官推荐你。他们非常需要一个吹觱篥的高手。

我说，我不想参加什么皇家乐队，对皇帝在宫廷里排演什么歌舞曲目也没有兴趣。我只是瞎玩玩，千万不要打扰我的生活。

他没想到我这么说，问，看你的装扮，想必是从西域来的吧？

我收起了觱篥，那是啊，我在西市开了一家香料店，那是我的正经营生。吹觱篥不过是玩玩而已。欢迎你来西市店里找我买香料。说完，我转身就走。

杜鹤年在我的身后喊，对了，明天上午，就在西市的彩楼上，天下第一琵琶圣手康昆仑要弹琵琶祈雨，离你那里不远，去看看热闹吧！

我已经飞身向城门跑去，想赶在暮色降临之前，回到我的西市店铺。

第二天一早，我听到西市外面人声嘈杂。我走出店铺，看到外面街面上熙熙攘攘，附近的人都跑出来看，不知道发生了什么热闹事。我忽然想到杜鹤年昨天告诉我的事情，难道真是康昆仑要在彩楼上弹琵琶啦？

我把目光投向跑出来的人，他们都是出来看热闹的。我这才注意到在西市居住了这么多的胡人，他们服饰各异，长相奇特，有缠头的，有半裸着膀子的，还有戴装饰了羽毛的帽子的。这些人我在龟兹时也见过他们的同族，可在长安居住这段时间，我并不知道我的街坊邻居都是何种人。长安是一座国际化大都市，这些外族人不光是从西边来的，还有北面大草原上来的，东边大海上来的，南边丘陵和山地犄角旮旯来的。有意思的是，他们都赖在长安不走，哪里都不想去，特别是不愿意回到自己的故乡。现在此刻，他们跑出来，是要看什么呢？一个挤着一个往前走。

我也跟着他们不由自主地往前走，互相簇拥着，四周语言嘈杂，人挤人几下子就到了西市的彩楼下面。但见在彩楼上搭建了一个彩台，上面坐了一个人，手里抱着一件乐器。

康昆仑啊！长安琵琶第一人哪。有人在说，可他这是要干吗呢？

干吗，你傻呀？你不觉得长安有一个月都没有下一滴雨了吗？这是祈雨的，朝廷请长安琵琶第一圣手康昆仑弹琵琶，向上天祈雨，普度众生啊。

我听明白了。我不由自主地把手伸向怀里，摸了摸我的那支银字管觱篥。康昆仑大师坐在装饰的高台上，踌躇满志。只见他手挥四弦，只听得一阵玲珑声响飘过，就像是一片雨滴洒下来一样。这不过是康昆仑试一下琵琶弦音的开场，大家都喝起彩来。

我抬头看去，长安上空果然是万里无云，太阳正在急速升起，天地之间暑热无比，令人焦躁。大家都屏气凝神，看琵琶大师康昆仑如何弹奏琵琶，祈求天降喜雨。

只见康昆仑闭目养神一小会儿。之后，他忽然睁开眼睛，就像是得到了天启，他的琵琶在怀里活了起来。他的弹法有拨弄、捻动、抹去、收拢、挑开，手指就像着了魔一样让人眼花缭乱，有时快，有时慢，有时急切，有时舒缓，有时清幽，有时暴躁。不知道他弹的是什么曲子，像是我熟悉的从唐初就开始流传的由宫廷乐队总管白明达写的《春莺啭》，又像龟兹乐《火凤》以及《耶婆瑟鸡》，那都是流行了很久的乐曲。

康昆仑今天弹的是什么？我不知道。宫、商、角、徵、羽，他弹的是羽调。我还知道北周时期从龟兹来到长安的高手白苏祇婆，他也是龟兹的白氏王族之一，在长安开创了七声七调，正是他，把龟兹音乐里的五旦七调带到中原长安，使得大唐宫廷音乐得到了突飞猛进的发展。我正在脑子里想到白苏祗婆，不知什么时候，在我身边出现了那个独眼龙波斯珠宝商人。他呵呵笑着，好热闹，今天的长安好热闹啊。

我说，当心你的珠宝店被人打劫！

独眼龙转动着一只眼珠子，现在这么干燥的天气，谁还想当小偷呢。

康昆仑坐在彩台上，身体俯仰自如，左右摇摆，把琵琶弹得是上天入地，一片琳琅，宛如夏雨的突如其来，又如春风细雨的缠绵悱恻，转而像秋雨的阵阵凄惨，最后，就像是大雪初歇的完满安宁。康昆仑戛然而止，弹奏了完美的一曲。

大家看呆了、听呆了，不知道说什么了，好久才欢呼、才鼓起掌来。有人赞叹道，康昆仑果然是琵琶第一圣手啊，他弹的这一曲《绿腰》，简直是出神入化啊，苍天有眼，赶紧降雨吧。

是啊，苍天有眼，赶紧降雨吧！大家都焦躁地看着天，可是，此刻天上连一丝云都没有，更别说要下雨了。康昆仑抹了抹一脸的汗水，他身上的华服锦衣也湿透了。他站起来，在侍者的引导下，正要走下彩台，这时一个穿着白衣长衫的男子飘飘然上了西市彩台，说，且慢，早听说康昆仑的大名，也听你弹了一曲。不过如此啊，什么天下琵琶第一圣手，我要和你一比高低。你坐下，且听我弹一曲!

众人惊呆了,难不成今天这弹琵琶祈雨,还成了打擂台?大家欢呼起来。我怀里的觱篥莫名其妙地蠢蠢欲动,这觱篥也不老实,难道它想跳出来,看个究竟?只见这个白衣男子推康昆仑大师重回原座,他一转身,从背上取下一具琵琶。白衣秀士年龄不大,十分俊俏,他那束起来的长发在脑后一飘,手挥琵琶,就弹了起来。

外行看热闹,内行看门道。站着打鼓的人我在龟兹倒是见多了,站着弹琵琶的人我没怎么见过。琵琶这么弹,真是匪夷所思,眼见为实了。我聚精会神,看他如何弹琵琶。现在不是祈雨,而是看琵琶手决斗了。似乎是上天也要看看究竟是谁的琵琶弹得好、弹得妙、弹得感天动地,才能天降喜雨。

这白衣秀士用的是枫香调,等于是羽调的转调,他弹的还是《绿腰》,可调子一变,那整首曲子的风格就大变了。难怪这白衣秀士要站着弹琵琶呢,只见琵琶在他手里如同神魔附体,更有活力了。琵琶声声,宛如洪钟,琵琶阵阵,宛如打雷,琵琶动动,宛如刮风,琵琶当当,宛如池塘。我都不知道怎么形容这个白衣秀士弹的琵琶了,他把这一曲琵琶弹得是惊天动地、出神入化,就像是春雷阵阵掠过了麦苗低伏的田野,又像是大雨滂沱中的树木被刮得一阵飘摇。好一曲枫香调的琵琶曲《绿腰》!康昆仑是坐立不宁,看着白衣秀士在一边挥洒自如、左右飘摇,感觉不是在弹琵琶,他就是一个仙人!

白衣秀士弹完了，向康昆仑鞠了一躬，康昆仑自愧不如，也连连作揖表示叹服。白衣秀士此时把束带一解，把白色长衫一放，我们仰头观瞧的一刹那，看到了刚才那个白衣秀士竟然变成了一个粉衣女子！原来，这白衣秀士是一个女人。康昆仑惊愕了，他站在那里都不知道该怎么办，一下子又瘫倒在座椅上。侍者赶紧过来，把康昆仑给搀扶着拖走了。粉衣女子也匆匆下楼，转眼就不见了。

　　众人都目瞪口呆，她去了哪里？她究竟是谁呢？

　　就在这个时候，大家都在惊呼，眼看着从北面天边疾速飘移过来一团黑云，来到众人的头顶。转眼之间，豆大的雨滴就降落了下来，祈雨成功了！大家欢呼起来，人们都在蹦跳着，长安一片热闹，这暑热顿消的快乐顿时涌现心头。

　　今天的祈雨成功了！我们被一阵瓢泼大雨浇得浑身湿透，心里却很快乐，特别是在西市居住的这些天南海北的胡人，大家都在雨中载歌载舞。

　　我一直在想，那个粉衣女子是谁呢？我怀里的觱篥在跳动，似乎这觱篥也认识它的故人。那个粉衣女子，一定是和龟兹有什么关系的。我忽然想到，我现在就是需要隐居，不要被人知道我来自龟兹。种种迹象表明，我的愿望可能落空。我悄悄回到了我的店铺。

　　几天以后，我把店铺门刚打开，就见诗人杜鹤年站在门外，还带着一个人。

你这里还挺好找的,只要是闻着香料的味道,很快就找到了。这西市有好几家香料店,可家家的味道都不一样。

这么说,你是闻着味儿来的喽。我淡然一笑。

我今天带来了一个人。他来自幽州,外号王麻子,他可是幽州第一觱篥手,我告诉他,还有一个觱篥高手隐藏在西市,他就要和你比试比试,这不,他来了。杜鹤年往他的身后一指,一个戴着宽檐圆帽的男人,把他的帽子摘下来。

我顿时一惊。这个王麻子,他脸上果然是长了大大小小的麻子,坑坑洼洼的,其貌不扬,目光还有杀气。也许高手遇到高手,是情不自禁要比试一番的。我也有好胜心,可一直压抑着。前几天,我在城外高坡上吹觱篥,被杜鹤年听到,他是一个在长安游走的诗人,交游甚广,每天茶会饭局不断,肯定是到处说我善吹觱篥。结果就引来了幽州第一觱篥手王麻子。昨天康昆仑败于假白衣秀士真粉衣女子之手的情景历历在目,今天将鹿死谁手?

来者不善啊。我拿眼往街坊上一看,看看还有什么其他情况。我忽然看见有一辆拉着花帘的马车停在街角,有人掀开车窗帘的一角偷偷望向这边。不知道这是什么情况,难道这个王麻子还有帮手?

王麻子说,听说店主是从西域来的觱篥高手,在下幽州王麻子,要以觱篥会一会店主。

说罢，他从怀里取出来一支觱篥。他的觱篥的管身是竹管，有银丝缠绕，管端镶着发亮的银锡。他说，我吹一曲《斗鸡子》，求教于先生了。说罢，他就吹了起来。

《斗鸡子》，顾名思义，就是斗鸡之曲。既然是斗鸡，那就要体现斗鸡的昂扬激越、斗鸡的鸡飞狗跳、斗鸡的凶悍张扬。可能是为了一举击败我，给我来一个下马威，来一个先声夺人，他起的调子很高，比惯常的调子要高半音。他吹的节奏也要快一些，指法花样也多，吹得摇头摆尾，满头大汗，声震长空，一曲没完，但见树叶纷纷落下。

吹得是不错，我微微点头，杜鹤年在一边也是交口称赞。西市街坊邻居也都出来看热闹，不知道怎么这家卖香料的店门口大清早的怎么出现了一个满脸麻子的人在那里吹觱篥，这是什么节奏啊？这是什么阵仗啊？昨天的琵琶祈雨大赛，康昆仑败给了不知名的粉衣女子，今天这王麻子来到西市吹觱篥，玩儿的又是哪一出？

王麻子的觱篥吹得是龙飞凤舞、狂风大作。可他为了表演，太费劲儿，就是这么一曲《斗鸡子》，他吹得是汗流浃背、双目凸出。吹完了，他长长吸吐了几下肺气，然后向我一鞠躬，有请阁下。

我淡然一笑，从怀里取出我的银字觱篥，好吧，那我也吹一曲你刚才那首《斗鸡子》吧。我把觱篥一举，横在眼前，淡然一挥，

克孜尔石窟第38窟主室券顶右侧　郁多本生

开始吹奏。我一吹，他就有点惊讶了。因这首《斗鸡子》的乐谱又不在眼前，他是熟练掌握的，我只不过是刚才听他吹了一遍，我就能完全按照他刚才吹的曲调，重新吹了一遍。只不过我的起音比他刚才起得低，却更加从容不迫、云淡风轻。外行看热闹，内行听门道，我把《斗鸡子》表现斗鸡的那种斗前的虚张声势、缠斗中的难解难分、中场的你来我往的猛攻，以及收尾的筋疲力尽的倦怠、结局的一方追击另一方仓皇而逃的胜利，一幕幕表现得自然生动，我一边吹，我身边人的脑子里想必那一幅幅画面在音色中全部呈现。一曲终了，王麻子脸上的麻子一下子泛红了，他向我鞠躬，王麻子自愧不如！服了，服了！他把自己的觱篥一下子丢在地上，单腿跪在那里表示叹服。

我收起我的觱篥，向他施礼，承让承让。这时，只见心高气傲的王麻子突然一口鲜血喷了出来。他这是血气攻心，承受不了失败，吐血而倒了。

我说，伙计，赶紧的，给这个人喂那还魂丹啊，救人要紧！

二 入宫

那天，幽州觱篥第一人王麻子和我比试觱篥，惨败于我，他吐血摔倒，之后被我们喂了还魂丹，醒来后看到身边围着很多西市看热闹不嫌烦的人，知道自己丢了丑，赶紧掩面羞愧而走。西市的人对我交口称赞，纷纷说，没想到这西市本是胡人杂居之地，却竟然是藏龙卧虎之所。

也在那天，杜鹤年一招手，躲在街角的那辆马车由车夫赶着来到我的近前。帘子一掀，跳下来一个人。我一看，她竟然是那天击败琵琶高手康昆仑的粉衣女子。只见她长得玲珑剔透、粉白可爱，眉目之间还有一种凌厉之气。

杜鹤年说，这位是琵琶高手火玲珑。

我现在受大唐宫廷教坊乐正的委托，到处找民间乐师奇人，我找到了你们两个。你跑不了了。白明月，我给你说实话，当今圣上要创作一个大型音乐歌舞节目，十分需要音乐高手的参与。那个王麻子牛皮吹得响，他是我找来和你对阵，结果他输了，你赢了。那么，你就得跟我进宫去。你赶紧收拾东西，跟我走一趟，我们的宫廷乐队就要开始组建，你不能再在这家店里隐居，你是从龟兹来的王族白氏之一。我已经把你的背景调查清楚了，白明月啊白明月，明月照我心，你要跟我走！

我很发愁，不去不行吗？杜鹤年指了指街坊门口几个手持利刃的卫兵，你不走，他们就得押着你跟我走了。

我指了指火玲珑姑娘说，她也去？

杜鹤年说，当然啊，她不出现，就没有你的现身。当今圣上等不及啊，现在就走！这辆车子就是来接你们的。什么都不用带，宫内什么都有。

我转身回到香料店，和两个伙计交代了一下，就带着个小包裹，里面装着我的霹篥。出来上了车，在这辆四轮马车内坐了我和杜鹤年，还有火玲珑。昨天她和康昆仑一比高低，令人惊叹，长安城顿时天降喜雨。不过，她今天穿的是绿色裙裾，脚蹬花鞋，笑盈盈看着我，听说你来自龟兹？

我说，是啊，你呢，姑娘？我看你不像是长安人。

我和你是龟兹老乡啊。不过，你是王族白氏，我是平民罢了。我也是从龟兹来到长安的，是父亲带着我在长安的酒肆和客店里表演谋生。那天我和康昆仑比试琵琶，被杜鹤年发现，他就请我去宫内排演歌舞。好在这样的话，我和我爹就有饭吃了。她露齿而笑。

这火玲珑还挺会自嘲的。当今圣上要排演一出大型乐舞？我感到纳闷儿，国事那么繁忙，皇上还有这个心境？

杜鹤年笑了，那是你不知道当今圣上的多才多艺和举重若轻。当今圣上琵琶、蹴鞠、谱曲、写歌样样皆能啊！现在皇上需要觱篥高手，我找到你了，白明月。

我说，我只是胡乱吹一吹觱篥罢了。我真是一个卖香料的。

火玲珑笑了，别装了。那个王麻子惨败于你，现在你就是长安第一觱篥圣手，你就当仁不让吧。

我闻到了她身上的香气，那是一种来自昆仑山野火莲的香气。火玲珑看着就是一个玲珑可爱的姑娘，赏心悦目。听说她来自龟兹，我很高兴，我逗她，火姑娘，那个康昆仑号称长安第一琵琶手，被你打败后，是不是他也吐血啦？谁说自己是第一，肯定要倒霉。

杜鹤年说，那个康昆仑也消失不见了。不知道他去了哪里。火姑娘其实也不是一般人，你让她说说看。

我看着火玲珑，她倒是不忸怩，她说，她父母亲都是龟兹人。说来话长，当年，北周武帝宇文邕娶了突厥公主，突厥可汗嫁女儿的时候给北周武帝陪嫁了一支龟兹乐舞队。武帝宇文邕也很喜欢弹琵琶,这支随突厥公主陪嫁而来的龟兹乐舞队,带来的乐舞风格叫西国龟兹,特点是欢腾、热闹、奔放、豪迈。西国龟兹乐舞历经北周、隋朝、大唐开国高祖、太宗朝,包括到了当今圣上时期,一直都有发展有继承,不断有龟兹艺人前来加入这个乐舞队中。火玲珑的父亲多年以前来到长安,师从苏祗婆到白明达两代名师,还有北齐、北周、大隋到大唐宫廷龟兹音乐大师的教导,不因循守范,锻造出一代新风。后来,回到龟兹,母亲去世,父亲因债务纠纷被伤害致残,一个月前带着火玲珑又来到长安躲避,就在酒肆和客店里弹琵琶演唱为生。那天,她去药店给父亲取药,结果碰到康昆仑在西市彩楼上弹琵琶祈雨,她按捺不住,上彩楼弹了一曲,竟然击败了康昆仑。这得归功于她手里的这把汉琵琶,它是他父亲珍藏多年的老琵琶,据说汉代的细君公主使用过,一直在龟兹流传着,后来落到她父亲的手里,现在在她的手上。

我问,你这次进宫,你父亲在店里,他怎么办呢?火玲珑俏丽的脸上现出了一点担忧。这时,杜鹤年接过话茬,我都安排好了。让火姑娘一点后顾之忧都没有,你还是多操心圣上的乐舞吧。

我和火玲珑就这样进宫去参加李隆基创作《霓裳羽衣舞》的乐舞班底。我们被杜鹤年带着进入皇宫,直接来到宫内的梨园。进来后我才知道,这梨园在禁苑之内规模很大,有三百男艺人、四百女艺人居住，都是当今圣上李隆基请来演奏法曲和大曲的。看着几百个乐师在我眼前走动，他们拿着各种乐器，轻歌曼舞、纵声高歌，我的情绪也高亢起来。我的生活迎来了意想不到的变化，让我倍感兴奋。我感觉火玲珑也是这样，梨园里的一切都让她感到新鲜。

我们这些被杜鹤年挖掘出来的乐人，接受了当今圣上的召见。

那天，皇上李隆基没穿天子冕服，他穿着圆领口锦缎常服出来接见我们。我有点紧张，毕竟是第一次见到大唐的皇帝，可看到他容光焕发、笑容和蔼、态度亲切，就放松了下来。我们纷纷施礼，皇上示意平身，说，你们都是朕的梨园弟子啊。

杜鹤年紧紧跟在他身边，指着我说，这位，就是我在西市找到的龟兹觱篥高手白明月；这位，是从龟兹来长安的琵琶高手火玲珑。

杜鹤年引见我们之后，皇上很高兴，他寒暄了一阵子，就回宫休息了。

杜鹤年跟着对大家说，这一次，大家聚拢在宫廷梨园乐舞队，目的是排演皇上新写的一曲乐舞《霓裳羽衣舞》。根据皇帝的设想，这一曲《霓裳羽衣舞》将是规模空前、华丽万端、优美无比的乐舞。这是皇帝陛下音乐理想的实现，其中包含了他的一个心愿，那就是他要以这首曲目庆祝杨贵妃从道观中还俗，正式成为他的贵妃。现在距离杨贵妃还俗，还有两个月，皇帝陛下要求我们努力在这个时间段完成乐舞排演。

在梨园待下来，我们开始了紧张的排练。当今圣上这么喜欢音乐歌舞又十分精到，让我感到吃惊。随后几天，我看到梨园里还养了几百个漂亮的服侍宫女，住在宜春北苑，我和火玲珑与几百男乐师和女乐手同住梨园。每次有新的曲目要排演，这些乐师都要上阵，梨园女子则是独舞、群舞或者伴舞，也有演唱的。皇上常常亲自来看排演，也下场打羯鼓。发现有人唱得不对，李隆基会挥动手里的鼓杖，说，停，错了错了，你重新唱。这么唱——他还纠正她们，她们唱对了跳对了，皇上李隆基就很高兴，对了对了，你们呀，果真是我的梨园弟子。

梨园乐师喜欢聊天，我知道了宫内对音乐的态度。隋文帝时期，对西域音乐那种欢闹喧哗十分反感。大唐立国之后，在高祖时期，对西域音乐的态度就有了变化，将西域音乐收入大唐宫廷音乐的九部乐中，进行高雅化的改造。大唐开国皇帝李渊对宫廷音乐格外重视，自登极之后，一开始沿袭了隋朝确定下来的九部乐，后来又增设了一部，变为大唐宫廷雅乐十部乐，分别是：燕乐、清乐、高丽乐、西凉乐、龟兹乐、疏勒乐、高昌乐、康国乐、安国乐、天竺乐。其中六部是西域音乐，可见西域音乐对大唐的影响。

每个帝王喜欢的音乐风格是不一样的。太宗李世民喜欢的是《破阵乐》，这和他在马上杀敌、协助父皇夺取江山，又和他与兄弟争夺皇位的腥风血雨有关。所以，他喜欢的音乐都是大鼓擂动，李

克孜尔石窟第171窟主室入口上方 听法菩萨

世民久经沙场，他特别喜欢《破阵乐》，由李百药作歌词，演出时是一百二十人手持利戟、披挂铠甲，擂动大鼓，整齐起舞，声震百里，地动山摇。

后来的唐高宗对音乐的喜好是比较活泼多样的，这和他经常与音乐家白明达切磋有关，有一天他听到黄莺鸣叫，就让白明达写《春莺啭》，成就了一曲名作。

当今圣上更加喜欢音乐，李隆基把十部乐改为了立部伎和坐部伎，也就是站着演和坐着演两部分，宫廷乐舞队的规模更大了。所谓堂下立奏，叫作立部伎；堂上坐着演奏，叫作坐部伎。这是对演出形式的一种灵活规范和重要发展。他还尝试让几百个宫女来表演《破阵乐》，这样就把当年太宗的那种雄赳赳、气昂昂的乐舞风格，变成了旖旎万端的宫女鼓舞舞蹈，有点搞怪。

我从乐师的闲聊那里得知皇上自小就喜欢音乐。传说，在则天女皇登基大典的那天晚上，女皇特别高兴，乘兴举办了一个宫廷宴会。邀请而来的群臣百官都聚集在一起推杯换盏、歌舞升平。为展现女皇的慈祥善美，她的孙子和孙女所组成的乐舞队最后上场。

这一年是天授元年（公元690）。武则天端坐在皇帝大位上，目光温暖慈祥。唐睿宗李旦的几个儿女次第登台。首先是五岁的卫王李隆范上场，他戴着假面，手持传说中兰陵王所用的宝剑，用稚气的声音念出了庄重的台词：卫王入场，祝愿神圣神皇万岁，孙子成行。《兰陵王》是一出要戴面具的戏剧。传说中的北齐兰陵王长得太英俊，没有杀伐气息，不像是一个王，战场上他一出现，没有人怕他。所以他就戴着一副十分凶恶的面具出现在战场上，冲入敌阵杀敌，敌人溃败。

武则天看到孙子小小年纪，说着这么大段的台词，如此端庄可爱，不禁露出慈祥温和的微笑。这也是杀伐果断、处事凌厉的女皇少有的温情时刻。接着上场的是六岁的楚王李隆基，也就是我面前的当今圣上李隆基。那天，他男扮女装，表演《长命女》，博得了满场的喝彩和女皇的喜爱。那一天的表演，后面还有皇孙李成器，十二岁，表演《安公子》。寿昌公主和妹妹——四岁的代国公主李华跳了一曲对舞。在西凉殿上，这些少男少女歌舞队的表演，其乐融融之下隐藏着别人看不见的命运的黑云笼罩和杀机四伏。

就在那时，李隆基已经是一个文艺人才了。李隆基还会打波罗球，而且在当诸侯王的时候，球就打得好。波罗球是一种马上打球的竞技游戏，发源于波斯，汉代就从西域传到长安来。有一年，吐蕃派遣使者前来迎接和亲而去的金城公主。唐中宗请吐蕃使者在梨园亭子里看打波罗球。吐蕃使者说，我带的人里面，有擅长打波罗球的，请求和你的人打一打，看看谁赢。中宗令内廷的一些人上去和吐蕃人比试，结果全都输了。中宗让驸马杨慎交等四位近臣上去，也输了。

皇帝感觉没有面子，问，还有谁波罗球打得好？我大唐没人啦？

这时，大家才说，中宗的侄子、临淄王李隆基波罗球打得最好。中宗说，那赶紧把他招来上场打球！于是，李隆基气喘吁吁赶来了，赶忙上场。只见他在吐蕃打波罗球的人里左冲右突，英勇无敌，善于找到间隙勇猛突进，身躯十分灵活，就像是旋风回转，雷电突袭，吐蕃人纷纷战败，李隆基打波罗球，获得大胜。

李隆基很擅长敲击羯鼓。早就听说皇上是打羯鼓的好手，果不其然。梨园里的一面羯鼓，据说就是皇上在少年时候打过的。羯鼓是圆柱形，横着，有两面，一般是放在雕花的牙床上，可以用两只手来左右敲击。但李隆基打鼓不是左右两边敲，而是把羯鼓竖起来，双手只是敲打一面。他打起羯鼓来，面不改色心不跳，稳坐鼓前，气壮山河又游刃有余。宰相宋璟写过一首诗赞美唐明皇打羯鼓：头如青山峰，手如白雨点。

在梨园，大家熟悉起来，就都称赞当今圣上是一个艺术天分很高，什么都会的皇帝。我知道他还是一个特别会玩的皇帝，可能小时候他就知道皇宫内权力斗争的残酷无以复加，也就把更多的心思放在了游乐玩耍上，这样别人就不会把他当作竞争对手，他也自得其乐。

关于李隆基打羯鼓，还有几个传说：

皇上有一个侄子叫李琎，有个小名叫花奴，也很擅长打羯鼓。

有一次，正在把羯鼓竖起来打的时候，李隆基一时兴奋起来，就把一朵绢花插在花奴的绢帽上，绢帽是丝帛的，那花就有点歪，别在帽子边看着有点玄。花奴手如雨点打羯鼓，不去理会那支花，打了一曲《舞山香》，煞是好听，打完了一曲，那朵花也没有掉下来，整个打羯鼓的过程中，他的头部一直很稳当。这让在场的人包括李隆基都大为赞赏。

有一次，皇家音乐总管李龟年吹起牛，说他打羯鼓是下了苦功夫，很用心也很用力，都打废了五十根鼓杖。李隆基淡淡地说，你才打废了五十根，我打废了的鼓杖装满了三个柜子呢。可见李隆基打羯鼓下的力气有多大。

一般说来，打羯鼓的鼓杖都是硬木做的，比如檀木、鸡翅木、花楸木做的，制作的时候会把鼓杖端头磨圆，李隆基打废了三大柜子的鼓杖，谁能和他比啊。

我们就在皇宫里，在皇上的亲自指导下，开始了《霓裳羽衣舞》的排练，我的觱篥是先声夺人，必须先入调，起到一个引领的作用。这是皇上的主意。之后，其他乐器才跟上来，依次呈现乐器本身的魅力与特点，将《霓裳》一步步引入下一个段落。

有一天，皇上看我觱篥吹得好，很高兴，他说，你的远亲白明达，他写的《春莺啭》的故事，想必你听说过？

我说，陛下，小的并不熟知这个故事。

皇上说，那还是在高宗朝时期，有一天早晨，高宗在御花园里散步，应该是庆幸宫内，忽然听到在熹微的光线里，微风拂面之下，有一种好听的鸟叫声从疏影横陈的林间传来。鸟叫声婉转清脆，欢快动人。那是春莺在叫，可在高宗李治的耳朵里，竟被他听成了一曲美妙动人的音乐旋律。一早在庆幸宫御花园里听到春莺的叫声，被认为是吉祥的兆头。他回到宫内，找来宫廷乐师，让他们根据他所描述的春莺的鸣叫写出一首曲子。各位乐师面面相觑，都说写不出来。此时，从龟兹来的乐师白明达却胸有成竹，他说，皇上，我能写出来。高宗大喜，说，三天怎么样，能不能写出来？白明达说，陛下，我肯定能完成。果然，几天之后，白明达就写出了《春莺啭》，这是一首春莺啼鸣般好听的乐曲，一共有十一段，段与段之间有着美妙的起伏和连接，天衣无缝，带有龟兹乐的风格，其中两段的春莺啼鸣惟妙惟肖。

白明达用琵琶演奏《春莺啭》给高宗听，围在边上的臣子和乐师都听到那婉转起伏、美妙动人的旋律，看到高宗首先是拍掌大喜，这才跟着纷纷拍手称快。高宗下诏令，让给这首曲子配上舞蹈和歌唱，并封白明达为太乐署首席音乐官乐正。

讲完高宗和白明达的这段逸事，皇上问我，你叫白明月，白明达是你的什么亲戚呀？

我笑了笑，陛下，不是啊，白明达历经隋炀帝、唐高祖、太宗、高宗朝，和我差着一百年呢。他自北周时期就跟随北周的突厥皇后乐团移居到长安，那是一百多年前的事情了。

李隆基就笑了笑，你们龟兹白姓个个都是有音乐天赋的。

我听说，到了则天女皇朝，大唐的艺术气息变得温和多样。不过，宫廷里的血腥搏杀依旧很可怕。到了当今圣上时期，华美绮丽的风格是他的追求。但这种绮丽听上去有点萎靡不振，缺少了活泼欢乐的元素，华丽中有着一种苍白。

李隆基是则天女皇的孙子，他很喜欢自己的兄弟姐妹，和他们感情很好。刚即位时，有时候他还和兄弟挤在一张大床上休息，枕着长枕头，盖着大被子。各位诸侯王上朝时，谈国家大事、军国要事，关系是皇上和臣子，退朝之后，他们还是兄弟，一起宴饮作乐、斗鸡打球，游猎于郊外、游赏于花园，其乐融融。

李隆基是一个绝顶聪明的人，他可能是以这种方式让自己的诸侯王兄弟沉溺于声色犬马，颓废志气，这样就不会觊觎他的权力。有一次，他突然去造访宁王，宁王是他的兄弟，他看到宁王正在赤膊上阵，一边看着乐谱，一边打鼓，击鼓声声，大汗淋漓，他就大加赞赏。因此，开元、天宝年代，整座长安城陷入胡化的大潮里，这和李隆基的倡导推动不无关系。我作为一个龟兹乐人入宫，也是这个原因。

克孜尔石窟第178窟主室右壁　富楼那出家

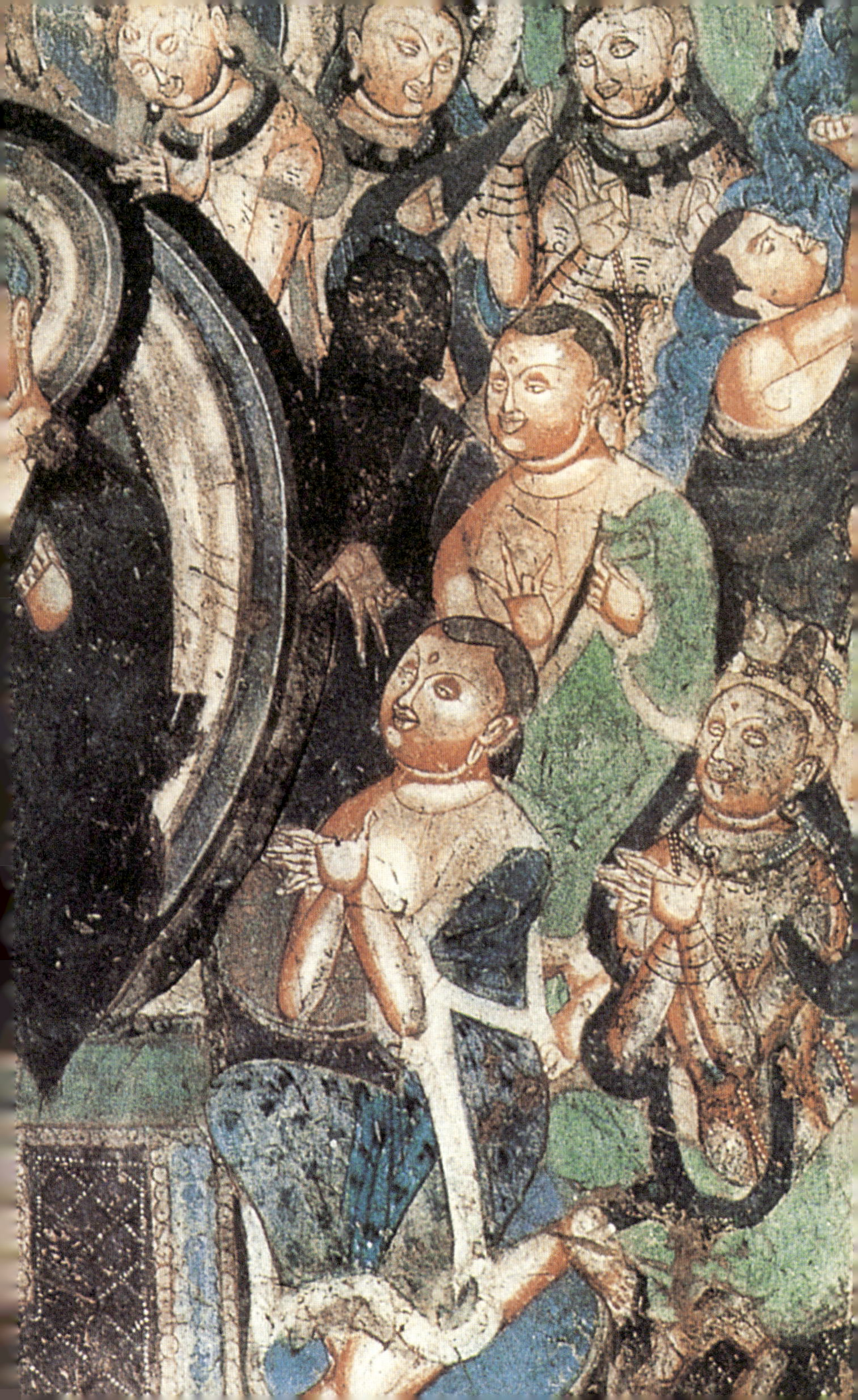

三 霓裳

梨园之内白天很热闹,到了晚上也都会静下来。男乐师和女艺人住在不同的区域。因此,我和火玲珑碰面一般是在排演的时候。火玲珑和我有点心灵感应,彼此暗暗喜欢上对方了,虽然还没有说破,我开始期盼每天都能见到她,那段时光是非常有意思的时光。

那些日子,皇上常来梨园看排演。他也让我给他讲过几次龟兹乐。皇上比较重视西域音乐龟兹乐,喜欢丰富多彩的音乐并且投身其中,其乐融融。我感觉到,李隆基对音乐的态度十分包容,有一种海纳百川的胸怀。皇上说,前些年他作了《光圣乐》,并让梨园乐师演奏。他喜欢在乐舞中营造出一种梦幻般的气氛和成仙得道的仙人环境。在《光圣乐》中，舞者有八十人，都穿着五彩衣裳，戴着鸟头冠，颇有道教的影响。

我看到的李隆基是一个热衷艺术、才华横溢、聪明绝顶的皇帝。他的目光特别深邃，看你的时候即使不说话，也知道你在想什么。有一次皇上问我，你了解苏祗婆吗？他就是龟兹人。

我说，禀报陛下，苏祗婆在长安时，相距现在有一百多年。他是琵琶演奏圣手和作曲家。我听说，他是随着北周武帝宇文邕的突厥王后阿史那公主的陪嫁乐团，从龟兹来到长安的。他把龟兹带来的音乐理论也就是他的七调理论，教授给隋朝上柱国郑译，郑译采纳了，对龟兹乐提高了在宫廷雅乐中的地位起到很大作用。

皇上说，是呢，苏祗婆的五旦七调乐论，本身就很好了。他后来进一步推演出了七调十二律，八十四调的乐论，就更加丰富完美了。

我说，皇上，龟兹乐有七调，七调翻译成汉语，就是宫、商、角、徵、变徵、羽、变宫这七调。有平声、长声、质直声、应声、应和声、五声、斛牛声。我给皇上分别发出这七调声，以觱篥吹奏，并让火玲珑以琵琶演绎。

看了我的吹奏，李隆基十分赞赏，说，龟兹的乐器我这里都有，你看，龟兹乐器主要是竖箜篌、五弦、琵琶、觱篥、笛、笙、箫、贝、羯鼓、达腊鼓、腰鼓、鸡娄鼓、毛员鼓、都昙鼓、铜钹等乐器。

是不是这些？

我说，够全的了，皇上要什么就有什么。

说到《霓裳羽衣舞》的缘起，皇上告诉我，大凡音乐、艺术创作，都是需要灵感的。这个灵感，来自他的一次郊游。那是去年他去三乡驿游玩的时候，当时是春和景明，天光甚好，李隆基兴之所至，在风景开阔处下车远望。看到远处的女儿山迤逦远去，宛如一具女体横卧，又有轻纱一般的云雾遮蔽，忽隐忽现，非常神秘美妙。就在这个时候，他听到在他的耳边响起了一阵仙乐，那音曲调就是从那个时候出现在他耳朵里的。从此，他就萌发创作一曲人间仙曲的想法，而且，独舞环节非杨玉环来表演不可。

回到皇宫里，他迫不及待地就把脑海里的旋律以曲谱的形式记了下来。他和杨玉环的恋爱实在是让人感佩。杨玉环很早就和他看对眼了，她原来是李隆基的儿子寿王的妃子，按道理不能嫁给公公。于是，按照礼仪和规矩，李隆基想了一个法子，让杨玉环去道观出家，成为道号太真的女道士，绝离了尘缘，这样再来一次还俗，就能从杨太真女道士变为独身女人，然后就能册封她，成为当今圣上的杨贵妃。这样的巧思妙想，也就只有李隆基能想出来。据说，寿王李瑁丢了杨玉环，内心自然是痛苦的，可是他是有苦说不出，只能和堂兄弟薛王一起喝酒，常常喝得酩酊大醉。

我暗自想，李隆基是不是一个好皇帝不好说，但他真是一个艺术天才，他那天看到了独特的风景，产生了游历月宫、听到仙乐的想象，把这个想象化作音乐的曲调开始在他的脑海里旋转起伏。这绝对是艺术天才做的事情。

《霓裳羽衣舞》是此时的李隆基最操心的事情，也是唐宫内最重要的大曲。他把它献给杨玉环——他心爱的女人。根据他写下的乐谱，共有二十四段，分为三大部分，每部分都是一段段连接起来的套曲。因音乐格调是与道教、佛教有关，又叫作"法曲"，法曲是大曲中高雅的部分，是一等曲目、宫廷里的保留节目。

特别是《霓裳羽衣舞》是为杨贵妃杨玉环量身定做的，那这首曲子的意义就不一般。之所以叫作《霓裳羽衣舞》，是因为它一出现的时候，跳舞的舞者身上都装饰着羽毛，衣服华丽如彩虹一般。霓裳一般都是丝绸或轻纱做成，质地细腻柔软，小风一吹或者舞者一跳，衣袖和裙裾就会舞动起来，加上舞者手里拿着幡节，这样跳起来就像是仙女在仙境中飞跃、漫步，带有着神仙世界和印度佛教想象世界的那种优美华丽。

过了一段时间，西凉府都督杨敬述到长安述职，给皇帝进献了来自佛国印度的佛教音乐《婆罗门曲》，实际上，他根据西凉乐和他的理解稍加改写了一番。这是杜鹤年告诉我的。

李隆基听了《婆罗门曲》，很喜欢。他觉得，从音乐的结构上来说，《婆罗门曲》的调性适合放到《霓裳羽衣舞》的结构里，能够增加这首本身就是表现神仙世界仙女下凡、大唐盛世宛如仙境的那种美学追求。于是，他就增加了十二段，让《霓裳羽衣舞》变为三十六段。不过，总体结构还是三大部分，依次为散序、中序和曲破。

我听了听由西凉都督杨敬述进献的《婆罗门曲》，实际上是经过龟兹乐改编过的佛教音乐。当年我在龟兹的时候就听过《婆罗门曲》。这首曲子本来具有佛教元素，现在由皇上亲自加入道教元素，就具有了更深广的内涵。

《霓裳羽衣舞》所用的乐器有觱篥、琵琶、琴、瑟、筑、箜篌、铙、钹、羯鼓、钟、磬、箫、跋膝、笙、竽等二十多种。

《霓裳羽衣舞》最开始的演出形式是独舞，最开始时叫《霓裳》，李隆基就是给杨贵妃写的，独舞者也应该是杨玉环。不过，那时杨玉环还在道观里，只能让梨园女乐手张云容来扮演独舞的角色。看到宫女张云容领舞跳得非常好，李隆基龙颜大悦。那就是他心目中的杨贵妃的舞蹈，他当时就决定，等杨贵妃从道观还俗归来，他就让张云容当杨玉环的侍女。

距离杨玉环从道观还俗归来的日子越来越近，那几天，皇上召集我们，在梨园里天天排练。彩排演出十分成功，看到张云容的表演天衣无缝，一曲既成，实现了他的艺术理想，李隆基十分高兴，觉得这是上天赐给他的仙乐。

天气越来越热，我感觉到，真是八月长安暑气高。在宫里，李隆基建有一个凉殿，那是他为了避暑而建的，其实就是把冰窖里的冰块放在屋顶，冰块融化成冰水再流下来，形成一个水帘子，他坐在水帘子后面的亭子里乘凉，有时还叫我们和他一起乘凉，大夏天的，把我和火玲珑等都冻得够呛。火玲珑穿着薄纱，为此感冒了好几天，我很心疼她。

李隆基对自己写的这首献给杨贵妃的音乐曲调十分满意，决定把《霓裳羽衣舞》的第一次演出，放在天宝四载（公元745）的八月。

杨玉环还俗之后，就住在宫内，和梨园宫女一起排演《霓裳羽衣舞》。已经成为她的侍女的张云容，是除杨玉环之外《霓裳羽衣舞》的最佳舞者。杨玉环跳累了，就由张云容上场，我们一遍遍排演，直到八月的到来。

天宝四载的八月，大唐皇宫之内十分喜庆。在凤凰园，还俗归来的杨玉环被李隆基册立为贵妃，并举行了册立庆典，仪式结束的最高潮，就是杨玉环杨贵妃首演《霓裳羽衣舞》。

那天晚上，我所见到的《霓裳羽衣舞》的演出，是我一生中见过的最美的演出，没有之一，只有唯一。这是一首大曲，大曲就是音乐、舞蹈、诗歌相结合的乐舞套曲。演出开始，在凤凰园内艺人纷纷穿上演出服，我腰扎皮带，头戴缠头，脚蹬白靴，十分柔软，也适合弹跳。我以觱篥先声夺人。天空中，有一种气氛压下来，使得这个晚上成了每个人内心里最辉煌的时刻。乐师分为坐部和立部，十分严整。

《霓裳羽衣舞》一共有三十六节，分为散序、中序和曲破三个部分。散序的部分是自由的散板，由一件件乐器次第加入演奏，这一段没有舞蹈，也没有歌曲，就是乐器的参差交错与连接，节奏悠扬自在。

觱篥开场，我的觱篥声音悠扬，一下子将大家带入一种澄明开阔的空间里，犹如万里无云，又像是白雪初霁，如果此时你闭上眼睛，你看到的就是无尽的原野上白马正在飞驰，但它的动作是缓慢的、无声的，由远及近，慢慢飞跃着向着这边飞跑。接着是火玲珑的琵琶演奏，一下子就打破了遥远的宁静，她的琵琶就像火焰在升腾，又像是烈马嘶鸣。一开始是一匹马，紧接着，无数匹马都在奔跑。琵琶弹出了火焰的感觉，弹出了大雨如注的不可阻挡。这是近景的演绎，也是琵琶最能表现自己的地方。

身着红色衣服的火玲珑手里那把琵琶，是汉朝细君公主曾经用过的汉琵琶。几百年之后，这把琵琶发出的声音有着乌孙大草原上万马奔腾的热烈，也有细君公主在塞外思念汉地孤独的悲凉和忧愤。琵琶声声似火焰，烧得人们心头热。弹到关键处，只见火玲珑就像是一团烈火，又像是一匹红马，在舞台中间舞动琵琶，那把汉琵琶在她手里左右翻飞，琴声却依旧不断，令人叫绝。这简直是武功琵琶啊，我们都看呆了，没想到火玲珑就像她的名字一样，像是一团火，又像是飞鸟一样玲珑飞动。

我看到李隆基也摇动身体，情不自禁地跟着火玲珑的琵琶节拍点着头。皇上是个艺术家，大艺术家！我喜欢这个艺术家皇帝，正如我不会去当龟兹国王一样。

中序段落开始了，慢拍子的中序引导出两排相对、向中间走来的翩翩起舞的舞女，她们的队列长得看不到尽头，几百个舞女都出来了！两排舞女，一排头上梳着高高的九骑仙髻，身着孔雀翠衣，身佩七宝璎珞，另一排舞女则身穿月白纱衣，身佩七宝璎珞，全都像是羽化登仙的仙女。乐队齐奏，歌声悠扬，这一段的乐曲节奏固定，是慢板，张云容领唱，器乐伴奏也比较舒缓，逐渐地，节奏向快变化。随着歌声的引领，舞女们轻盈地旋转，或快或慢地踩着节奏，蓦然回首，那人正在灯火阑珊处。手势变幻，美妙无穷，衣裙在表演台地的中间，衣袂飘飘，就像是仙女在仙境走动，忽然就收住了。

第三部分到来了，曲破是《霓裳羽衣舞》的高潮段落，在这一段，乐曲进入节奏明快的段落，活泼、热切，音色明亮，曲调华丽奔放，独舞的主角只会是一个女人。

杨贵妃出场了！她那丰满的身体笼罩在轻纱衣服之下，她身体灵活至极，一出场就吸引了所有人的目光。自然，李隆基的眼睛也亮了。杨贵妃按照节拍起舞，这一段是很多段慢板组成的，大都是悠扬优美的慢板抒情乐舞，就像是雪花飘洒，又像是天女下凡。这

克孜尔石窟第186窟主室右壁 佛传图局部

一段是优美的，仿照天上的仙女世界和神仙世界。杨贵妃轻抬玉脚，就如仙女下凡。此时，我看到，李隆基甩开皇帝常服，快步走过来，在一边拿起鼓杖亲自打羯鼓，以控制整首曲子的节拍。他这么打羯鼓，我猜一定会让杨玉环心生感动。

杨玉环的舞姿更加妙曼了，杨贵妃跳得心花怒放、面色鲜艳，保持着灿烂微笑。她知道皇帝的心在她这里，她知道今天的一切都是为了她，这个夜晚，所有这些人，所有的男女乐师舞者、艺人侍者，至少有一千人都在围绕着她，包括那个时刻瞩目于她的皇帝。她如花朵旋转在春天的空气里，如白鹤飞翔在蓝色的天空中，如飞雪飘散在无尽的田野上，如祥云笼罩在仙境般的大唐皇宫里。

杨玉环歌舞相配，乐队演奏非常动情，杨玉环的舞蹈欢腾而激越，歌者的歌声嘹亮高亢，但歌者是舞者的陪衬。到曲终的时候，杨玉环的舞蹈动作变得缓慢，却更加悠长，管弦音乐在延长音上绵绵不绝。这个段落，我的觱篥不用吹了，我可以休息一会儿了，现在是舞者杨贵妃的天地，是她一个人做主角，所有人的目光都在她身上，她简直比皇上李隆基还要大放光芒。当然，这一切又都是皇帝为她准备的。

我在乐器队帷幕边上，听到不远处的皇上李隆基喃喃自语，精彩绝伦，鬼斧神工，造化天地！只有贵妃跳这个舞蹈才是最合适的，这就是为什么我写的这个歌舞只能属于她一个人。看她的《霓裳羽衣舞》，才知道什么是回雪流风，那是雪花打着旋儿飘摇着，无论如何不落地，流动的风是怎么样从四面八方吹过来，几乎可以回天转地，就是天地倒悬，换了人间，就是仙境……皇上的眼睛里亮晶晶的，就像是激动的泪花在闪动……

那天晚上，一曲霓裳乐舞结束，皇上李隆基和杨贵妃先离场。大家意犹未尽，互相致意，在场子里喧腾。

我和火玲珑手拿乐器，她的汉琵琶闪着光泽，我的觱篥轻轻转动。我们互相也有点不舍，情愫在心里酝酿，可表情却是克制而隐忍的。因她要去女艺人住的宫苑，只好就告别了。我看着她远去的背影，有点落寞。在我的脚下，随便一踢，都是刚才舞女们掉落在地上的珠玉和环佩，到处都是，大珠小珠落玉盘，落了一地，用扫帚一扫，就能扫出来一簸箕。

《霓裳羽衣舞》后来就成为大唐宫廷内的保留演出节目。只要杨贵妃高兴了，或者皇上李隆基开心了，就表演一曲。杨贵妃总是这首曲子的舞蹈部分的最佳表演者。每每令观赏的皇上龙颜大悦。

不仅杨玉环的《霓裳羽衣舞》跳得好，她的侍女张云容跳得也很好。那段时间在宫内，备受明皇宠爱的杨贵妃有时候让张云容来表演。有一次，张云容在秀玲宫中跳了《霓裳羽衣舞》，杨贵妃看了十分激动，提笔写了一首诗赠给张云容：

罗袖动香香不已，红蕖袅袅秋烟里。

轻云岭上乍摇风，嫩柳池边初拂水。

这首诗写得很绮丽，意思就是张云容跳舞时的衣袂飘飘，掀起了一阵香风，这种飘起来的香气久久不会飘散。她那舞蹈的身姿，就像是红莲一样，在秋色秋雾秋烟中朦胧着，显得妙曼而袅袅婷婷，又像是山岭上被风吹来的一朵轻轻的云彩，还像是一条嫩嫩的柳枝，在春天里刚刚发芽变绿，却是第一次拂动那被风吹皱的池水。这首诗把张云容跳舞的妙曼身姿描写得无以复加地美好，实际上是写给她自己的诗。

杨贵妃很喜欢火玲珑，她特别让火玲珑教她学习龟兹乐中的"眉目传情"。这是龟兹乐舞的一大特点。我私下里对火玲珑说，贵妃本来就是眉目传情的高手啊，还用跟你学？她把当今圣上皇帝都给眉目传情到手了，你还用教她？你倒是给我表演一下看看？话虽是这么说，可西域舞蹈技艺里，龟兹乐眉目传情是一大特点，不是汉人的那种美目盼兮，而是热情似火，火辣辣地传递给你爱的信息。这是龟兹乐的大胆热烈。

火玲珑就给我表演眉目传情，我情之所至，一把抓住她的手。正在这时，杜鹤年晃晃悠悠地走过来，笑着说，呵，都牵上手了。

我们赶紧松开手，分开了。

四 返归

在梨园里排演并成功演出《霓裳羽衣舞》大型乐舞之后,有一天,我想回店铺看看,已经提拔为宫廷乐坊乐正的杜鹤年准许了我的请求。

这天傍晚,我回到西市的店面。自从我到了梨园里,我的香料店生意受到很大影响。走近我的香料店,就感觉到有些异样。没到关门的时候,怎么大门紧闭?我很疑惑,拍了拍,门不开。我就从左边的巷道进去,从后门进了院子。

这段时间,我的香料店伙计走了一个,他报名去幽州参军了。现在店里还有一个伙计和火玲珑的父亲住在二楼,怎么现在就关门了呢?在梨园里,有一天我让杜鹤年派人把火玲珑的残疾父亲接到了我的店铺里，一来帮助我照看生意，二来也是为了照顾他。她父亲在我的店里看店，稳定下来，她也很高兴。

此时我感觉不对，就悄悄从后门进了店，感觉到有些异样。店里有两个人在说话。听声音像是来自西域，说的不是唐音汉语。可能有贼进来了，我想。我忽然闪现，问，你们是什么人，怎么闯到我的屋子里来？

这时，从储物柜那边站出来两个男人，身上有一股羊膻味，和我的香料店的香气很不协调。一个贼人挥动匕首向我扎来，我下意识取出怀里的觱篥一挡，当啷一声响，我的觱篥差点被削断。我猛地吹了一下觱篥，觱篥发出了一声啸叫。那是在通知我的伙计，有情况！

另一个贼人从背后偷袭我，我飞起来一脚，将他踹倒。我的余光告诉我，他们把店里的两个人控制住了，一个是火玲珑的残疾父亲，还有一个是我的店伙计。他们被用绳子把全身捆起来，嘴里塞了东西，躺在屋角不能动。

傍晚，店里光线昏暗，我翻身躲在柜台后面，摸出一根铁棍。之后，我就和两个贼人继续缠斗。只听见我的铁棍和两个贼人的长棍、短刀相碰的铿锵声。那是金属和金属的相遇，那是生和死的较量。我的格斗技巧来自父亲对我的训练。在梨园里，这段时间也并没有荒疏。我闪展腾挪，和那两个贼人对峙，店里的香料包、柜子、香料袋在互相追击中四下散开，空气里弥漫着浓郁的香气，两个贼人喘着气，咳嗽着。不过，他们的手里有长棍和短刀，一个对我一阵猛砍，另一个继续偷袭我。

我渐渐感到体力不支。就在这时，我的店铺正门被打开了，光线倾泻进来。从外面进来一个人，我先是闻到了她身上的桂花香气，接着我明白了，火玲珑来了，她手里拿着那把汉琵琶，猛地一弹，琵琶发出了嘈嘈之音，接着，琵琶声轰然一声响，震得我们耳膜疼。真没想到火玲珑的汉琵琶弹起来，还能当武器，只见她穿着一袭红裙，在店里跳跃着、腾挪着，弹着汉琵琶，琵琶声声如响雷，把那两个贼人的耳朵震得嗡嗡的，我们都感觉受不了，琵琶声声能让人丧魂失魄！两个贼人扔下了手里的长棍、短刀，踉跄着跑出了店门，向西市坊门那边逃去。我追出来跑了几步，天色向晚，没有追上。

这时，一队巡逻的禁卫军听到响动异常，匆匆赶过来，询问我们怎么回事，他们看到在我的香料店里，到处都是乱七八糟的。

我告诉他们，我的店面被贼人闯入，可能是来偷东西的。一番检查发现，果然丢了一些银子。负责治安的官吏也来察看。根据两个贼人留下的长棍、短刀来判断，他们可能是流窜作案的胡人。

我们把火玲珑的父亲和我的那个店伙计松绑，把棉布从他们口中取出来，用冷水喷醒了他们俩。他们被熏香下毒，晕过去了，现在醒来，发生了什么，完全都不知道。我看到我旁边珠宝店那个独眼波斯人也跑来看热闹，我就怀疑贼人造访和他有关。长安治安官吏把独眼波斯人拉走，讯问了半天，也没有找到他和这件事有关的线索。

后来，我告诉了杜鹤年店铺物品被贼人偷盗的事情。他把我的遭遇报告给了皇上。李隆基下令调查西市的胡人。那段时间里，很多胡人被拉去问话，还有让我指认的，可就是没有抓到那两个贼。这个案子后来也没有破。我想，这是对我的提醒，在长安并不安全。看来，我应该回龟兹去，不能继续在这里待下去。

我在长安的这段时间，龟兹是大唐和吐蕃在西域争夺的焦点。自唐太宗在贞观十四年（公元640）灭高昌之后，原地设立西州，龟兹王必须得到大唐朝廷的册封，并得到颁发印绶，才有合法地位。在龟兹，大唐也设立了都督府，龟兹王同时是龟兹都督，这也意味着龟兹王只是唐朝的一个地方官，虽然这个都督的职务和王位一样可以世袭。另外，在龟兹驻扎有唐军，附近还有唐军军屯，龟兹王公贵族也都得到了大唐的优待和笼络。

后来，吐蕃人从高原上下来，曾短期控制过龟兹。大唐设立安西四镇之后，也有一段时间失去了对安西四镇的控制，特别是龟兹。则天女皇时期，正是大唐和吐蕃为了龟兹的控制权激烈战斗的时期。李隆基继位后，在西域，突厥的势力强大起来，李隆基派兵击败西突厥，西域才安定下来。如今，大唐在西域的最高管理机构——安西大都护府的大都护，正是李隆基的儿子靖德太子李琮。不过，他是在长安领着这个职务，副大都护是实权掌握者，驻扎在龟兹。而龟兹王室内部，我的白姓王族，是不是也争斗得更加激烈呢？是不是有人觉得，我可能会回去当龟兹王，就把我在长安解决掉，比较好呢？有这种可能性。那两个贼人也许就是杀我的刺客也说不定。

思前想后，了解到西域的局势，我有些归心似箭了。有一天，我就问火玲珑，你觉得我应该回龟兹吗？

她说，你是龟兹王族，理应回去。我们早晚要回到龟兹的，龟兹才是我们的故家。

我说，是啊，小时候在龟兹，我经常流连在龟兹王城西门那条河边。每次抬头向龟兹城望去，西门外伫立着的两尊高达九十尺的佛像就让人觉得安详。你还记得龟兹城的样子吗？

火玲珑说，当然记得啊。龟兹城也不小，是西域最大的城吧？龟兹城有里外三层，分为大城、内城和王宫。宫墙层层递进，十分严密。佛寺很多，佛塔的塔尖在城北一片佛寺中突出来，晨钟暮鼓，梵音袅袅，我一个姑娘家，就觉得龟兹是最美好的地方。你是住在王城里的，我家是平民，就住在民城，在西门那一片。安西都护府的驻兵官署在东门外，衙门很威严。比较起来，这长安要比龟兹起码大十倍，人口也多十倍。真要是回龟兹，我也拿不定主意，咱们再想想吧。

凡事都需要契机。从我遭遇贼人袭击后一个月,火玲珑的父亲因病去世。临死之时,他拉着我的手说,一是,现在我把女儿火玲珑托付给你,你要娶了她;二是,你要带着她回龟兹,那里才是我们龟兹人的故家。你们要回去,回到龟兹去……他没说完,就去世了。

火玲珑的父亲是祆教的信徒,信奉火焰的光明,去世后就火葬了。熊熊大火在祆教的寺院后面点燃,光明和黑暗的火苗在互相缠斗。在火焰中,看到他的尸身逐渐消失,变成一堆灰烬,火玲珑哭得像个泪人。他把火玲珑托付给我,我也会和火玲珑结婚一起生活的。我继续开店铺,也时刻做着回龟兹的准备。

一天,杜鹤年前来找我,他说皇帝很关心我,问我愿不愿意在梨园里担任乐官教习,可以指导宫廷乐人研习音乐。我说,我可能要回龟兹了。

他回去禀报皇上后,又带话来,说如果想回到龟兹,皇帝会下一道诏令,令我担任龟兹王庭的重要官员。我感恩当今圣上还记得我这么一个小人物。当个官吏很吸引人,可是,我说,杜兄啊,你知道我并不能胜任,最近我就要和火姑娘一起回龟兹,那里有我们的远亲近邻和熟人,我现在有些想念他们了。

那些天,我和火玲珑在整理回龟兹要带的东西。想到回龟兹,心里又有些舍不得离开长安。在梨园里给皇上排演乐舞,我们都得到了不少赏赐。钱够花了,有了空闲,我就带着火玲珑在城内游玩,想好好看看这座城市。

在当年,大唐太宗灭掉东突厥之后,西突厥向西逃窜,长安有上万户突厥人被安置下来。西域各个小国也派来质子,在长安留驻。西域客商更是往来不绝,还有很多像火玲珑父女这样的西域艺人也在长安住下来。长安一百万人里,胡人至少有十万。长安城内那些鳞次栉比的饭店酒肆、歌楼舞榭,胡人胡商胡姬就在这些地方生存着,影响着长安的气息。李隆基继位后,长安城内胡人更多了,胡化的风气也很浓。据说,有的大唐王子喜欢在自己宅子里骑马,也喜欢通过衣装扮演胡人。

对于这一点,我的内心是有隐忧的。胡人对于大唐来说是个隐患,特别是那些在藩镇领兵的节度使,像安禄山、史思明,都是些性格暴躁、没有儒教修养的胡人,说不定哪一天,就反了大唐。后来发生的事情,果然叫我说中了,安禄山、史思明发动的叛乱,给了李隆基致命一击,最终导致他丢了皇位。这当然是后话了。

长安首先是百戏演出很多,有叫作"大面"的面具戏,还有参军戏、钵头等带有舞蹈的戏剧,也能讲史。魔术表演,大都是吞剑,把人放在箱子里切割,打开箱子,里面的女子又跳出来。还有吐火表演,一个男人不知道喝了什么,不停地吐火,让女人和孩子们尖叫。

我发现火玲珑喜欢杂技表演。比如，在长安，有顶竿表演，一个大汉顶着一根很粗大的竹竿，竹竿上面还有一个小孩子在腾跃，做着各种危险的动作，引发人们一阵阵惊呼，铜钱这时就哗啦啦扔进了箩筐里。还有女孩子玩绳技表演，在一根很细的绳子上走动，翻跟头，令人胆战心惊。

从波斯来的幻术师据说后来遭到大唐的禁止，因为这些幻术师当众表演割掉自己的舌头、胳膊，甚至是脑袋，可他一转身，舌头、胳膊、脑袋都又复原了。大唐宫廷认为，这是妖术，很容易让人受到蛊惑，就禁止幻术表演。

我比较喜欢看斗鸡，特别是去斗鸡场，看一个叫贾昌的人斗鸡。贾昌这人很瘦，下巴老长，很擅长训练斗鸡，在当时的长安很有名。贾昌训练出来一只很有名的斗鸡，那只鸡是一只"呆若木鸡"。我亲眼看过，在斗鸡场，这只鸡放出来，它往那里一站，就像是一只木头鸡一样，一点都不惊慌。眼看着另外那只斗鸡夵起了羽毛，一副凶神恶煞的样子猛扑过来，这只"木鸡"还是一副处乱不惊、稳如泰山的样子。结果，那只本来还叱咤风云的斗鸡一到"木鸡"跟前，忽然就尿了，一下子就落荒而逃，"木鸡"不战而胜。这就是"呆若木鸡"的来历。贾昌训练的斗鸡都很有组织和纪律，我就看见在斗鸡场，他走在前面，在他的后面跟着一百多只斗鸡，整齐划一地一起走路，令人忍俊不禁。

贾昌在长安训练斗鸡名气大，传到了皇宫里。李隆基也曾接见他，去泰山封禅的时候让贾昌也跟着去，还带了三百只鸡。不知道是要去干什么，是在泰山上封禅的时候让鸡跟着皇帝在云彩间漫步吗？反正，李隆基喜欢这些邪门歪道的古怪人。后来贾昌的父亲去世，本来就是一个小商贩，李隆基下诏让官府隆重办他父亲的丧事，一时传为奇谈。

长安的迷人之处太多了，我们转来转去也看够了。要回龟兹了，我把店面交给赵姓伙计，告诉他，好好经营，这店从此之后就是你的了。他感激不尽，不停地磕头谢恩。

一天清晨，城门刚开，我和火玲珑坐着四轮马车，赶着几匹驮带了很多东西的走马，雇了五个力夫，踏上了返归龟兹之路。回去的路越走越荒凉。从长安出发，到达陇东，进入河西走廊后，路途遥远。过了河西四镇，就是伊吾，再过了伊吾，就是高昌了。从高昌往西，我们没有在交河停下，那时的交河也是西州下面的一个小地方。再往西走，走啊走，我们终于回到了龟兹。远远地，我就看到那两尊在西门外伫立着的大佛，正安详地等待着我们的归来，我的心境一下子就平静了。

回到龟兹，王室举行了欢迎会。不久，当时的龟兹王——我的叔父去世，龟兹王族想拥护我担任龟兹王和都督，我拒绝了，推举

克孜尔石窟第 188 窟
主室正壁　供养天人

我弟弟当了龟兹王。

我和火玲珑过得很幸福。我组建了龟兹乐的乐舞班，专心整理音乐。我吹觱篥，火玲珑弹琵琶。她把细君公主那把汉琵琶小心翼翼地收起来，不再拨弄。平时弹的有五弦、曲颈琵琶和西域小琵琶。后来，我们生了两个孩子，他们在龟兹度过欢乐的童年。

十几年之后，从长安传来变乱的消息。安禄山、史思明发动叛乱，皇上李隆基逃亡到蜀地。途经某个小地方，受到逃亡将士的逼迫，他让杨贵妃杨玉环自尽，以熄灭将士的怒火，并处死了杨贵妃的哥哥杨国忠，然后颁布天下勤王的诏书。

我的一个王族亲戚白孝德率领七千龟兹兵，前往长安勤王。

我也在这支勤王的队伍里。我不得不说，我爱戴李隆基这个人。他是那么喜欢乐舞艺术，如今他竟然落难了，被安史之乱搞得山河破碎、狼狈不堪，我必须有所表示。我在龟兹兵的队伍里担任副帅，我们迅速进军长安。

我们到达甘肃后，得知太子李亨在灵武继位，李隆基退位。我们龟兹兵的队伍就参加到他指挥的勤王军队中，继续向着长安进发。

我们的部队越来越壮大，也有蜀地前来会合的勤王部队。有一天，我听到一个蜀地来的人在吹觱篥，觱篥音调特别清奇忧伤。我一看，竟然是昔日相识的梨园弟子张徽。我问他，你怎么在这里？

你吹的又是什么乐曲啊？

他见到我也很惊奇，就告诉我，他跟随勤王队伍从蜀地赶过来，打算攻打长安叛军。这首曲子，是李隆基在马嵬坡事变、杨贵妃自尽后写的觱篥曲，叫作《雨霖铃》。

我黯然神伤，我说，我明白了，你接着吹奏吧。张徽于是继续吹奏。觱篥声悲伤悠远，他的眼角湿润，我也视线模糊。

昔日，我曾经在梨园里听过李隆基吹的觱篥曲《杨柳枝曲》和《新倾杯曲》。那两首觱篥曲都非常华美柔情、杨柳依依、含情脉脉。这支《雨霖铃》，仿佛让我看到在蜀地逃亡的路上，李隆基在马车里听到外面凄风苦雨，雨声和马车上的铃铛声交织在一起，叮叮当当，令人愁闷无比，那时的他，一定是万念俱灰地想到他的杨贵妃已经香消玉殒，即使他有千般惆怅、万般无奈，也无人听他诉说。只有借着一曲《雨霖铃》，如雨声呜咽，如幽魂哭泣，在雨打风吹去中，寄托他对杨贵妃的无限思念。

而我们还在继续行军，准备着收复长安的战斗。

克孜尔石窟第110窟左壁局部　佛传图

第四歌

战龙
在野

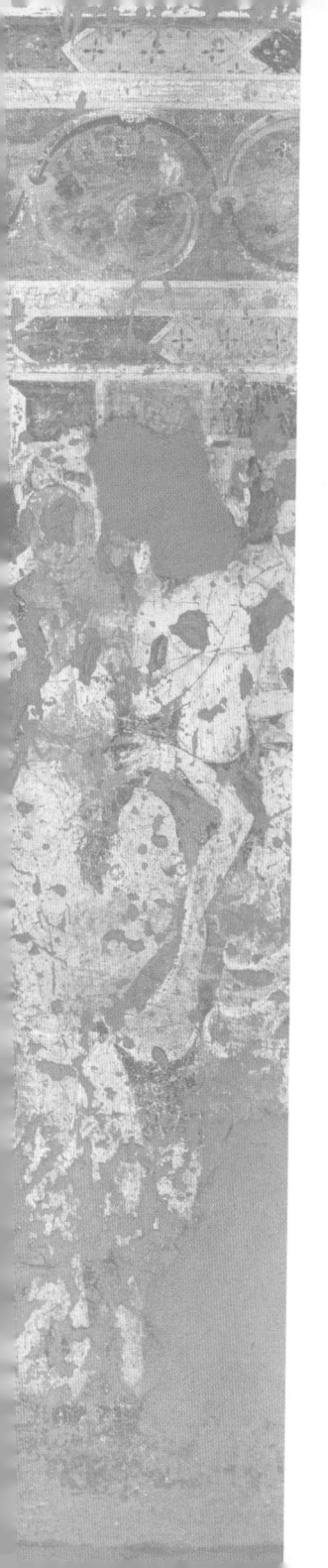

大地的苍茫在微微地躬身

我看到，大地上的苍茫暮色在微微地躬身，似乎在向我致意。这是这片土地友好的时候。有时候，大地会愤怒地呕吐，将戈壁上的沙子和砂石一股脑儿地呕吐到半空，在大风中吹撒飘散，然后击打在我们的脸上，让我们感受到大地的怒气是如何冲天而起。

我从龟兹的渭干河北岸、明屋塔格山上的石窟中走下来。在我的眼前，春意盎然的大地上，两条山谷中的河水奔涌而下，将山前的土地浇灌成了一片绿洲。

此时此刻，我心花怒放，因为有一群蜜蜂在我的头顶嗡嗡嘤嘤地盘旋，这和我手里拿着的岩彩和花蜜有关。花蜜自然是蜜蜂产下的，被我用作了颜料的一部分。我背着的皮囊里，有我泡的蜂蜜水，还有草茶水，这是我的饮品。蜜蜂在我的头顶盘旋，它们对我很友好，并不蜇我，似乎在问候我、安慰我。

我不是开凿洞窟的石匠，但我也是一个匠人，是能工巧匠，会做木工活儿，会画画，也会制作各种器械。我是在龟兹生活着的人。我的祖上是汉朝人，他们曾经是汉朝与匈奴作战的士兵，后来就生活在河西四郡，其中的一支在魏晋时期到了高昌，然后，后代继续西迁，在唐朝初期就来到了龟兹。

我的家族据说很庞大，却星散开来，从中原、河西到龟兹、撒马尔罕，在一条古代大道上分布的星星点点的城市里生活，彼此并无更多的联系。在龟兹，我只有一个弟弟，可他早已经战死了，死的时候很年轻，还没有成家。

他是高仙芝统率的队伍中的一员。他死后不久，我也参加了高仙芝的部队，参加了一场更加壮观、惨烈而残酷的战役，那就是怛罗斯之战。那一战，大唐军失败了，死伤枕藉，但我活了下来。这么一算，已经过去了几十年。

如今，我垂垂老矣，可是我的回忆却像这春天里暴涨的河水，迫不及待地奔涌而下，冲破了所有的阻挡，一定要在春天的干旱的土地上催生万物发芽。

我站在渭干河的边上，看着眼前的风景，想到了几十年前的那一场战役。我竭力让回忆拉到眼前,我走到了渭干河的河边,找到了一处可以触摸到水的岸边,然后把手伸进去,触摸河水,用右手捞起一掌水来。河水是灰白色的,里面有很多的沉积物,是远处的雪山融水,一路奔涌,将大山上的泥沙带下来。

我是赵弘节,我的回忆纠缠着我,就像是一团麻绳,始终将我缠绕,让我不断在多年以后回忆起多年以前的那一年,天宝十载(公元751)。我清醒地记得,就在那年的四月,春天已经像一阵大风那样将大地上所有的枯黄和沉睡唤醒,使得大地不断喷涂出绿色,这时,西域名将高仙芝回到了龟兹伊逻卢城的西域都护府。

他回来的消息被一些消息灵通的鸟儿和嘴巴快的人到处传送,很快就传遍了整个龟兹城。那些在天空中鸣叫的鸟儿可能也是高将军的信使,有一只就飞到了我的眼前不断盘旋,鸣叫,高将军回来啦!高将军回来啦!

我侧耳倾听,听到了大地裂开的声响。那是渭干河水在暴涨的声音,河水冲刷着干渴的大地。大地张开了血盆大口,不仅吞噬冰山融水,还要吞噬人体里的鲜血。因为我预感到,一场战事即将展开。

那一年,我才二十几岁,正是身体最强健的时候。我的臂力超人,身体也很灵活。我和我的弟弟都是龟兹城内很有名的筑城工匠,擅长木工活儿，也擅长冶铁，制作各种兵器。比如大唐军队令人闻风丧胆的陌刀制作，就是我的拿手技艺。

可是，我的弟弟赵弘义已经在几年之前，跟随高仙芝将军的部队，在征伐大小勃律的那一场征战中壮烈战死在喀喇昆仑山的高山之上。

我对弟弟是怎么战死的很在意，一直想找到能够告诉我当时那场战役整个过程的人。可是，我没有找到和弟弟一起战斗的大唐军健儿队的人。那些征战大勃律、小勃律的唐军健儿营的士兵，在随后跟随高仙芝讨伐石国的战役中，大都战死了。听说，少数认识我弟弟的唐军健儿，因受伤后得到安排，也回到了河西四郡去养老。

高仙芝回到龟兹安西都护府，就开始集结部队，准备向西征伐。一时之间，龟兹城内外都热闹起来。西域都护府统率的有两万唐军健儿，因几次战役的战损，需要补充员额，看到招兵的告示，我立即报名参加了。

我们龟兹的很多男人，平时都在做别的事情，农人、匠人、商人各忙各的，战时就会应招参加到军阵中来。我加入唐军健儿部队之后，被编入了步军。与此同时，我听说，高仙芝还派人去山北地区联络盟军。他们一支是拔汗那部的骑兵，另一支是葛逻禄部的骑兵。高仙芝要求这两部加盟军加起来要出兵一万人，每部五千，都是骑兵军。

拔汗那部和葛逻禄部在龟兹北面大山往北的大草原上，他们的骑兵兵马的集结需要一段时间，这段时间里，我们就开始在龟兹城外的唐军健儿营地进行紧张的军事训练。

可我们的敌人是谁？我们要和谁去作战？在军事训练当中，各级军帅给我们解说了此次战备的情况。

传说，由于高仙芝此前攻破了背叛大唐王朝的石国，将石国国王抓送到长安问斩，而石国国王的儿子怀恩却逃跑了。这个怀恩跑到刚刚占领撒马尔罕不久的大食军那里，请求他们帮忙出兵，攻打安西都护府。

将帅们说，他们叫作黑衣大食，和白衣大食有着明显的区别。黑衣大食的呼罗珊总督艾布·穆斯林正在联络河中地区的各部势力，积蓄力量。他们在撒马尔罕有八万精兵，准备与大唐一决雌雄。艾布·穆斯林的先头部队由齐亚德·伊本·萨里率领，作为大食军的先锋部队，抢先占领了怛罗斯城。在那里，他们正在联络石国的残余力量怀恩和其他游牧部落，准备伺机发动对大唐安西都护府的攻击。

现在，他们已经在威胁着东边邻近的安西四镇之一的碎叶城。这一次，高仙芝从长安面圣归来，得到了大唐皇帝李隆基的诏令，率军出击那些大食军。

高仙芝率领将帅推演判断，如果黑衣大食艾布·穆斯林和齐亚德·伊本·萨里分别率领两路军马，从南路的撒马尔罕—疏勒一线和西边的怛罗斯—碎叶城一线向大唐安西都护府进犯，那么大唐军就会两面受敌，遭到夹击。

将帅们说，既然敌人伺机而动，不如我军主动出击。

因此，在长安的时候，高仙芝就向宰相李林甫请求，另外再派一支大唐军直接插向碎叶城，将碎叶城内那支蠢蠢欲动、一向反唐的黄姓突骑施残部进行压制。虽然黄姓突骑施的可汗已经被高仙芝此前擒获并押解到长安砍了头，但他们的残余部属如果策应黑衣大食军，从背后袭击前出的高仙芝军，那也是吃不消的。

后来我们才知道，就在我参加安西都护府两万健儿军的整备训练时，一支大唐天威健儿军已经从长安出发，他们走的是北线回纥道。作为高仙芝大部队的策应，他们的任务就是压制黄姓突骑施军在碎叶城的异动。

这年的整个五月，我们都在整装待发，不断地操练作战阵法，训练各种战斗阵形。在龟兹王城十多里外的营地，喊杀声、战马奔腾声、号令声、锣鼓声此起彼伏，非常热闹。我们手中的刀剑寒光闪闪，在初夏的天光中与阳光辉耀。

龟兹北山之中盛产铁矿。突厥部早前在阿尔泰山一带繁衍生息的时候，曾是柔然人的锻奴，专门给柔然人打造铁器。所以，龟兹出产很好的精铁，用来锻造作战武器最合适。那段时间里，龟兹的铁匠铺子最忙活,都在炉火熊熊地为唐军打造刀剑利器。

我在唐军步兵中看到,即使是弓弩手也配备有随身的短刀。从用刀方面来看,大唐步兵主要装备有横刀、障刀、仪刀和陌刀。横刀是最具杀伤力的双手刀,是在汉代士兵的环首刀的基础上发展而来,直身直刃,比环首刀的刀身要长很多,锋利无比,挡者必死无疑,也是我最喜欢的兵器。

仪刀的刀柄是环首,双手持用,刀身是直刃,刀形很华美,一般用在礼仪中,多为队头、将领使用。障刀则是短刃,是在与敌人进行短距离贴身肉搏的时候用的兵器,一般在一尺半以上,平时就隐在腰间,带鞘携带。陌刀,是长柄双刃砍刀,这是大唐军对游牧人骑兵最有杀伤力的武器。游牧人骑在马上,手持刀剑,冲锋陷阵而来的那一刻是气势撼人,万马奔腾中马蹄一齐擂动大地,大地在战抖,仿佛在告饶,大地也无法承受成千上万的马匹用蹄子擂动。脚下的土地在震颤时,步兵们往往会心惊胆寒。但唐军步兵却十分镇定,他们手里拿着陌刀,专门对付游牧人的骑兵,陌刀所到之处,马腿和人身顷刻间会被砍成两段。因此这横刀、陌刀、仪刀和障刀,是唐军战士的主要作战武器。

我看到,高仙芝手下两员大将——副帅李嗣业和段秀实将军也骑在马上,揽着缰绳,手里拿着陌刀,威风凛凛,在阵前不断策马来回奔走,带领我们进行阵法合练。在操练中,我看到唐军弓弩手

克孜尔石窟第17窟主室券顶右侧　券顶壁画局部

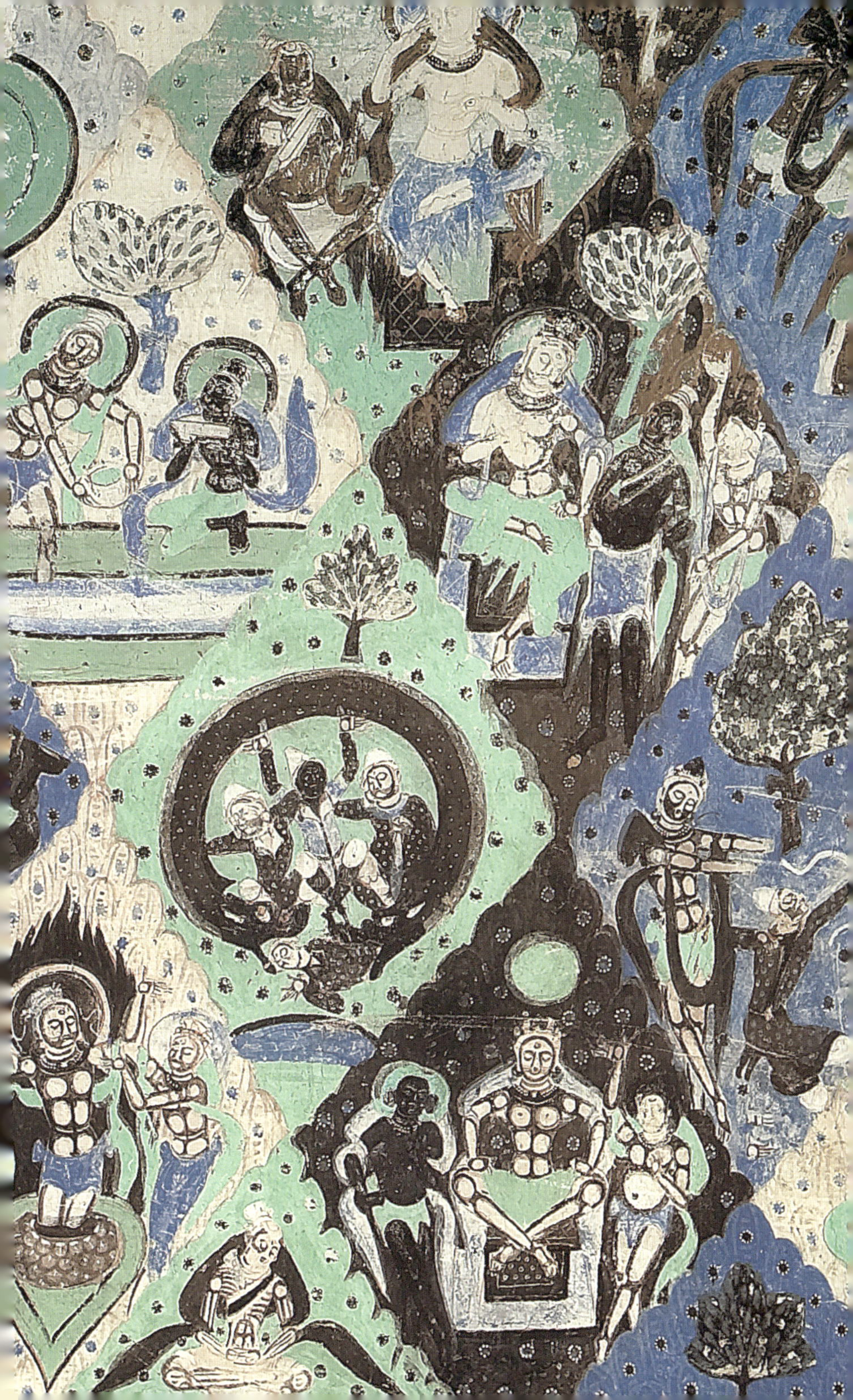

所用的弓，有长弓、角弓、稍弓和格弓这几种，每个士兵配备三十支箭矢。长弓是一种双曲复合弓，不打仗的时候可以将弓弦取下来，放入弓韬，也就是装弓的袋子里，在腰间携带，这是步军的主要武器。角弓则相对短小精悍，是骑兵用于骑射的弓箭。稍弓主要用于防身，是近距离作战的弓箭，可以在最短的时间里搭箭就射出去。格弓则是礼仪兵和大将所用的大型弓箭，比如高仙芝身边的卫兵，都配备有长长的格弓。唐军所用的弩机，分为伏远弩、擘张弩、角弓弩、单弓弩，射程从三百步到一百五十步不等。

那些天，我们按照《大唐卫公兵法》在加紧进行阵形训练。以往，游牧人的骑兵兵锋来到唐军阵列的跟前，李卫公开创的六花阵法就会发挥作用，这个阵法是破敌制胜的要法，唐军步兵与游牧人骑兵作战时，依靠这一阵法屡战屡胜。

在龟兹王城郊外的训练场上，非常热闹。一阵阵的烟尘在万马奔腾过后升腾起来，就像是风在大怒，在地面上撒野。眼看着军营里一个个大帐连在一起，两万多人的军队士气高昂。大家整编在一起，进行各种战法的演练，特别是李靖李卫公创立的、由诸葛亮的八卦阵演变的六花阵的阵法操练。

拔汗那部的骑兵和葛逻禄的骑兵加起来有一万人，不过，他们将在我们进军怛罗斯的路途中才会从北部的草原上会合而来。

我在步军中，我注意到，唐军部队最主要还是步兵和骑兵构成主力。这是一线部队，步兵是先锋部队，骑兵在两侧护卫和辅助作战，作为冲锋队在第二线听号令伺机而出。

大唐安西都护军的步军队伍，也像唐军的基本建制那样分为弓弩手、箭手、战锋队、骑兵、跳荡兵和奇兵。其中的跳荡兵是最精锐的冲击力量，跳荡兵要在敌我双方刚刚接触的时候，忽然挺身而出，杀入敌方阵营，瞬间撼动敌方阵脚，起着非常重要的鼓舞士气的作用。

我是唐军步军的一名队头，在三角形阵形的第一位。

唐军步军一个小队的整编是五十人左右，排列起来，就像是三角形锐器一样，稳固而整齐地插向对方的阵列，手中武器寒光闪闪，势不可当。作为队头，我是整个战斗队负责进击作战的第一引战手。在我的身后一排是三个人，中间的是执旗手，我身后的执旗手要负责整个小队的阵形不乱。在执旗手的左右两边，分别是左傔旗和右傔旗。然后，还有五排战锋步兵，每排分别为七人、八人、九人、十人和十一人。他们构成了战锋兵的核心队形，最后一排只有一人，是殿后督战的队副。作战的时候，队头率兵冲击，撤退的时候，队副负责后撤、队头殿后。

这是大唐军队经过了很多年的征战，逐渐寻找到的最佳阵列，也是"卫公兵法"实践检验的结果。五十人构成的三角形阵列，在冲锋时可以快速推进，并能够各司其职。最外侧是陌刀手，因陌刀比较长，主要用以攻击敌人骑兵的乘马，也起到保护整个队形的作用。弓弩手在队形的最中间，弓箭手则在队形的中后部排列。

按照一般的唐军战法，列好了阵形，一听号令就立即阔步前进。当距敌一百五十步，号令发出，弓弩兵立即进行上弩、进弩和发弩的三连环动作，开始射出弩箭。一时之间，万箭齐发，带着哨音，令人恐怖，飞蝗一般的利箭画着弧线，密集地落到敌方冲击队伍中，瞬间就将敌人杀得七零八落。这就像是从空中下了一阵箭雨，是远距离的第一波攻击，为的是挫败敌方第一轮冲锋，杀伤力特别大，直接挫败敌人的锐气。虽然敌阵冲锋队会有盾牌和身上的盔甲作为防御，但箭雨的力量还是会让敌人减员。

当距离敌人六十步远的时候，弓箭手开始放箭，再次进行对敌人的冲锋队形进行大力杀伤。当敌人距离二十步的时候，那就是短兵相接的时刻了，所有的弓弩手立即拔出刀剑，开始进行冲锋肉搏。这一时刻往往是最为惊心动魄的，两军在经过了弩机手、弓箭手的远距离攻杀之后，所剩下的都是最为勇猛的战士。他们猛地冲撞在一起，天地都要为之震颤，飞鸟都要纷纷掉落在地上。

此时此刻，勇士们血脉偾张、大声嘶喊、奋勇杀敌。这时，唐军中的跳荡兵和奇兵与骑兵部队在二线进行观察，一旦步兵战锋队处于胶着或者劣势，跳荡兵就会在后方指挥大将的号令下，奋勇冲进敌阵，杀个痛快，而骑兵则冲过去打乱整个敌人的阵营，使得战场形势突然发生变化。

骑兵出击之后，减员的步兵战锋队后退进行短暂休整和补充队形。当骑兵的冲击还是不够有力的时候，步军的战锋队再次前进，进行短兵相接的肉搏战。这个时候，就看谁的士兵士气高了。

狭路相逢勇者胜，这是我作为大唐兵士的一个体会。

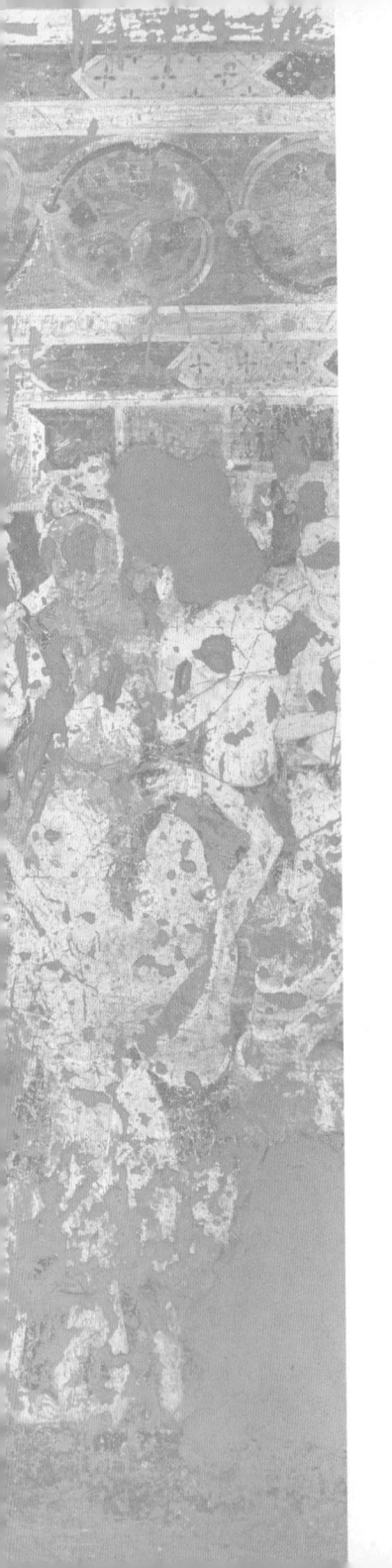

夜晚的月亮就像是银色的盘子

我还记得,出征之前的那个六月的晚上,月亮非常圆,就像是一面圆盘,在寂寥的天空中普照大地。整个营地十分寂静,偶尔,远处的骑兵营地的战马发出一阵阵咴咴嘶鸣,那是马匹还不安分。

虽然是夏天,空气也非常干燥。我睡不着,走出了营地,看到在月亮的银色光辉的照耀之下,几万人的营地连片扩展,非常壮阔。时而有夜鸟飞过,发出了嘎嘎嘎的古怪叫声,似乎是在提醒我们,死亡的大手在前方等待着我们,要一把把我们拉住。

我知道,明天一早,高仙芝将军就会给我们训话,然后,我们就将立即出发,直奔西部千里之外的怛罗斯，在那里，和黑衣大食军决一死战。

我的心情澎湃万分、起伏不定，毕竟我不是一个久经考验的战士。我曾是一个工匠，多年来，我制作打造了各种农具和刀剑武器，包括大唐军用的攻城车，也是我所熟悉的。现在，我被编入了五十人的步兵战锋队，作为队头，我感到了无上的光荣，却也有一些莫名的恐惧。

我其实是不怕死的，我知道，人就是绝处逢生的动物，人不怕死，死亡才不会来找你。我在月光之下的营帐之外缓步走着，想到了我的弟弟赵弘义。几年前，他参加了高仙芝讨伐大小勃律的远征军，远征喀喇昆仑山南侧的印度河一带，在和吐蕃人的战斗中，长眠在那里了。

我记得，他出发的时候信心满满，说，弘节哥，我一定会好好地回来的，我不会死，我还要和哥哥一起开个铁匠铺和木匠作坊，我还要再画几铺壁画呢。北山上的那个最大的大像窟，后室的涅槃壁画已经残损了，需要重新绘制。

他是一位很好的画师，他最擅长画菩萨像。在龟兹的石窟营建中，只要是王族和大商人出资开凿的石窟，里面最主要的壁画上的菩萨都要由他来画。他画的壁画是龟兹壁画中最为繁复、优美的。那些飞天、佛陀、菩萨，似乎都带着慈悲和喜悦。只要是他参与绘制的壁画，都会得到龟兹王族和那些奔走在城外大道之上的行商巨贾的夸奖。

可是，他还没有来得及在大像窟后室补绘那幅破损的释迦涅槃壁画，就死在了喀喇昆仑山上。

我知道，战士常常会战死沙场，这本身就是战士的命运。我极目远眺，月光之下，遥远的白山在召唤着我们，而深沉的夜空也被月亮照亮了。

如此的景色令我思绪万端。明天一早，我们的队伍就要开拔了。

忽然，响起了马蹄声，几匹马旋即奔跑到了我的近前。你是哪个营的？在这里做什么？为什么不休息？问我的人，他们是警戒兵，正在大营里四下巡逻。

我告诉他们我睡不着，只是出来转一转。

他们就离开了。我回到营帐之内，继续休息。

第二天一早，按照号令，我们起身、穿衣，纷纷走出了营帐，整队、集结，浩浩荡荡地向西进发。

先锋李嗣业骑马走在最前面，我也在健儿营之中。段秀实殿后，在我们的左右翼是两路各三千唐军骑兵。

我们从柘厥关出关，向北行军，很快就渡过了白马河。在这个季节里河水并不汹涌，浅浅的河水在砾石的阻挡之下发出阵阵喧响，白色的浪花在河道中闪现。只有静水才是深流的。

这时，太阳已经高高地升起，就像是一面极其明亮的镜子，在我们的头顶闪耀。

我们得到号令，向北进入一片开阔的山谷。沿着山谷两侧，我们两万唐军精锐分别肃立，整好队形。然后，我看到，一骑白马奔驰而来，我们中有人窃窃私语。我明白了，眼前的这位骑白马奔驰而过的，就是我们的主帅高仙芝。在他的身后，我看到高仙芝将军的几个幕僚和大将、随从护卫紧紧跟着。

还有一位青衣秀士，并没有穿铠甲，显得非常特别。别人告诉我，他是高将军的一位幕僚，还是一位诗人，负责奏疏文稿和文告的起草，名叫岑参。在我们面前骑马走过时，这个岑参面色苍白，似乎很惶恐。看出来他很疲乏，似乎不适应当地的气候。在队列最后，紧跟着的还有几十个护卫勇士骑马走过。

高仙芝腰悬一柄唐横刀，鲜亮的铠甲和头盔都让他显得英武非凡。他的脸庞非常俊美，常年征战在西域，也并未见到他脸色变得黧黑。六月的天气，气温上升得非常快。只见他快马奔向一面高坡，然后，他跃身下马，取下头盔，递给边上的护卫，走过去站在一块伸出的山岩上，清了一下嗓子，对我们说，将士们！我们要出征的前方，是最西边的怛罗斯城，我们的战场对手，是黑衣大食军，你们知道不知道？

知道！知道！知道！

整个山谷都回响着他那洪亮而颇具磁性的声音，也回响着我们三声豪壮的应答声。美仪容，好声音，强健的体魄，昂扬的精神，一直是高仙芝将军的口碑形象。此时，山谷把他的声音放大了，我们每个人都听得清清楚楚的。他的动员讲话，在山谷中那阵阵的回响声波，惊起了很多在附近的灌木丛中隐藏的鸟儿。一些大鹰展开了宽大的翅膀，在空中转圈盘旋，从高空中注视着我们的大军。

我们都很安静地听高仙芝统帅大声讲着这一次出发的使命和任务。

他讲话的大意是：此刻，大食倭马亚王朝去年灭亡了，随后崛起的是大食阿拔斯王朝。他们在呼罗珊的总督艾布·穆斯林率领军队占领了撒马尔罕，在那里竖起了黑色的旗帜，这是他们的标识，所以他们叫作黑衣大食。听说，他们有两面黑旗：一面黑旗叫作"影子"，它挂在七米长的长矛之上，在地面上拖着长长的影子，意思是大地离不开他们的管辖，因为地上永远有黑旗的影子。另一面黑色的旗叫作"云"，它挂在六米多长的长矛上，意思是大食阿拔斯王朝要像云一样，到处笼罩大地。影子和云所到之处，就是黑衣大食所到之处，这是他们的梦想。眼下，他们在准备攻打大唐安西都护府。

高仙芝说，现在，这两面叫作"影子"和"云"的黑旗，正在向我大唐国境逼来，企图进犯我大唐边境和疆土。我大唐将士们，你们答应不答应？

山谷间回响着我们的呼应和呼喊，不答应！不答应！不答应！

我们躁动起来，兵器互相碰撞，发出了一阵阵的铿锵之声，战马也嘶鸣着，似乎就想立即奔腾起来冲锋陷阵，奔向敌人的阵营。一些小鸟受到了惊吓，纷纷从附近的云杉林里掉落下来。

高仙芝满意地点点头，他挥手致意，让我们安静。

我们又安静下来。他又说，正是因为这样，我才带兵征讨了叛逆大唐、依附黑衣大食的石国，擒获了石国国王押解到长安问斩，剿灭了石国的叛逆势力。现在，战风四起，黑衣大食军北路占据了怛罗斯，南路在艾布·穆斯林的统率下，从呼罗珊出发向疏勒逼来。此时此刻，大唐哥舒翰将军率兵在陇右道，正与吐蕃兵对峙，确保我安西四镇没有后顾之忧。另一支唐军走回纥道，直奔碎叶城，压制黄姓突骑施部不要轻举妄动。这都是对我们进军怛罗斯的支持。

他说，就在今年的四月，本将军到长安朝见皇上，皇帝颁布诏令，由宰相李林甫谋划统管，诏令我率军攻敌于不备，直捣怛罗斯，在黑衣大食军立足撒马尔罕阵脚未稳之际，主动出击怛罗斯，剿灭盘踞在那里的石国叛逆残余和其他反叛我大唐所组成的第赫干联军，一举击溃大食前锋，剿灭黑衣大食军试图向东犯我大唐的野心。

山谷中，高仙芝讲话的回声阵阵激荡。这是激动人心的出征时刻，这是与天地和山川一起见证的时刻。

讲话之后，高仙芝拔出横刀，横刀立马，威风凛凛，大喊，向西，进军！说罢，他策马疾驰而过，奔向山谷的出口。

然后，我听到我们的队列中战鼓声声，我们整装依次出发。

在我眼前，身材高大的李嗣业将军带领前锋军，策马奔驰。他在马上忽然看到了我，脸色变得有些疑惑，他停下来问我，军士，你叫什么？

我觉得他问我这个问题十分奇怪。我说，我叫赵弘节。

他接着问，赵弘义是你的什么人？

我的喉头一哽，我说，赵弘义是我的弟弟，在前几年，他跟随高仙芝将军在征伐勃律的战斗中战死在喀喇昆仑山上了。

李嗣业点了点头，怪不得呢，他和你长得很像，我才疑惑起来。原来，你们是亲兄弟。都是大唐勇士啊，真健儿也。你弟弟战死的时候，我是亲眼所见的，当时的作战他最为勇敢。真是好样的！等我们行军到了拨换城，我再来找你聊聊。

李嗣业说完，横拿陌刀，就策马前行了。

我心潮澎湃，我的眼睛湿润，目送他矫健的身影消失在日光里。在队伍里，我顶着太阳继续前进。

一路行军，过了苦井，我们很快到达拨换城，在那里进行了第一次休整。后勤部队的牛车马车也跟进来，我们在那里补充军粮和搜寻战马所需要的饲料。拨换城在龟兹伊逻卢城的西边。再往西走，就要翻越高大的拔达岭，进入胡天胡地了。

在拨换城，我们在整军期间，继续进行阵法的操练。下午，我们正在操练六花阵，副统帅李嗣业将军找到了我，他说，跟我来。

我就出列，跟着他来到了他所统领的一千前锋健儿兵的操练场中。原来，在这次进军怛罗斯的队伍中，他所率领的是最前锋的步军，都是挑选出来的骁勇善战的勇士健儿，这就像一把尖刀，即将插向敌人的心脏。

他在操练场上，进行了前锋兵的队形调整，将大唐主力步军五十人一队所构成的倒三角形的锐军阵，缩小了一半的规模，变为二十六人构成的菱花形阵形。也就是说，菱形阵形一共有九排，第一排和最后第九排是队头和队副，第二排和第八排各有两个人，手持陌刀。

李嗣业让我担任执队头。这是光荣的使命。从第三排到第七排，都是四个人一排，最外面的人手持陌刀，里面的人手持横刀。这样的菱形阵形无论从前后角度看，都是一样的。这就保证了腹背受敌的时候，都有所警戒和对应的战法。

在拨换城的郊外，演练场上，几万兵士在进行长途奔袭、穿山越岭之前的最后一次演练。几天之后，我们的队伍就将出现在怛罗斯城的郊外，那个时候，我们面对的将是举着黑衣大食的黑色的旗帜、拿着大马士革弯刀的如狼似虎的大食军的挑战。

那时，才是我们决一死战、捍卫大唐国威的艰巨时刻。在阵列里，我手中的旗帜在猎猎飘扬。

葱岭上飞翔的雄鹰是英魂在盘旋

入夜，月光如洗，照亮了整个大地。拨换城外吹角连营，烛火在营帐中闪亮。

我在李嗣业麾下的前锋兵营地帐篷里休息，却睡不着。李嗣业将军派人把我叫去聊天。护卫带我去他的营帐。

在营帐里，他正在就着微弱的烛光，用蜡油擦拭他的一把横刀，见到我，说，怎么，赵弘节，不想干执旗手？

我说，哪里的话。我就是想问问，我弟弟赵弘义是怎么牺牲的？只有将军您能告诉我，我一直对弟弟的死特别心痛。

他示意我坐在一个马扎上。说来话长了，他说，先说我是怎么跟着高仙芝将军去讨伐大小勃律的吧。你也听说了，高仙芝统帅，他是高句丽后裔，在太宗朝，有很多高句丽人从辽东迁移到了内地。到了高宗朝，高句丽被大唐所灭，更多的高句丽人迁入关中。高仙芝的爷爷辈迁到内地，他父亲就在河西当兵，在河西四镇和陇右道，与突厥、吐蕃两线作战，战功赫赫，当上了将军。后来，他把成年后的儿子高仙芝放到安西都护府接受教育。

我问，李将军，高仙芝统帅是在龟兹长大的？我怎么从来没有见过他？

不是的，他是在高昌西州长大的。太宗朝，攻破高昌麹氏王国之后，设立西州，安西都护府一开始也设立在那里。在龟兹设立西域都护府，是很晚近的事情，只要是吐蕃袭扰河西和西域南道，那么，安西都护府的军政机关就要从龟兹撤回到西州高昌城。高将军是在那里的军营里长大的。后来，高仙芝的父亲高舍鸡因战功升任了四镇十将、诸卫将军，高仙芝二十多岁的时候，也参加了安西都护府的军队，在安西副大都护夫蒙灵察的手下，因善于作战，能骑射、会谋略、敢冲锋、善绝断，被夫蒙灵察不断提拔起来。

我问，我知道有个马灵察在朝内当官，难道他就是夫蒙灵察？

是的，他们是同一个人，他是羌人的夫蒙氏后人，所以也叫夫蒙灵察。说起来，他也曾是我的带兵统帅呢。接着说，在他手下，高仙芝和我等都得到了提拔。在开元末，高仙芝已经是安西都护府副都护、四镇都知兵马使了。他经常和我说，大丈夫就要建功立业，忠君报国为大唐。然后，机会来了，这时，传来了勃律国投靠吐蕃，反叛大唐的消息。

我问，将军，勃律国那么远，怎么还要反叛大唐呢？为什么高仙芝和将军您，还有我的弟弟跑到那么远的地方去打勃律国呢？

李嗣业将军笑了笑，勃律国是很远，在喀喇昆仑山的那一边。但他们占据着印度河的河谷要道，吐蕃就可以从大雪山脉后面，抄近道偷袭我大唐安西四镇的疏勒军镇。大小勃律所在的地区叫克什米尔地区，历来是天竺、吐蕃和西域三个地域的要道，谁控制住大小勃律国，谁就能控制住西域的南大门。吐蕃从高原上下来，使得勃律臣服于吐蕃，一时之间，西域南边的很多小国都投降了吐蕃。

这是我大唐不能容忍的，因此，安西都护府的几员猛将，像田仁琬、盖嘉运、夫蒙灵察等几位安西大都护府的都护，都带兵讨伐过大小勃律，主要是想控制住吉尔吉特，也就是印度河下游的小勃律所在地，但出兵不利，屡次失手。在四年前的天宝六载（公元747），当今圣上下诏，令安西都护府出兵再次征讨小勃律。这一次的统帅就是高仙芝将军。你的弟弟赵弘义就在我的手下的前锋步军中。

我说，是的，李将军，他这一次是参加了安西都护军，他走的时候，还带走了家里的两匹马，一匹是他的枣红马，一匹是我的黑马。

是的，他虽然是步兵，可按照当时我们的出兵计划，都是可以带私马的。因山路迢迢，极其遥远，光靠两只脚，得走到驴年马月啊。一万多的骑兵和步兵，从伊逻卢城的安西都护府大军营出发，一个半月之后，我们到达疏勒，休整了两天，然后到达葱岭守捉。

葱岭守捉是一座石头城，我大唐军守卫在那里，位于群山环抱之中，海拔比较高，氧气开始变得稀薄。我们在那里整军，然后继续前进，这时，就是巍巍喀喇昆仑山在远处伴随着我们的进军了。

我记得，我们随后进入播密川，当地人称那里是瓦罕长廊。穿越了特勒满川上的激流跳荡的河流，我们花了三个多月，到达了五识匿国，那已经深入葱岭的高山深处了。

我惊叹道，高仙芝将军被称为是高山之王，也就是从这一次的行军作战之后传布开来的吧。

是的，李嗣业说，当时，我们一万多唐军，步兵、骑兵、辎重和后勤保障在葱岭之上，沿着放牧人走出来的狭窄山道艰难前进。从整个春天到夏天，我们在四个多月的进军行程中看到了山川景物的不断变化。高仙芝成竹在胸，不断鼓舞着我们。他这个人，很有感染力。我们的将士却在恶劣的环境中，感到了迷茫和恐惧。

在五识匿城，高仙芝将军下令将部队分为三路。约定七月十三日，在吐蕃人盘踞的连云堡会合，连云堡之内盘踞着一千多吐蕃兵士。当时，我带领着一支劲军，是整支远征军的前锋。其中，就有你的弟弟赵弘义。他担任我的前锋军的一个小队的队头。队头很重要,在他身后,有二十五位勇士紧紧跟随,这就是我在多年的征战中总结出来的菱形战阵,这样的队伍善于在较小的空间里与狭路相逢的对手决一死战。你弟弟赵弘义非常勇敢,手拿一把陌刀,谁挡着他谁死。我很喜欢他。

我激动起来了,啊,李将军,现在,你让我担任你的前军先锋军的队头,我的身后也有二十五位大唐勇士。

是的,这就是我看到你的时候,感到诧异的地方。我当时想,咦?这个人,怎么我在哪里见过的?那个勇士不是已经在几年前战死在连云堡了吗?一问,才知道你是赵弘义的哥哥赵弘节。

现在,我就要说到你弟弟的死了。那时,在高仙芝将军的命令之下,我们三支部队在连云堡不远处会合了。我看到,在连云堡城下,有一条河叫作婆勒川,当地人叫喷赤河。河水在白天非常湍急,水量很大。在城南还驻扎着几千吐蕃兵。而我们要渡河作战,要是还没有渡过河就遭到吐蕃人的袭击,那我们就惨了。

在谋划作战的时候,我表达了忧虑。高仙芝将军却成竹在胸,他一向是我们的主心骨。他说,不要犹豫,我们第二天凌晨就发起攻击!我们心里有些担忧那条河的河水湍急,无法顺利过河。

到了第二天的凌晨,那条激流跳荡的河水的水量一下子变小了,我们的步兵和骑兵可以迅速蹚水过河。我不禁敬佩起高仙芝将军了。原来,在西域高山上,冰雪融水所形成的河流只有到中午过后,水量才会因太阳的照射而加大。在早晨是水量最小的时候。

唐军快速过河之后,我们立即对连云堡发起总攻。我们三路军马分别从三个方向攻城。连云堡是一座十分坚固的城堡,易守难攻,必须通过搭建云梯强攻,或者利用高差,从更高的山上射出火毡箭进行猛攻。

唐军攻击的喊杀声突然响彻山谷,吐蕃人惊慌失措,依靠坚固的城堡守卫着。我看到,在我的号令下,你的弟弟赵弘义一马当先,带领他的二十五人的小队阔步前进。我带着四十个小队,猛地冲向连云堡。一时之间,城内乱箭齐发,巨石滚动,空中弥漫着血腥的气息。云梯架起来了,我们的勇士奋力攀爬。他们被吐蕃人用火烧,一个个掉下来。我亲眼看到,你的弟弟甩掉上衣,赤膊上阵,第一个攀上连云堡的城墙,然后,我们就看不到他了。

情急之下,我带领一批勇士,爬到附近的高坡之上,开始推动巨石下山,纷纷砸向连云堡。那一场战斗说长也很长,说短也很短,约一个时辰的时间,我们就击破了连云堡,杀敌几千人,俘虏了一千多吐蕃兵,自损一千多,可以说十分惨烈。

那我的弟弟的情况呢?我焦急地问将军。

我们进到连云堡内打扫战场,这才发现你弟弟他已经战死了。他躺在连云堡最靠近吐蕃指挥所的台阶上,身中十多支利箭。有一支箭贯穿了他的脖子,他是鲜血流尽而死。

我看到，他的眼睛是睁着的，因为，他回身看到了在他身后奋力搏杀的大唐将士兄弟正在前进，他看到了唐军的旗帜正在这里升起，想到了大唐将士捐躯为国一定不会被忘记，看到了他自己的灵魂正在飘起来，化作一只雄鹰，在高空盘旋。

我的眼眶在那一时刻潮湿了。我走过去，把你弟弟赵弘义的眼睛合上了。抬头，看到天空中，正有一只鹰在高飞，发出了啸叫。是的，我想，你弟弟的英魂，在那时候就变成了鹰在高空中飞行。

我的眼眶里含满了泪水，李将军，那他的遗体，是不是埋在连云堡的山上啦？

李嗣业将军顿了一下，喉头凸起。是的，那一战，我大唐军也牺牲了一千多人。我们花了三天的时间才把阵亡将士掩埋在附近的大山中。还有三千多伤病员，也留在城内，由监军边令诚带领，留下来守卫，而征伐小勃律的使命，此时还没有完成。

是继续进军，还是撤退休整？边令诚和高将军意见不一。此时，高仙芝将军意志特别坚决，要加速进军，突击小勃律国所在的吉尔吉特。那里是战略要地，在印度河的下游，但要翻越最为险峻的山岭才能够抵达。他下令，让我和部将席元庆耐心地给大家做工作，让大家打消畏难情绪。这又花了一天的时间。眼看着天空又开始飘雪了，高仙芝将军觉得不能再迟疑了，他下令开拔。

随后，高仙芝率领我们几千精兵，奋勇翻越坦驹岭。

我记得，四十多里直上直下的陡峭山路上全都被冰雪覆盖，不断地有我们的兵士和马匹不慎跌下万丈悬崖。那是喀喇昆仑山的警告，可我们大唐将士不畏艰险，继续前进，很快抵达山下的小勃律的邻国阿弩越。他们派来了向导，指引我们赶到娑夷河。这条河一直被称为弱水，弱水弱水，就是河边寸草不生，生存环境非常恶劣，连善于攀爬的岩羊都会因饥饿而跌落山崖。

由于担心吐蕃兵偷袭，我们将那座一箭半之长的河流上的桥迅速破坏掉，这样，吐蕃增援的兵马就只能是望河兴叹了。事实也是如此，到了晚上，前来增援的吐蕃兵抵达河边，举着火把，在对岸看到无法过河，气得直跳脚，可他们就是过不来。

我们作为天兵天将，很快出现在小勃律国。那是一片大河下游的平原地带。在小小的王宫之内，在小勃律国王的面前，高仙芝宣读诏书，下令立即擒获小勃律王苏失利之和他的吐蕃王后，然后，把他们押解到长安。

就这样，我们在高仙芝将军的带领下，一举将小勃律国平定。苏失利之和他的王后被押解到长安之后，圣上下诏将小勃律的国号改为归仁，在小勃律国安置唐军归仁军驻守。同时，赦免了苏失利之和王后，给他们封了一个虚衔，让他们在长安养老了。这就是你弟弟参加的征伐小勃律国的整个过程。说罢，李嗣业将军陷入了长久的沉思，似乎还在回想几年前那一场似乎不可能取得的胜利，那一次不可思议的翻山越岭的战斗。

我沉默了一会儿,说,高将军,他的确是高山之王,他很善于在荒漠戈壁和崇山峻岭之上打仗。这一次,我们前往怛罗斯,将军,您觉得我们的战事会不会顺利呢?

李嗣业沉吟了一会儿,说,这一次肯定是一次恶战。要知道,我们是深入胡地,又后绝救兵,肯定是一场大冒险。

我说,看到高将军从来都是这样的,将自身置于险境,而后绝处逢生。

李将军说,有时候,只有这样才可以获得胜利。你好好去休息吧,明天,我们就要快马加鞭、快速西进了。

山连着山就像是手拉着手的巨人

第二天，我们全军将士在凌晨开拔了。

走在队列里，我感到了阵阵凉意。七月盛夏，早晚已经比较寒凉。好在我们都带了棉衣。我们一队队地默默前行，风吹过来，荒漠大道之上的风滚草在滚动。丛生的狗尾草在摇曳，金莲花、银莲花在开放，黄色的、嫩粉色的花朵布满了大地。

我看到，有一只黑色的大鹰在我的头顶盘旋。昨天晚上，李嗣业将军和我说的话在我耳边萦绕，难道我的弟弟赵弘义战死之后，他的灵魂真的变成了鹰在盘旋高飞？我仰头注视着那只大鹰。它安静地在空中画圈，久久不愿意离去。

开拔之后，我们后面的行军速度开始

加快，部分原因在于一个骑兵除了坐骑，还都备有一两匹战马，步军疲劳的时候可以骑马行进一段路。

离开拨换城的时候，我看到那个青衣秀士——高将军的幕僚、诗人岑参留了下来。听说他身体不适，不适宜继续前进了。也不知道他不去参加怛罗斯之战，还能写出什么诗篇？

我们出了拨换城，不久就开始翻越拔达岭。长长的队伍默默前行。远远地，在山坡上，我看到栗楼烽的烽火台在远处伫立，似乎在注视着我们西行。

翻越拔达岭之后，我们很快抵达了乌孙人建造的赤山城。

在那里，大军稍事休息，我们继续前进，人马杂沓而行。天空变得高远，天气变得更加干燥，西风猎猎，秋意的肃杀开始出现在大地深处并升腾起来。

在我的心头，和我眼前的风景中，弥漫着一种荒野的气息。我们大部队又渡过了珍珠河。这条河流淌在比较平坦的山前平原之上，对我们非常友好。

我们越走，大地越发开阔。而陪伴我们行军的，是山连着山，岭连着岭，就像是很多巨人手拉着手，大部分在我们的右侧排列，少部分走到了我们的左侧，在遥遥地祝福和护卫着我们这支大唐远征军。

我们又抵达了热海。热海，当地人叫伊塞克湖。湖面非常大，我从来没有见过大海，我以为这就是大海。可见过大海的军士告诉我，大海是无边的水域。此刻我所见到的热海的样子，非常平静而寒凉。湖面吹过来的风在中午时分凉爽宜人。

我们加速行进，沿着大湖边行走，这样可以让战马和后勤牛车都能得到水源补给。

很快，我们安西都护军的两万军士，迎来了拔汗那部和葛逻禄部的几千骑兵，我们会合在热海东面广阔的沃野之上。

拔汗那部的骑兵看上去精神抖擞，而葛逻禄的骑兵则似乎比较涣散。我们的队伍顿时变得喧腾起来。他们的骑兵衣着鲜亮，但兵器杂乱，人喊马嘶，似乎很不愿意安静下来，仿佛他们是去搞一场赛马大会一样显得很轻松，并不知道有一场血战等在前头。

我们继续前行，跨过碎叶川，那是一条并不宽阔的河流，然后我们悄悄抵达了碎叶城的城外。

在碎叶城外，我们扎下营地，并派人去碎叶城打探消息。得到的消息是，从大唐长安派来的天威健儿军一万多人，在前些天已经将碎叶城盘踞的黄姓突骑施部平定，将他们的部落反叛首领斩首，剩下的一些男丁贵族也被押解到长安去了。

李嗣业带回来的消息让大家都松了一口气，这样的话我们进击怛罗斯黑衣大食军，就会不再有被夹击的隐患。

在碎叶城外，我们得到了很好的休息。传说，我朝大诗人李白出生在这里。可我站在一片开满了金露梅的高坡上远望碎叶城，心里也很失望。天空之下，碎叶城那矮矮的城墙并不高大，就像是一头黑褐色的棕熊趴在地上。

第二天，我们大唐军马继续前进。拔汗那部和葛逻禄的骑兵则走在我们的左右两翼，作为殿后军，远远地跟着我们。

李嗣业将军告诉我们，拔汗那部对大唐是忠心耿耿。这次进击怛罗斯的战事和拔汗那部还有关系，因石国人最先欺负的就是拔汗那部。葛逻禄部人则一向在突厥、大唐之间首鼠两端。这一次他们出兵作战，也算是一次忠诚检验。

我们快速经过了阿史不来城，旁边有一条安静流淌的阿史不来河。这条河在起伏的丘陵之间回旋，在天空下发亮。

只要有河水，那就会有城市在河流的旁边建立。这是大唐在七河地区一个羁縻州所在地。过去，这里主要是由突骑施部可汗驻扎。

我们继续向西走了七十里，又经过了俱兰城。在这里，大唐也设立了羁縻都督府。

高仙芝将军让大军停下来，让我们熟悉了一下这里的地形，再次演练了唐军阵法。之后，我们经过税建城。听说，前方不到一百里就是怛罗斯城了。

探马从前方传来消息，石国被灭之后，逃亡的王子怀恩投靠黑衣大食，在怛罗斯城纠集了七河地区一些反叛大唐的部族人马，组织起了第赫干联军。

派去探马回来报告，他们一共有三千人，正在前面的山谷地带埋伏着等待伏击。

得到这个情报，高仙芝将军立即下令，事不宜迟，由李嗣业将军率领一千健儿前锋军，对第赫干联军发起进攻，正面迎敌。

我看到李嗣业威风凛凛骑在马上，他身高马大，高达七尺，他总是一马当先，冲在最前面。我跟在他后面，我是小队的队头。

大战就要爆发了，我听到了我的血液燃烧起来的声音，我感觉到我脖子上的血管在鼓起来。我的头脑嗡嗡作响。即将来临的大战就要开始了？此刻，我，队头赵弘节，我回过头看了看我身后的勇士，把我身后的二十五个人的名字，一个一个地默默地念了一遍。

他们是：

王神威、白福景、仆固怀德、康延寿、安石山、左本德、武怀表、赵玄泰、卫阿荣、淳于明亮、高嘉慎、崔子纵、张行镐、王毛仲、徐长坚、刘从一、卫伯玉、黎衡干、第五琦、张延赏、卢从史、陈少游、李齐运、王叔文、陆长源。

这二十五个兄弟连同我赵弘节，一共二十六人。我们就要在广袤的怛罗斯河谷前的大地上，渴饮胡虏血了。也许我今天就会死去，小队的兄弟们有人也会在今天战死，但我必须记住他们，记住他们每一个人的名字，他们是大唐军战锋队的前锋。

我，赵弘节，是小队的队头。我的手里拿着的是一柄陌刀，正在闪着寒光。我们的脚下是开始发黄的草地，秋后的蚂蚱特别多，到处乱蹦跶。天空中，一朵朵巨大的云彩在缓慢移动，此刻，长天正在过大云。大朵的云彩把一块块巨大的阴影投射到大地上，大地上就出现了斑斓的样貌，黑一坨，绿一块。

我聚精会神往前走，还没有看到我们的敌人。我们在李嗣业将军带领下，前锋步军一千人分为四十个菱形的战斗小队，还有额外的五百骑兵作为冲锋兵配合在两翼。整个前锋队整体形成了一个倒三角的大阵形，向前阔步前进。

在我们身后的高坡上，高仙芝统帅带领一万多精兵，埋伏在低谷当中，派出了一队骑兵哨兵，在山路上遥遥地张望。

走着走着，我看到，眼前的怛罗斯河谷地变得更加开阔了，远山就像是一抹淡淡的黑色线条，依旧是山连着山、手拉着手、肩并着肩，就像是我们的队伍一样在前行。我忽然意识到，现在我们所处的位置，已经是大唐军向西走到的最远的地方了。顿时让我产生了一种豪情。

有一群椋鸟忽然从不远处飞过来，它们在空中乱飞，似乎受到了什么惊扰。我低声说，兄弟们，准备战斗，准备战斗！

克孜尔石窟第212窟　禅修者

前方有伏兵，这是探马报告给李嗣业将军的。我们刚刚转过一个山弯，就看见在前面开阔的草原之上，黑压压的第赫干骑兵像一堵墙一样，挡在我们的面前。他们的旗帜和衣着是五花八门的，显然不是黑衣大食的正规军。

我们忽然出现，对他们来说似乎是猝不及防，他们立即骚乱起来。埋伏在河谷里的这支队伍，是石国逃亡的王子怀恩拼凑起来的第赫干军队。杂牌队伍，不堪一击！我这样想着，就看到我们和敌人相距只有二百步的距离了，所有人的血液都在加快奔流。

李嗣业发出了冲锋令，他手里的陌刀闪闪发光，顷刻之间，他骑马率领几百骑兵冲向第赫干军。短兵相接之中，我看到我们的骑兵先锋队在李嗣业的陌刀指引下，就像是一把利刃，直接插入敌人的骑兵队伍中，一下子就把第赫干军队给冲开了一个大口子。第赫干军纷纷落马，哀号声此起彼伏。

李嗣业带领的骑兵反身再一次向回冲杀，再一次打乱了第赫干骑兵的阵营。这时，我们一千步军勇士已经杀到近前。

由于平时训练得法，我们的菱形阵形很适合在草原上和游牧骑兵作战。战斗队外侧的陌刀手迅速将冲到跟前的第赫干骑兵的马腿砍断，内侧的勇士就用横刀将落马的敌人斩杀。在一片搏斗的喊杀声中，浓重的血腥弥漫在四周，我感到头晕目眩。我看到，我身边的兄弟战士纷纷赤膊上阵，奋力搏杀。顷刻之间，几千人的第赫干军已经被李嗣业带领的大唐远征军先锋步军和骑兵斩杀得七零八落，狼狈不堪。

第赫干人阵营乱了。马上的骑兵胡乱奔走，溃不成军，死伤大半。我们迅速前出，不断斩杀敌人。无主的战马在草原上到处奔走，马蹄将粉紫色的飞蓬和飞廉花践踏，把狗娃花踩得稀烂，第赫干军溃不成军。

怛罗斯城的城墙，已经赫然出现在远方。我看到，在城墙的垛口和箭楼上飘扬着黑色的旗帜。那是大食军统帅赛义德率领的大食军的大旗，那是"影子"还是"云"？

第赫干军的残部迅速撤退，向怛罗斯城而去。我们打算乘胜追击，扩大战果。这时，李嗣业下令停止追击。

我看到，我身边的二十五个战士一个都没有少，这真令我欣慰。我发现，即使他们身上有鲜血，那也是敌人的血溅到身上的。我们的先锋队损失了一百多勇士，却斩杀了对手上千人。

忽然，怛罗斯城内发出了隆隆的战鼓声。城门大开，远看出现一列列骑兵，就像是冲出来一股黑色的水流，漫延开来，旗帜是黑色的，他们在怛罗斯城外摆开了长长的战斗队形。

我看到，他们全都是骑兵。在一面面黑色的旗帜之下，骑在马上的呼罗珊的三千铁甲兵，个个都穿戴着银色盔甲，非常鲜亮。主帅的坐骑更加高大，那个人可能就是赛义德，他在一面高达六丈的竹竿黑旗之下，看来那面旗子叫作"云"，意味着所到之处，就都是黑衣大食的领地。

第赫干败军向大食军两侧退却，重新整队，变为大食军的侧翼，反身列队，准备继续进攻。

一阵战鼓响起，大食军骑兵在赛义德的带领下，手持的大马士革弯刀向天空齐刷刷举起来，他们发出了激昂的喊声，一阵阵寒光闪耀。接着，他们右手持刀向下一劈，向后一摆，刀刃向外，横向平举，列成了即将冲锋的阵形。紧接着，号令发出，黑旗飘飘，大食军骑兵开始冲锋。

我曾经在龟兹的铁匠铺里重新锻造过一把大马士革弯刀。这种弯刀用精铁打造，刀身上有优美的花纹，刀身宽大厚重，善于劈砍，甚至一下就能将人劈砍成两半。大食骑兵作战的时候，一般都是向右平举大马士革弯刀，刀锋向外，借助战马奔跑的速度所带来的巨大冲击力，猛烈地冲击敌军阵营，那真是谁挡谁死。这就是大食骑兵和大马士革弯刀的巨大威力。

我们的前锋统帅李嗣业早就有所准备，他下令前锋步军缩紧阵形，顷刻之间，数百骑兵陌刀队开始顺时针围绕步军奔走，保护步军阵形，采取了守势，等待着黑衣大食呼罗珊铁甲兵的第一波冲击。

阿拉伯黑衣大食呼罗珊骑兵呼啸而来，采取的是"巨浪阵"，也就是一波一条线，像是巨浪一样席卷和拍击对手，以手中的大马士革弯刀砍瓜切菜，企图横扫我们大唐军。

来不及有任何思考，我已经听到了呼罗珊骑兵的铁蹄震耳欲聋的声响。我们全部半蹲，等待命令出击。这一刻，我听见了我的汗落在草地上，砸在一只蚂蚱头上的声音。蚂蚱愤怒地蹦起来，跳到了我的袖口，我注视着它，耳朵里听到的是敌军马匹奔跑的巨大声响。

李嗣业带领骑兵在转圈，黑衣大食的骑兵呀呀喊着什么，手里长长的精铁打造的大马士革弯刀横着切过来，空气在瞬间不断撕裂，发出了嗖嗖的被割破的声音。草中的一些沙鸡、黑琴鸡和大群的百灵鸟全部惊叫着腾空而起，它们在半空中凌乱地飞着，有的被大马士革弯刀掠到了，断为两截掉落下来。

我们的骑兵在李嗣业的率领下，保护着步军的阵形。敌军的第一波巨浪汹涌地扑到了近前，李嗣业横刀立马，下令出击。骑兵让开一个缺口，我们步军手持陌刀和横刀，挺身向前迎敌。

啊，那只是一瞬间的相互撞击，我们和黑衣大食军骑兵的第一波攻击迎面相撞，顷刻之间，我就看到一系列同时发生的画面：大食军骑兵的马腿被砍断，大食兵掉落马下被唐军斩杀，唐军战士被大食军的大马士革弯刀横向劈砍，被砍掉了头颅，一颗颗头颅在半空中飞起……

这真是一场血战，李嗣业英勇异常，他身先士卒，与黑衣大食军呼罗珊骑兵缠裹在一起。我们的菱形战斗小队不断被冲垮，我们的战士不断被大马士革弯刀劈砍而死，大食军的银盔和银色锁子甲护身很好，但也抵挡不住大唐军的陌刀和横刀的砍杀。

紧接着，第二波大食骑兵又横举着弯刀冲杀过来，就像是一道巨浪，滚滚席卷而来。

战场上的形势迅速发生变化，我们寡不敌众，人数不到对手的五分之一，等到第三波大食军的骑兵巨浪冲击过来，我们前锋队的一千多人只剩下不到一半了。

李嗣业下令，退兵！我们得令后紧急向后撤退。实际上，我们作为前锋军，已经摸清了敌军的虚实，了解了战场环境，熟悉了对手的作战手段，虽然已经折损大半，但战斗使命已经完成。

怛罗斯河像是一条发亮的带子

我们先锋军紧急后撤,退到一条宽阔但很浅的河边,正待过河。这时,黑衣大食军的第四波骑兵已经像一道巨浪一样一线连天,滚滚追杀而来。

这是最为紧急的时刻。这一刻,我感觉到我可能要牺牲生命了。我们刚才的战斗誓死拼搏,已经筋疲力尽,渡过这条河则生,过不去或者过一半的时候被大食军追到,一定会死在河里。我感到了绝望,抬头望天,看到了一块巨大的阴云覆盖在我们的头顶,天地之间瞬间变得黯淡,我想,我们完了。

就在这时,我看到,在河对岸,已经转过山弯的唐军大部队正在整齐地冲过来,那是高仙芝下令唐军主力出击了！只见黑压压的唐军队伍迅速过河，准备迎接战斗。

我们顿时振作起来。李嗣业下令我们迅速整军，加入唐军进攻的队伍左翼。

这是唐军的大部队的迎敌，我看到，英武的高仙芝统帅骑在一匹战马之上，显得意气风发。唐军一万多步兵过河之后，摆开了六花阵。这是只有在大草原上才可以摆开的阵势，也是步兵应对骑兵的最好战法。

我后来才知道，就在李嗣业将军带领我们作为前锋军和第赫干军的埋伏队伍冲杀在一起的时候，高仙芝正在远处的高坡上，对周围的战场环境、敌人的队伍规模和战斗力，在悄悄地观察研判，伺机发起决定性的攻击。而在大唐军过去对突厥骑兵的常年战斗中，李靖李卫公创造的六花阵，也起到了很大的决胜作用。这是大规模、机动性不强的步军，在对抗机动性强的游牧骑兵时的有力战法。

眼看着唐军步兵就摆开了六花阵。六花，那阵形就像是六朵花瓣一样，中军居于阵形的最中间，外围从左到右分别是左厢左军、左虞候军、左厢后军、右虞候军、右厢右军和右厢前军。这样就形成了"六出花"的阵形，这阵形是大阵套小阵，中军从任何方向前出，距离都是一样的，这样就便于中军将领在阵形的中间，根据战场上的战情变化，随时调整阵形，进退自如。

高仙芝位于中军之中指挥若定。中军由三部分组成，包围着主帅，是圆形的阵形，六花阵还可根据主帅的号令迅速演变为方阵、曲线阵、三角锐阵和圆形阵。这样的阵形在对付游牧骑兵冲击时，非常有战斗力，会令敌人的骑兵在不断变换的阵形之下，迷失方位，在不明就里的情况下被扰乱队列，并被斩杀。

唐军大部队的出现，一下子令黑衣大食军的呼罗珊骑兵猝不及防，他们停下了第四波巨浪阵的骑兵的冲击，转身重新集结。

很快，在赛义德的带领下，战鼓隆隆，黑衣大食军后撤之后，迅速摆开了五肢阵，这是与巨浪阵完全不同的阵法，按照纵向队列，分为前卫军、中锋军、左翼军、右翼军和后卫军五条纵队，就像是一只大手平举，直插对方的要害。其中的前卫、中锋和后卫队列最长，就像手掌的中指一样粗壮有力，那是一条纵线队伍，左翼和右翼的外侧分别有两支骑兵作为掩护部队，开始向唐军正面迎来。

此刻，似乎天空已经知道大战开始，云彩变得稀少了，太阳热辣辣的，直接射到了我的眼睛里。我远远地看到，遥远的怛罗斯河就像是一条发亮的带子，从远处蜿蜒而过，我不能确定，这是不是我最后一次看到的风景了。我拔了一根青草，在嘴里咀嚼着，为的是让身上被溅上的鲜血的血腥味冲淡一些。

一时之间，广袤的大草原上，摆开六花阵的一万多唐军部队，以步军为主，和大食军以及第赫干联军摆开的五肢阵正面对抗，双方迅速接近，接近……

我至今还记得那场战斗的惨烈和激动人心。大唐军和大食军猛地撞击在一起。骑兵是人喊马嘶，大马士革弯刀和大唐陌刀相撞，盔甲和盔甲相撞，声音刺耳而嗡嘤。唐军的六花阵是大阵包小阵、大营包小营，变化多端。一会儿变成方阵，一会儿变成圆阵，一会儿变成半圆的牡阵和牝阵，还有轮阵和雁行阵。

大食军的五肢阵就像是五根手指一样冲过来，前锋非常锋利，骑兵的大马士革弯刀名不虚传，他们胯下的阿拉伯马在冲击力和速度上，赛过了唐军的突厥马和中亚山地马，但耐力却不如大唐军马。马和马也成了仇敌，马嘴也咬人，人从马上跌落。天地旋转，我只是战场上的一员士兵。我只看见我眼前的一切，只有一刀的距离。我奋力杀敌，左冲右突，我挥舞着横刀，横刀所到之处，寒光闪闪，血溅衣衫，敌人纷纷落马。

从远处看，大唐军和大食军忽而分开，再度整军，忽而又冲撞在一起。这是冷兵器和群体力量的格斗，是士气和战力的正面对抗，这是唐军在国境最西边为了大唐安危而进行的奋力搏杀。

唐军士气高昂，战斗力非凡，大食军毫不示弱，互相搏杀了一个时辰之后，大食军死伤枕藉，得到赛义德的号令，迅速撤退。他们败退到怛罗斯城，闭门不出了。

高仙芝下令休战，我们清点战场。

广袤的草原上，到处都是战死的人的尸体和伤者的哀号，还有很多失去了主人的战马在胡乱地奔走。有些地方的草在燃烧，飞鸟无法降落，在半空哀鸣。

我清点我的战斗小队，二十五人的小队经过这一战，只剩下了十三人，他们是：

白福景、仆固怀德、左本德、武怀表、赵玄泰、卫阿荣、淳于明亮、崔子纵、王毛仲、黎衡干、第五琦、卢从史、李齐运。

另外十二人，王神威、康延寿、安石山、高嘉慎、张行镐、徐长坚、刘从一、卫伯玉、张延赏、陈少游、王叔文、陆长源等已经战死了。

我把他们的名字一一记了下来，默默诵读了一遍。我泪水长流，因为这些唐军兄弟，他们已经从此长眠在了怛罗斯城外的大草原上。

李嗣业将军看到我呆立在战场上，走过来，默默地拍了拍我，递给我一匹枣红马。那是拔汗那部带过来的一些给唐军步军准备的备用战马。我翻身上马，带领剩下的战士往东走。

我们在怛罗斯城外五里的地方安营扎寨。李嗣业将军下令把我们一个个减员的小队重新编队，我依旧是队头，我的小队依旧变成了二十六个人。只是，有一半都是新人。

克孜尔石窟第219窟右甬道侧壁　供养天人

看着他们那年轻的陌生面孔，我感觉作为队头，责任重大。可是，我还能把他们活着带回龟兹吗？

到了晚上，整个怛罗斯河谷迅速降温，变得十分寒凉。月亮已经变成了弯弯的一把镰刀，挂在天上，若隐若现。云层非常厚实，把一弯弦月不断地遮蔽。

远望怛罗斯城，城内有微暗的灯火。而高仙芝统帅的大帐之中，李嗣业、段秀实等副帅，还有幕僚十多人，正在商议明天的作战计划。

我在营帐之外散步，有些焦躁。我的小队已经折损了一半，我很难过。想到我弟弟几年前跟随高仙芝征伐小勃律的英勇牺牲，我就明白了战争的残酷，第一次感受到战争的血腥和死亡的瞬间发生。

我低迷了一阵子，又开始有些振作，我感到自己不再惧怕死亡了。

我猜想，按照高仙芝的脾气，明天一早，大唐军两万人马，加上拔汗那部和葛逻禄部的各五千骑兵，加起来一共三万大军，一定会对怛罗斯城发起一场攻城战。而怛罗斯城内的赛义德大食军加上第赫干联军，不到两万人，敌寡我众，高仙芝将军一定是胸有成竹。

我们的部队在连夜准备着。我看到，后勤部队组装好了攻城门用的重装投石器、强弩机、云梯。很快，李嗣业将军回到了我们的营帐。传令兵传令，明天清晨，向怛罗斯发起进攻。

城内的赛义德已经派出快马从城后门出发，快马加鞭向撒马尔罕而去，信使携带的是关于高仙芝部队的情况，以及请求呼罗珊总督艾布·穆斯林迅速派出援兵的请求。

赛义德不知道的是，他的快马信使还没有到达撒马尔罕，艾布·穆斯林就已经派出了由齐亚德统率的七万大食军增援部队正在向怛罗斯进发，他们全部都是骑兵，全部都配备了大马士革弯刀，向怛罗斯城火速进发。这都是战后我们才了解到的情况。

第二天清晨，大唐军集结令发出，我们全部整装待发，集合成军。在整面山坡的斜坡之上，我可以看到大唐军军容整齐、意气风发。传令兵来回奔走，主帅高仙芝威风凛凛地在中军中，由很多人簇拥着。大家斗志昂扬，有着一击攻破怛罗斯城的气概。

远处的怛罗斯河，就像是一条发亮的飘带蜿蜒而过。怛罗斯河水特别清澈，在大草原上弯弯绕绕，不知道今天怛罗斯河河水，会不会被战士的血染红。

我们迅速出击，跨过了那条清浅的河流，向怛罗斯城进发。

攻城车由牛车拉着缓缓前行，云梯和投石器由工兵驮运，跟在前锋军的后面，一场大战即将启幕。

在怛罗斯城外一里地的草原上，高仙芝传出命令，大唐军迅速摆出六花阵。骑兵则在两翼奔走，旌旗招展、战马嘶鸣、铠甲鲜亮、战鼓声声。大唐军气势如虹，要正面强攻怛罗斯城。

李嗣业告诉我们，高仙芝统帅做好了两个方案：如果赛义德军龟缩在城内不出来，大唐军就发起攻城战，要一举攻破怛罗斯；如果赛义德大食军出城迎战，那么，六花阵战法将是对付大食军骑兵的迎敌之法。

我们刚刚完成结阵，只见远处的怛罗斯城城墙上黑旗飘飘，传来了唪诵经文的声音。声音悠扬而高亢，似乎是一种战前的动员。接着，鼓声阵阵，城门大开，一列列大食军的骑兵迅速出城，还有一些骑兵，可能主要是第赫干联军，从城旁门出来，绕过来集结，看上去他们的一万多人已经全部出动。

赛义德骑在马上，手持发亮的大马士革弯刀。他身后的黑色大旗高悬在六丈高的杆子上。赛义德的传令兵在大食军阵中穿梭，大食军很快就结成了五肢阵，就像是五把利剑那样，对准了大唐联军的六花阵。

这是七月盛夏的一天。这天早晨的天气非常凉爽，可是所有战士的血都在沸腾，都感到了燥热。大唐军和大食军两军结阵完成，高仙芝和赛义德这两军统帅几乎是同时发出了进军的号令。

战鼓擂动，声震寰宇，战马嘶鸣，裂开了大地。唐军六花阵和大食军五肢阵，双向加速冲锋。

我依然在前锋军中，看到李嗣业将军骑在马上，走在最前面。

大食军的五肢阵骑兵，手持大马士革弯刀，闪耀着死亡的光芒，横着冲过来了。

距离唐军还有三百步的时候，随着高仙芝的号令，唐军伏远弩手射出了第一批飞箭。带着哨音的飞箭，立即将奔腾驰骋而来的大食军的一些骑兵射落马下。但大食军骑兵似乎并不被减员所扰动，继续冲锋。距离大唐军有二百五十步的时候，唐军擘张弩手开始射出第二批飞箭。眼看着大食军又有不少骑兵落马，但大食军丝毫不为所动，快马骑兵跟了上来，补充到五肢阵的冲锋军中，呀呀喊着继续冲锋。

到距离大唐军还有两百步的时候，角弓弩手开始射出第三批飞箭，大食军再有一批骑兵纷纷落马。到大食军距离唐军还有一百五十步的时候，单弓弩手射出了第四批飞箭。

四批飞箭射出，大食军减员一部分，但依旧锐不可当，转眼之间，五肢阵的大食军像是五把利刃，冲杀进了唐军的六花阵中。

我眼花缭乱，听见了大马士革弯刀砍瓜切菜将唐军的头颅、胳膊砍断的声音，听到了大食军的马匹被陌刀手砍翻在地，大食军被唐横刀斩杀的哀号声，我还听见了兵器的相击、人与人近战的嘶吼声。血腥气息迅速弥漫开来。

眼看着大食军骑兵冲进六花阵之后，折损不少，他们迅速穿过两翼，然后掉头在两里之外再度集结，再次向唐军冲来。大唐军迅速变阵,变成了雁形阵,让开大食军五肢阵那锐不可当的大马士革弯刀的风头,以纵队对纵队,和冲过来的大食军侧面相击。这又是一个回合的战斗。

然后,大食军迅速折返,重新进入怛罗斯城,闭门不出了。

打扫战场,清点战损,这一天的战斗,大食军伤亡近千人,大唐军伤亡五百人,一比二的战损。大唐军第二天继续保持了胜利。

黑云布满天空的时候一定要小心

第三天,大唐军整编之后,高仙芝下令,前出列队,发起主动攻击。

一个上午,怛罗斯城内的守军都是静悄悄的。高仙芝下令让后军也就是负责后勤的部队,将在安西都护府运来的攻城撞车、塔车、云梯和投石器都运到右翼侧位,寻找合适的机会攻城。

到了下午,大食军再次出城迎战。他们的骑兵采取巨浪阵,试图一举击败以步军为主的大唐远征军。巨浪阵骑兵确实名不虚传,结合了大食军大马士革弯刀的锋利与阿拉伯马善于奔跑冲刺的优势,横排一千骑兵为一道巨浪,在喊杀声中冲击过来。

我看到，他们银盔银甲，横举弯刀，就像是一排滔天巨浪。这阵势虽然已经见过了，可再次见到还是有些紧张。

这一天，天气特别晴朗，空中没有一丝云。下午，白花花的太阳刺得人眼睛生疼。我们手里的长刀短刃闪着寒光，也映射着蓝天，和远处的黛色山峦。

第一道大食军冲击的巨浪很快扫过唐军的阵营，大马士革弯刀砍瓜切菜一样直接切掉了一些唐军战士的肢体。唐军陌刀手出击，大刀翻飞中，大食军不断落马，和唐中军步军展开搏斗。

大食军勇士也是骁勇善战，即使落地了，身手也依然敏捷。短兵相接，一定是勇者胜。我的眼睛里，所有的战士都在运动中，没有一个是静止的。即使是主帅高仙芝，也在远处的高坡上纵马来回驰骋，发出变换阵形的号令。

第一道大食军骑兵的巨浪席卷过之后，各有战损，他们反身就撤回怛罗斯城边。

第二道大食军骑兵巨浪依然扑到了跟前。大唐军现在变成了锐阵，呈现长长的倒三角阵形，就像是三角铁一样，插向迎面而来的巨浪骑兵。这样的阵形非常稳固，外围都是陌刀手，大刀劈砍骑兵非常有力，横刀斩敌于马下，也是瞬间的事情。后面，是一浪接一浪的大食军骑兵，一共有八道巨浪，冲击着稳扎稳打的大唐军，八道巨浪过后，大唐军锐阵虽有缺损，但依然坚如磐石。

赛义德在城头发出号令，大食军骑兵撤回到了城内。

第三天的交手，大食军损失一千多骑兵，大唐军损失五百人。

我看到，在原野之上，到处都是无主的阿拉伯马在游荡，死伤的大食军人和唐军士兵横七竖八，战场太惨烈了。

拔汗那部和葛逻禄部的骑兵很善于套马，他们将几百匹无主的阿拉伯马套住，按照对半分的规矩，把一半的阿拉伯马交给了大唐军。高仙芝让后勤军精心看管那些漂亮的大食军战马。那些中刀受伤倒地的阿拉伯马则被唐军战士迅速斩杀，大卸八块。

这天晚上，大唐军和拔汗那部、葛逻禄部在山坡上野餐，都吃到了上好的马肉。阿拉伯马虽然善于奔跑，但马肉却十分粗糙，口感特别差，不过，果腹却最能增加力气，对后面的战斗更有帮助。

拔汗那部给李嗣业将军送来了他们用大尾巴肥羊的后臀油一起煮的马肉，味道果然要更胜一筹，马肉的口感就变得细腻了。

第四天，早晨起来，空中的云彩变多了。很快就下起了小雨，寒凉的大地上升起一股湿气。昨天吃的马肉让我们感到力气倍增。这可真是饥餐胡马肉啊。我们小队中的仆固怀德昨天一口咬掉了一个大食军落马兵士的耳朵，那是近战的时候发生的。他把玩着那只耳朵，打算带回安西去做纪念。

我告诉他，耳朵虽然有软骨，也很快就会腐烂，你还是扔了吧。

克孜尔石窟第224窟主室右侧壁 佛传图局部

他有点不舍地扔掉了它。

中午的时候，雨停了，探马回来说，大食军再次出城，以五肢阵结阵，要与大唐军展开殊死决战。

第四天的战斗在下午开始，一直到傍晚才结束。这天的战斗，大食军变换阵形，让第赫干联军两千多人从后方绕道，企图夹击大唐军，他们的图谋失败了，高仙芝很快让拔汗那的五千骑兵围堵那些第赫干军，一举斩杀第赫干骑兵一千多人，取得了胜利。

六花阵对五肢阵，大唐军对战大食军，龙战于野，几天下来，大唐军占了上风。大唐的彩旗飘飘，大食的黑旗飘飘。风变大了，吹来的都是血腥的战场气息。

我已经记不清第四天下午的战斗有多么精彩，又有多么惨烈。大食军依旧是折损了上千呼罗珊精锐骑兵。天黑之前，他们狼狈地退回到了怛罗斯城内。

这天晚上，在营帐之内躺下来，我感觉有一种莫名的焦躁。虽然连续几天唐军都打了胜仗，可怛罗斯城就在眼前，我们却还没有攻破。

我在想，等战事结束，回到龟兹，我要在后山山麓边的砂岩山崖之上，筹钱开凿一座石窟，在那里的石窟寺出家，默默静修。这几天的战斗惊心动魄，我见到了太多的尸体，我为死亡的真实景象所震撼，以至于有些麻木。战争的残酷和血腥，是没有经历过死亡的人所无法想象的。我家兄弟两个，我的父母早就死了，我弟弟赵弘义已经战死了，天地之间就剩下我一个了，我必须活着回去。

也许我这样想是不对的。在战场上，今天不想明天的事，是战士的基本心态。谁都不知道会不会瞬间就失去生命。我在踌躇的心态中沉沉睡去。

第五天清晨，我们集结完毕。李嗣业将军说，接连四天的战斗，已经让城内的赛义德大食军损兵折将三分之一，他们不一定会出城迎战了。果然，就像他说的那样，我们安静地等待了一个上午，城内的大食军就是不出城。

怛罗斯城头黑旗飘飘，没有什么人，静悄悄的，这样的反应颇有些诡异。

这一天，乌云密布，就像是天空中有人在焚烧着什么，大团的乌云在翻滚着。

高仙芝统帅下令，步军以六花阵结阵，向怛罗斯城进发。攻城步军走在最前面，两翼是快马骑兵和陌刀手以及弓弩手。

看来，今天是要展开一场艰巨而血腥的攻城战了。

我们的前军是攻城军，攻城冲撞车就像是搭建起来的尖顶铁皮小房子，能够抵挡利箭，也不怕火烧，下面四个铁轱辘，边上有推杆，六个到八个兵士一组，推动冲撞车向城门而去。投石车紧紧跟随，最后面是带着六个车轱辘的高高的云梯车。

我看见，高仙芝将军站在中军里的瞭望车，也就是巢车之上，指挥整个攻城作战。他铁甲在身，银盔上的红缨子特别耀眼。

模样奇特的攻城战车出现在阵前，让大唐军士气高涨。一时之间，战鼓擂动，鼓声阵阵，大唐军步军最前面是攻城阵，接着是一个方阵，全部由攻城勇士、跳荡先锋和天威健儿组成，就是等城门打开的时候，冲进去斩杀敌人了。

在方阵的后面，是六花阵的变阵雁形阵，以利于迅速进入怛罗斯城。在大部队的两翼，左边是拔汗那部的骑兵，右边是葛逻禄的骑兵。后军是负责殿后的殿军，由精锐的一千唐军骑兵构成，是多智多谋的段秀实指挥，为的是以防不测，让中军统帅可以迅速得到接应。

李嗣业在攻城前军方阵的最前面。他得到命令，立即下令攻城开始。

投石车将一块块巨石奋力地投向城内，发出了一阵阵轰隆隆的巨响，我想，那一定是城内的房屋屋顶被从天而降的巨石砸穿了。

接着，弓弩手射出了一波火毡箭。点燃的火毡箭带着哨音和火苗，飞越了怛罗斯城的城墙，飞进了怛罗斯城，点燃了城内的房屋。

远远看去，城内很快冒起了浓烟。赛义德军开始出现在城头，向城下扔石头，泼热水和粪便水。这样的热水混合了粪便水，就具有毒性，一旦人的伤口被泼溅上，就很容易溃疡和糜烂。三辆攻城冲撞车在二十七个勇士的推动下，冒着箭林石雨，抢先抵达了怛罗斯城的正门，开始冲撞城门。

巨大的咚、咚、咚、咚的响声传来，在巢车之上观战的高仙芝表情沉稳，志在必得。

李嗣业在陌刀手组成的方阵最前面，等待城门被撞开之后，就要带领陌刀手冲进去，展开巷战的殊死搏斗。中军一万多唐军，正在由六花阵变成雁行阵，后军段秀实的骑兵殿后，观察着左右的动静。

忽然，我看到天空中乌云翻滚，天气大变。乌黑的云就像是天空中有一位老人，在奋力吹动所有的云彩都变得更加黑暗，天色一下子黯淡了下来。乌云布满天空的时候一定要注意，此时的亮度减少，几乎要伸手不见五指。

一阵阵沙尘突然从左翼的前方吹过来，打在我们的脸上。

这时，我们所有的人都听到，从左前方传来了震耳欲聋的马蹄声。根据经验，我听出来，那绝对不是几千匹马奔跑的声音。那是十万匹马一起跑动才能发出的声音。

在高高的巢车之上瞭望和指挥的高仙芝最先看到了这一情景，他的眉头皱了起来。难道是大食军的援军到了吗？

279

是的，很久以后，当我们回想起那个乌云密布、沙石满天的战斗的下午，在怛罗斯城外的阔野上，正是攻城战的关键时刻，由呼罗珊的齐亚德将军率领的七万黑衣大食军骑兵援军，已经迅速抵达怛罗斯城外，并迅速投入战斗，立即发起了对大唐军的攻击。

这是始料未及的，也是最为致命的。战场上的形势真的是瞬息万变，我看着头顶的乌云，正在思忖，左翼的大批黑衣大食军骑兵就像是一股股黑色的旋风冲击到了近前。此时，城内的赛义德守军残部也打开城门，冲杀出来，很快就把攻城的唐军前军冲垮，所有的工程器械车全部被毁，唐军战士全部被大马士革弯刀所斩杀。

高仙芝下令擂动战鼓。此时，所有人都血脉偾张起来。我听到战鼓声急促地响起，这是迎战一搏的最后动员。高将军还是临危不惧，下令继续攻击。

李嗣业听到战鼓声，立即下令方阵前出，迎战出城的赛义德骑兵。两军战在一起，而高仙芝则在巢车之上，指挥中军一万多步军，向左翼移动，全面迎战从左翼奔涌而来的撒马尔罕大食军的齐亚德将军的大批援军。

这一刻，可真是玉石俱焚的时刻啊，黑压压的大食军骑兵援军，挥动黑旗和手里的大马士革弯刀，一路扫来。他们是从头看不到尾，这已经不是巨浪阵了，而就是大海本身在扑过来。不是一浪接一浪，而是一大片黑色的大潮涌过来，一下下的巨浪直接拍过来。闪亮的刀光和黑色的旗帜在乌云之下形成了古怪的呼应，似乎天时地利人和忽然就转了方向，大食军如狼似虎，高仙芝率领的唐军如中流砥柱，在大海中变成了孤帆，但仍旧在奋勇迎击滚滚而至的大食军。

两军猛地冲撞搅扰旋转在一起。只听到一阵阵铿锵嘶吼砍瓜切菜的杂乱声响。半空中，到处都是人的肢体和头颅的碎片在飞舞，马匹哝哝，战马奔跑，大唐军中军顶住了撒马尔罕大食援军骑兵的第一波冲击，但已经力不从心了。

我所在的李嗣业的前军方阵，也顶住了从城内冲出来决战的赛义德的骑兵。我的脚下到处都是他们的战马被砍断的马腿和人的残肢。

一时间，狭路相逢勇者胜，虽然我们寡不敌众，但我们顶住了！战场出现了瞬间的胶着状态。高仙芝将军下令继续擂动战鼓，他顽强地想要以少胜多，取得最后的胜利。我们在战鼓声中，以自己的血肉和精铁刀剑，奋力拼杀。

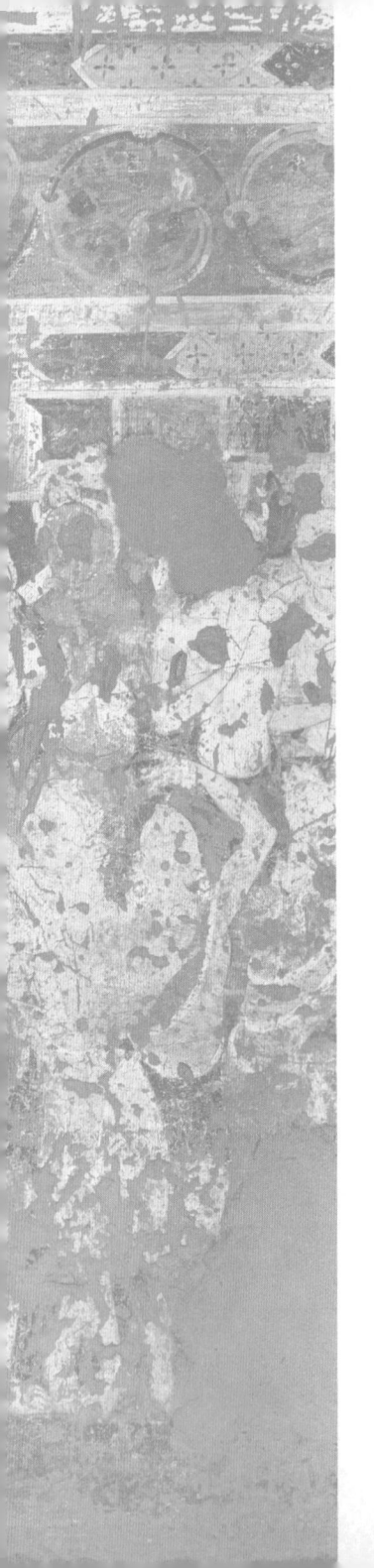

马是向导而鹰却能看得见方向

就在这时,统率五千骑兵的葛逻禄部的绿眼叶护本来位于高仙芝中军的后方右翼,把手里的令旗一挥指向大唐中军,发出了号令,他们的骑兵从背后向前奔驰,向唐军发动了袭击。

原来,葛逻禄部和黑衣大食早就私通款曲,现在临阵倒戈,背叛了大唐王朝,在这战场上的关键时刻,发起了对大唐军的攻击,迅速从中间切开了攻城的先锋军李嗣业率领的唐军健儿和大唐中军之间的联系,葛逻禄部叛变了。

看来,这是葛逻禄部早就谋划好了的,在大食援军抵达之时,伺机对大唐军发起阵前倒戈的一击。

这是谁都没有想到的事情。黑衣大食的援军看到葛逻禄部从后面发起袭击，主帅非常兴奋，他发出了总攻的号令。他们的七万骑兵开始猛烈冲击大唐的军阵。高仙芝在巢车之上，已经明白这一战，不可能再打赢了。他沉吟了片刻，悲愤地发出了最后一道战场令：撤退！撤退！

战场上，唐军在鸣金后撤。李嗣业带领我们一边抵挡赛义德的城内守军，一边开始迅速后撤。此刻，忠心耿耿的拔汗那部的数千骑兵看到葛逻禄部的绿眼叶护发动了临阵倒戈，也惊呆了，他们冲过来与葛逻禄部的骑兵战在一起，目的是保护高仙芝将军身处的中军步军迅速后撤。

一时之间，战场上一片混乱。乌云翻滚之下，我看到，我们的大唐军兵败如山倒，大食援军切断了唐中军的中段，把大部分唐军包围了起来。

拔汗那部骑兵保护高仙芝将军，率领数千士兵奋力突围而走。约两万大食援军的骑兵追杀已经后撤到河边快速渡河的唐军。撤退不及的唐军士兵的鲜血染红了那条浅浅的河水。

高仙芝、李嗣业在段秀实和拔汗那部殿后骑兵的护卫下，仓促过河，并快速向河谷深处退去。

在怛罗斯城上的齐亚德大将发出号令，要求被包围的唐军放下武器，否则全部杀掉。怛罗斯城墙的垛口，升起了两面高高飘扬的黑旗，一面叫影子，另一面叫云。乌云和影子一起，宣告了这一场怛罗斯之战即将结束。

我还活着，我躺在那里，从昏迷中醒来。我腿部受伤，无法动弹。

此时，天空中拉出了很多斜线，原来是下起雨来了。我仰脸看见乌云翻滚，就像是有人在愤怒地点燃了枯叶堆。战场上早就静了下来。我在半昏迷中朦胧感觉到，当时被黑衣大食军包围的很多唐军步军士兵，都已经成为俘虏，被大食军一个个捆绑起来，押走了。

现在，在战场上，是第赫干军和赛义德的大食守城军在打扫战场。

我的嘴里弥漫着苦涩的胆汁味和血腥味。我让眼睛慢慢睁开一条很小的缝隙，观察着周围的动静。我听到了那些第赫干军骂骂咧咧，他们在成堆的死尸中间翻拣着战利品，特别是唐军遗落在战场上的锋利的兵器。

我还活着，可我的战锋队的战士兄弟，可能全都战死了。

我躺在大地之上，雨水落在我的脸上、身上。我的泪水长流，混合了雨水，内心充满了悲愤和屈辱。

我们战败了。我还活着，但我受伤了，躺在大地上无法动弹。我会活下去还是会被杀死？不知道。一个第赫干兵走到我的跟前，他手上拿着好几把捡到的唐横刀。他用手里的大马士革弯刀捅着眼前躺着的一具具唐军的尸身。我知道，如果碰到唐军伤员还没有死，他们会立即斩杀的。这个人翻过我身边的一具尸体，取走了他身上的佩刀，然后看到了我在侧躺着，觉得有点可疑，就用弯刀捅了一下我的肋骨。

那一刀差点要了我的命，一阵尖锐的剧痛从我体内翻腾上来，但我忍住了，翻了个身，滚在边上，假装还是一具尸体。此时，雨下大了，哗哗的雨让更多的血水在我身体下的草地上漫延。他骂着什么，走了。

天色擦黑的时候，战场之上真正安静下来。除了无数的死尸，这里可能只有我还活着。我翻过身，躺在大地上，注视着天空。似乎乌云还在翻滚，与向大地俯冲的黑夜融为一体，这一切变为我的幻觉。

这时，我忽然看见了在半空中有一个黑影在盘旋。

是的，是一只鹰在盘旋，它似乎看见了我，就在我的头顶之上盘旋着，盘旋着，久久不愿意离去。然后，天色更黑了。我想，这只鹰会不会是我弟弟赵弘义的灵魂附体之鹰呢？李嗣业将军说，我弟弟死在了喀喇昆仑山的连云堡，他的灵魂化作了鹰。那么，现在这只鹰的出现，距离喀喇昆仑山实在太遥远了，肯定和我弟弟没有关系。可为什么它不断在我的头顶盘旋，久久不愿意离去？

黑夜继续下沉，如同沉重的盖子笼罩着大地。雨停了，乌云逐渐散去，天空中，星光流溢。我感觉腿部和肋部的生疼减轻了，腿部似乎能够稍微活动了。肋部伤口的出血早就凝止，那个第赫干军人捅了我一刀，一是他并没有用力，二是我的肋部有一块皮护囊。

我动了动脑袋，想了解周围的动静。这时，我听到了有一只什么动物在向我靠近的声音。那种声音是呼哧呼哧在响。

是的，有一头动物在向我走来。我偏脸看去，一匹马的黑影在黑暗中浮现出来。是马在寻找它的骑手吗？马是认识主人的，可我是一员步兵，不是骑兵。李嗣业给我的一匹枣红马作为备马，也早就不知道去哪里了。这又是一匹什么样的马？

这匹马靠近我，星光之下，我看到，它似乎是一匹阿拉伯马。这种马的头型比较小，脖子修长，前腿粗壮、后腿有力，身体略微前倾，尾巴一般都是微微耸立的。它的腰身也很挺立而修长，非常善于奔跑，拥有一般的马所无可比拟的力量和速度。

这样的一匹阿拉伯马靠近我，它呼哧呼哧喘着气，闻到了我这个活人的味道。它转圈，它观察我，然后，它前腿跪下来，似乎是想让我骑上它。

它身上并无鞍鞯。显然，身上的鞍鞯已经在战斗中掉落了。它现在是失去了主人的马。但它的马嚼子的绳子还在，这是一个战士曾经驾驭它的明证。这匹马的眼神我看不清楚，但我似乎感觉到了它的善意。

它是体恤我的,也许我可能是这个战场上剩下的唯一活人。我试了试,无力坐起来。我就这样和它对视,我和它交流,我伸出手,抚摸它的头和鼻子,我抚摸它的下巴。

它看着我,咴咴叫了一声,我明白了,它就是来帮助我的。

我在身边摸索着,找到了我的障刀,还别在腰间。我还摸到了一个死去的唐军战友的背囊,把它背在身上,里面有牛肉干、炒糜子等。最后,我用力翻身,费了很大的力气,翻滚着爬上去,骑上这匹跪下的马。它站起来,我抓起缰绳。

我听到了黑暗的天空中,有一只鹰在啸叫。这么黑暗的夜晚,鹰一般都会在巢穴中安稳地待着,不应该在半空中出现,可是,现在,有一只鹰在飞,有一匹马在走着。我趴在这匹马上,筋疲力尽地抱着这匹马,任由这匹马带我走向远方。

我骑趴在马上慢慢地走了一夜,一直向东走着。它越过了河流,穿越了山谷,沿着一条古道边的草原不断向东而行。似乎它很有灵性,知道我回家的路。

我心里有些安稳了,我确信,一定是我的弟弟的魂灵化作了一只鹰,在指引着一匹本不属于我的马带我回家。

第二天早晨,那只鹰又出现了一次,继续在高空盘旋。马是向导,而鹰却能看得见方向。此时,我已经到了碎叶川,在那里没有看到一个人,除了昆虫的聒噪,大地是那么安宁。

没有任何活着的唐军士兵的消息。显然,我所在的部队在撤退的时候并未经过这里。那么,他们去了哪里?高仙芝统帅、李嗣业和段秀实副帅是否还安好?大唐军战死了多少?被俘虏了多少?还有多少人幸存?高仙芝统帅的性格是刚烈的,吃了败仗,他不会善罢甘休,会不会在某处休整,正在重新集结部队,试图再度向怛罗斯的黑衣大食报仇雪恨、发起攻击?我的思绪很多很乱。

我想到,在我当时在战场上的最后记忆里,大唐军有上万名士兵都被大食军包围了。那么,他们不是被屠杀殆尽,就是被全部俘虏,剩下的唐军突围之后,最多也就四千人。拔汗那部忠心耿耿,如果他们还有三四千的骑兵,这么一点力量,面对十倍于他们的大食军盘踞在怛罗斯城,是不可能再发起进攻了。

那匹红色的阿拉伯马很有灵性,它很善于寻找道路。我们走走停停,因为我身上有伤。我的腰间有一把障刀,那是可用来防身和近身杀敌的。

白天里,我没有让马匹走得很快,就让它一边吃草,一边在隐蔽的河谷缓慢行走。到了晚上才开始上路快走。马蹄踩在草地上,声音并不大。有一阵子我遇到了一群狼,那群狼跟了我一阵子,这匹马就加快了速度,来回过了几遍一条蜿蜒奔流的清浅的河流,摆脱开了那群狼。天亮之后，狼群就消失在我身后了。

这使得我在返回龟兹的路途上走得很慢。我的伤口在慢慢愈合，我嘴里嚼着牛肉干，沿途有河水的地方我就能够喝到水。我还找了一根坚硬的木棒拿在手上，下马的时候可以当作拐杖，也可以当作临时的武器。

按照我们的来时路，它向东走，抵达了珍珠河。在那里，我看到了唐军后撤的痕迹。一些埋锅造饭的地点，一些遗落的干粮。

我明白了，大唐军残余部队正在向安西都护府撤退，他们的方向也是我的方向，那就是龟兹。

东方持国天王手里拿着的是琵琶

　　记忆并未漫漶不清,而是随着岁月的流逝,变得更加清晰。很多年以后的今天,当我想起天宝十载(公元751)我所参加的高仙芝所统率的大唐远征军在怛罗斯所展开的那一场与黑衣大食的大战时,依然激动不已。

　　这时的我,已经是垂垂老矣。而在当年作战时,我还是一个二十多岁的小伙子。我没有战死在怛罗斯城外的战场上,多亏了一只鹰的指引和一匹阿拉伯马的帮助,腿部受伤的我最终回到了龟兹。

　　我了解到,高仙芝统帅最后带领不到四千唐军突围成功,也辗转返回了龟兹安西都护府。在怛罗斯打了败仗,还被俘虏了一万多大唐军士，高仙芝将军的声誉一落千丈，他也是郁郁寡欢，准备接受朝廷的惩罚。

那些被黑衣大食俘虏的唐军战士，据说已被押解到了撒马尔罕，甚至是更远的地方。

我后来也没有再见到高仙芝将军，他很快就被调往长安京城，担任了一个闲职——右金吾大将军。想必，他的内心一定很沮丧吧。

黑衣大食军队在怛罗斯之战打败唐军之后，并没有继续东进，可能也是掂量到了大唐军的战斗力，不敢再向东进犯，连疏勒也没有去染指了。而怛罗斯城以及周边的广袤的草原，为临阵叛变的葛逻禄部所占据。这个在各大强势国家和部族之间首鼠两端的部族，捞到了自己的最大好处。

调走了高仙芝，大唐朝廷派到安西都护府担任节度使的是王正见。但没过多久，王正见就病死在任上了。朝廷让高仙芝推荐安西节度使人选，他推荐了一位老下属封常清，于是，朝廷任命封常清为安西都护府副大都护，仍旧由宰相李林甫遥领安西都护府大都护。

封常清来到龟兹，成为龟兹掌握实际权力的最高长官。有意思的是，高仙芝原先的幕僚、诗人岑参也随着封常清再次来到了龟兹，并且写了很多脍炙人口的边塞诗篇。

参加过怛罗斯战役的龟兹当地人，大都解甲归田了。像我，就是这样的。我是一个工匠，有我要忙的事情。战事结束，生活还在继续，我就在忙着木工活儿和建筑活儿。在龟兹，来来往往的人是那么多，龟兹城内城外要干的活儿很多。

两年之后的天宝十二载（公元753），朝廷下诏由封常清担任主帅、段秀实担任副帅，出兵攻打投靠吐蕃的大勃律国。

在龟兹，我曾见到过征兵令，但我没有参加这次战役。那个时候，我正在龟兹北面的阿克塔格山麓的洞窟中塑造佛像。我弟弟死在了征伐小勃律国的战役中，我也曾经上过沙场，在怛罗斯之战中受了伤，我们兄弟的付出已经够多了。我见到那么多的尸体，有些心灰意冷，就在石窟中安心塑像。

那一年，大唐军讨伐大勃律之战进行得很顺利，封常清统率有方，且更加稳健，不像高仙芝将军那样有时是把自己的军队置于极其险恶的处境里才能出奇制胜。唐军迅速攻克了大勃律国的重镇菩萨劳城，又挺进到印度河上游的河谷地带，一举击溃大勃律的防卫线，大勃律王率军投降，归附大唐。

天宝十四载（公元755）十一月，范阳三镇节度使安禄山联合史思明在范阳举兵叛乱，安史之乱爆发。叛军一开始气势如虹，势如破竹，进逼大唐首都长安。玄宗李隆基被迫逃往了蜀地。驻守西域的唐军安西军以及各个小国，纷纷参加勤王部队，前往灵宝去与新皇帝会合。

封常清由玄宗封为范阳节度使，前往洛阳征兵，奋力抗击安禄山、史思明叛军。也是在这时，玄宗重新起用了高仙芝，加封他为密云郡公，作为荣王李琬的副元帅，率军直奔三门峡阻挡叛军。封常清和高仙芝又成为军中的统帅，一同战斗。

后来，由于在与安禄山、史思明叛军进行的战斗中吃了一些败仗，高仙芝和封常清被监军、宦官边令诚陷害，告了恶状，玄宗下令让边令诚在前线军中杀了高仙芝和封常清。他们两个人被处死的时间，是在天宝十五载（公元756）一月。得知这一消息，远在龟兹的我唏嘘感叹，泪流不止。他们是我见到的最为忠勇、顽强的将领了。

那么，我最敬仰的李嗣业将军的命运呢？天宝十二载（公元753），李嗣业被加封为骠骑大将军，他到长安面圣，玄宗给了他很多赏赐。回到安西都护府之后，他把这些厚重的赏赐一文不留，全部分给了手下将士，清誉在人间。他这个人一向不置私产，只喜欢养马。

那匹从怛罗斯之战中带我回来的红色阿拉伯马，被我送给了他。后来，他还买了一些大宛汗血宝马，经常纵马驰骋，赛马娱乐。

安史之乱爆发后，李嗣业也收到了勤王的命令。他率安西军的精锐兵立即前往灵宝，投奔唐肃宗的大部队，被编入了由郭子仪、仆固怀恩率领的大军，还担任了先锋军统帅，每逢战斗，必冲在最前面，手持陌刀，所向披靡，令叛军闻风丧胆。

到了乾元二年（公元759），安史之乱已经进入第四个年头，在邺城，大唐军围困反叛军作战的时候，李嗣业奋勇杀敌，不幸中箭，伤势严重，就在军中养伤。

有一天晚上，他忽然听到营地外面锣鼓声阵阵，他以为是敌人袭击军营了，从病床上一跃而起，大喊一声："陌刀拿来！我要杀敌！"结果，就这么一下子起猛了，他身上的箭疮猛然迸裂，一下子流血不止，顷刻死在了营帐之内。

这就是大唐猛将，李嗣业将军的英勇归宿。

那么，段秀实呢？他大概在建中四年（公元783），被德宗朝的叛军将领朱泚所杀。消息是很多年后才传到龟兹。每当听到这些坏消息，我都愤恨不已。

安史之乱爆发的那些年，我在龟兹不断听到安西都护府的精锐边军被派往长安的消息，安史之乱结束之后，吐蕃人趁着河西空虚，占领了广大的河西地区，导致安西四镇和关中长安完全失去了联系，龟兹从此孤悬在西域大地。

安史之乱八年，是大唐从强盛转入衰落的肇始。之后的这些年，我就是在动荡的年代里苟延残喘，垂垂老矣。我继续生活在龟兹，安西四镇依旧有唐军把守，但和长安失去了联系，完全不知道大唐朝廷的情况。

所幸的是，大唐名将郭子仪的侄子郭昕，在安史之乱后奉命担任安西四镇节度使留后。他在二十多年的时间里，继续率领安西四镇的唐军守军，顽强地与吐蕃军的侵扰进行战斗。安西军镇虽然孤悬在西域，却依旧守卫着大唐的国土。

到了建中二年（公元781），郭昕派遣信使从北边的回纥道入朝，大唐朝廷这才知道，在和朝廷中断联系的二十多年的时间里，安西四镇并没有沦陷，而是一直坚守着国土，并且不断与侵扰的吐蕃军战斗，朝廷感奋不已。于是，郭昕被封为御史大夫、安西大都护、四镇节度观察使和武威郡王。

现在，我从阿克塔格山麓上的石窟寺走下来，我已经垂垂老矣。数十里外的龟兹城，孤悬西域很多年不与关中长安相通了。此刻，晚霞如血，血红血红的，令我倍感忧伤。我不断地陷入回忆，又从回忆中探身出来，看着眼前的这个世界。

这个世界，是到处都是烽烟的世界，是死亡就在眼前的世界。而佛的智慧与慈悲，也在龟兹的石窟中放着光芒。在龟兹，开凿数百年的石窟已经蔚为大观。从西到东，有十多处石窟群都已建成，从后汉到大唐，数百年之间不断开凿，龟兹佛光光芒万丈。

有时候，只要一想到龟兹王城西门外那两尊安详伫立的大佛像，我的内心就无比安详，有时候，我又感觉到特别孤独，因为和我一辈的人大都死去了。在龟兹，我是一个卓越的匠人，我叫赵弘节，我也曾是大唐的一个战士，在怛罗斯之战为大唐安危而奋力拼杀过。

这些年里，我在龟兹的很多石窟中绘制壁画、雕塑佛像。本以为岁月静好，可就在前几天，我听说了吐蕃军大军压境，他们攻破了疏勒，向龟兹逼来。

此时镇守大唐安西都护府的将军郭昕，也已经是六十多岁的老人了。从遣使入朝、受到加封和赏赐的建中二年（公元781）之后，如今又过了十多年。这段岁月中，郭昕一直都是安西都护府的大都护，率兵镇守龟兹城的安西都护府。他现在也垂垂老矣。而吐蕃军正在向龟兹杀来。

昨天，我回到龟兹王城，看到龟兹城内一片混乱和紧张。吐蕃兵已经大军压境，不日就会攻克龟兹。守将郭昕下令，让城内的老人和妇孺尽快转移到西州去，他决心玉石俱焚，与龟兹共命运，率军抗击到底。

山坡上，我站在一座石窟边上，看到了龟兹城狼烟四起，一片火海。四周的烽火台都升起了狼烟，这说明，龟兹已经沦陷了，而吐蕃兵想必已经将郭昕杀害。

我悲愤至极，转身看着身后这一片由一代代供养人开凿的石窟，脸上都是血色晚霞，心里涌起了一阵安详。

我一直是个手艺人，非常擅长雕塑佛像、菩萨像、天王和天人像、泥塑、木雕、夹纻像，还有烧制陶土泥俑，做彩色人面，金锤鍱像，等等，我都很熟稔。如今我老了，我不想看到我的出生地龟兹的毁灭。我相信，即使吐蕃兵攻破龟兹，龟兹依旧会再度繁荣。但我已经下了决心，与我心中的龟兹共存亡。

我一直在龟兹石窟里塑造四大天王像，现在，三尊天王像已经塑造完成，我要塑造最后一尊天王塑像了。

那是一尊持国天王像，于是，我在洞窟里，一瘸一拐缓步站上洞壁的石台，那里的木架已经架好了，我把自己和木架子细心地绑在一起，开始往自己的身上塑泥。

是的，我决心将自己塑造成一尊持国天王像，永远站立在龟兹石窟里，手里拿着一把琵琶。

那是一把汉琵琶，是我在洞窟附近的一座坍塌的古墓中发现的。

我以精巧的手艺，耐心地把自己塑造成持国天王像。在几十里外，龟兹已经被战火焚毁，郭昕将军肯定已经与城共存亡了。此刻，我站在洞壁石台之上，一步步把自己塑为天王。

我即将死去，可我也即将诞生。

现在，我是持国天王，手里拿着汉琵琶，守护着龟兹，也守护着东方胜身洲。

克孜尔石窟第207窟　金刚

第五歌

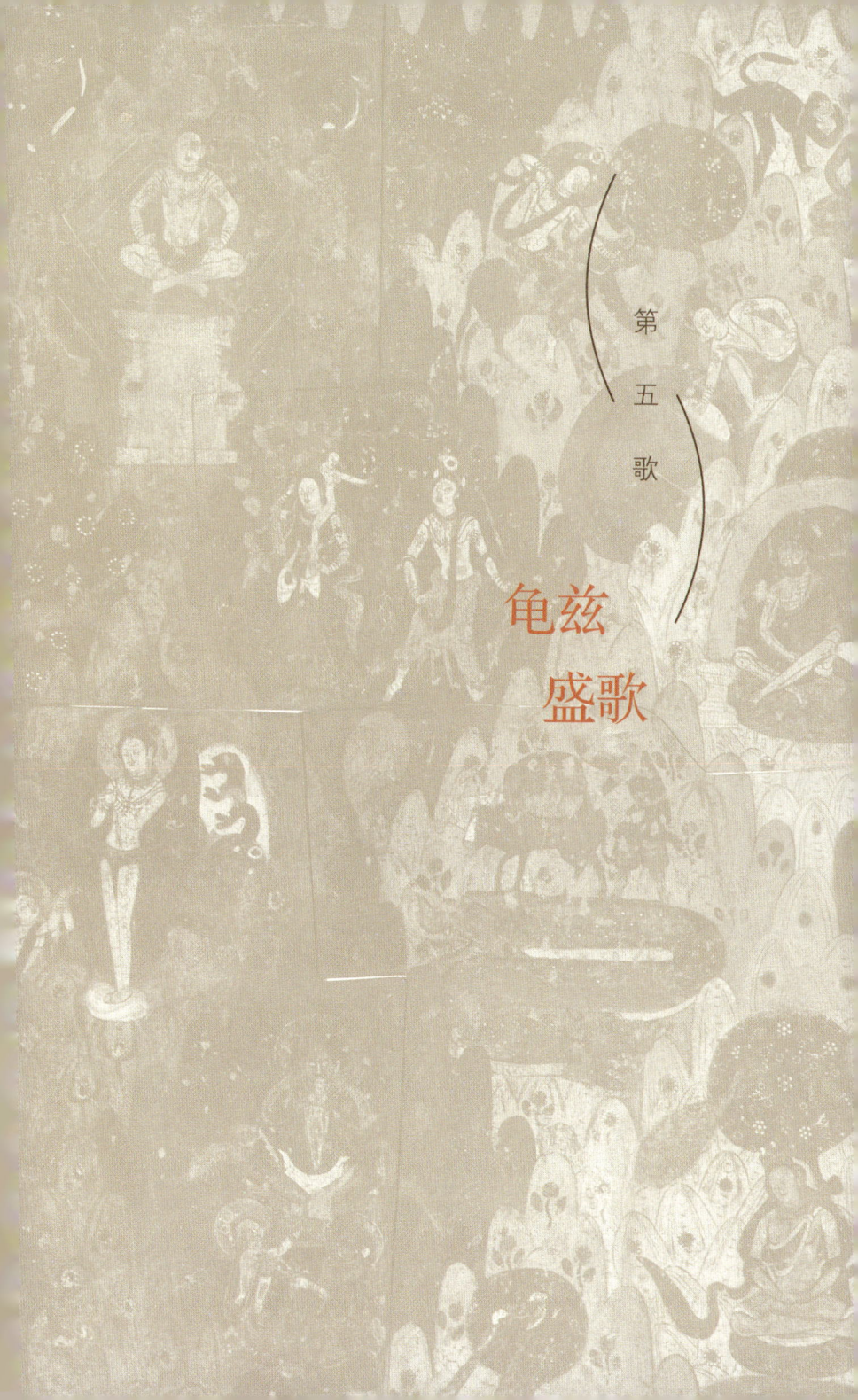

龟兹盛歌

一

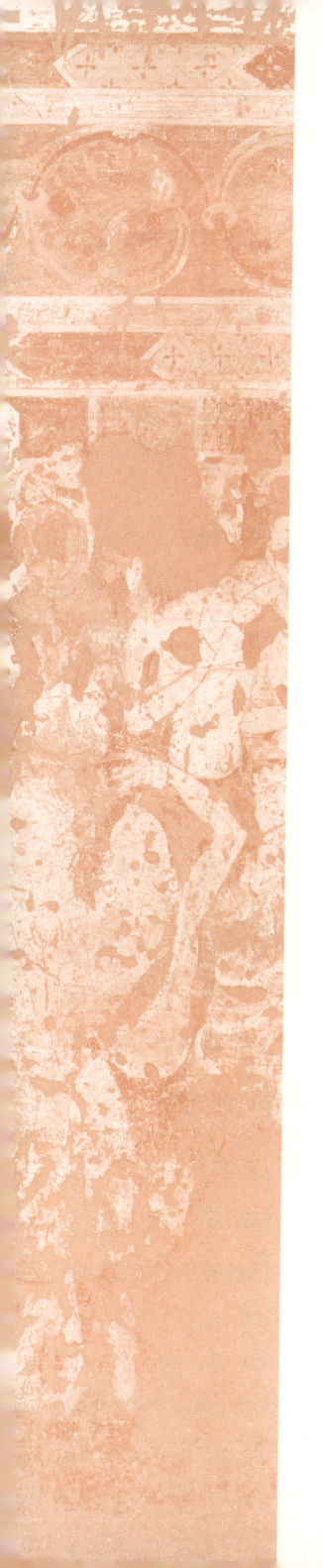

我近年成为一个民族乐器的收藏者，也得益于王雪的帮助。她毕业于中国音乐学院，专业就是琵琶演奏。我是在一场节庆盛典音乐晚会上认识了她。当时，她弹奏了一曲令我耳目一新的曲子，那首曲子让我想到了古代龟兹音乐的旋律。

演出结束之后，我跑到后台，想和她聊几句。当时，她正忙于音乐会谢幕后的卸妆和整理，我在一边等着，看她有了点空，就走上前和她说话。王雪身材适中，长着白白的纤细的脖颈，有一张俏丽的脸。靠近她，能感觉到在她的目光里含着一种清澈的东西，让我觉得她天生就是和音乐有关的。在舞台上，她纤细的手指弹拨琵琵琶弦，那琵琶发出的声音在婉约轻柔与激越狂放的转折中收放自如。演出那天，她穿着粉红色的衣衫，这衣衫肯定是专门设计的，有着唐风。另外她还披着一身白色的轻纱，轻纱在粉红色衣衫的映衬下显得很飘逸，随着她的演奏在台上飘舞，这身轻纱也形成了乐曲旋律的形象表达。

我首先自我介绍，然后说，我感觉她的琵琶曲和新疆有关系，我非常喜欢。我赞美她演奏得太好了，把我带到了时间和历史的深处。作为年轻的琵琶演奏家，她的表演精彩绝伦，我还没有听到过有比她弹得更好的人。

她觉得我的恭维话有些夸大其词，仰起头，笑着说，得了，今天我比较忙，要不，我们先加个微信，以后再聊哈。

我有点小尴尬，但旋即就和她加上了微信，说，我是有些体会，几句话说不清的，我想写一篇艺术评论发在《艺术报》上。

然后，当天晚上参与演出的音乐家、演奏家、导演、剧务等一起围拢过来，他们一起合影。他们身着演出服，站在那里，女人华美靓丽，男人英俊潇洒，让我感觉音乐家自有其独特的气质。

后来，我写了一篇有关她的琵琶演奏曲的评论发表在《艺术报》上。文章见报之后，我把报纸公众号推送的文章发给她，这让她十分惊讶。我从诗歌的意象这个核心的词语出发，将她要表达的有关丝绸之路的文化如何在当代语境中复活，琵琶作为中国乐器、民乐器的特征表达，以及中国民族音乐未来发展的可能性，特别是如何与中国文学例如唐代诗歌结合起来，呈现汉唐气象的朴实无华和庄严阔大，进取精神和华美壮丽，成为中华民族伟大复兴中音乐所能找到的属于自己的声音。

我写这篇文章的时候饱含热情，我想象着她读到这篇文章时的那种喜悦、惊讶和共情，那种温柔、兴奋和激动。我从她作为作曲者和演奏者两个方面，谈了作曲者到底要表达什么以及演奏者对琵琶这种乐器的准确把握，最终演奏出完美无缺、令人惊叹的一首曲子。当时，我在节目单上发现，她演奏的那支曲子是她自己写的，叫作《丝路意象》。一般来说，演奏家自己是不作曲的，她小小年纪——当然，她也年近三十，还是一个作曲者，这也是让我惊异的地方。我后来知道，除了演奏，策划组织音乐会才是她最拿手的。

你说，我还能找到一把汉代的琵琶吗？我对王雪说。

我们说着话的时候，是在北五环边的奥森公园里。那里有一条被芦苇和青草围绕的小河。自上次她的音乐会演出之后，我们见了好几次面。

不可能找得到。就说古琴吧，也就找到了几个唐宋时期的琴身。汉代的琵琶？你在做什么梦？那时，在小河边，我们刚刚铺开防水毯，我支好两个小案几，摆好了我的古琴，她取下了她的琵琶，我们在水边的草地上正打算弹奏一曲。

的确，我承认有一把汉琵琶在我的梦里出现过。那是一把满月样的琵琶，琵琶身形优美，曲线柔和，在时间长河里，它曾在一个个不同的女人手里走过。可它消失在时间的大海里了。听她这么打击我，我的神情顿时有点茫然。

这俩月，我给王雪发了不少图片，上面都是我收集的一些乐器。当然，我收集的是仿制品，仿制了从汉唐时代就开始出现的中国乐器，后来出现的比如电吉他、钢琴、手风琴、小提琴什么的我不收藏。

看到我发给她的图片，她确实很惊讶。在我的收藏中，竖箜篌、古琴、瑟、筑、琵琶、阮咸、排箫、笙、竽、胡琴、陶埙、横笛竖笛、觱篥、洞箫、陶铃、檀板、缶、达腊鼓、毛员鼓、都昙鼓、腰鼓、建鼓、羯鼓、打鼓、手鼓、编钟、石磬、坐磬、金铎、铜角这些乐器，一般原物只是在博物馆里出现，我都收藏有精美的复制品。即使是这样，也让音乐演奏家王雪感到惊讶，因为我不是专门搞音乐的。

有这么多的乐器啊，什么时候去参观一下你的收藏？

我就是爱好而已。我很兴奋，这拉近了我们的距离。她对我产生了好奇心，觉得和我有共同话题，这也是我希望的。

接下来，她给我谈了她正在推进的一个音乐会的演出项目。这台音乐会叫《龟兹盛歌》，目前还在紧张的作曲阶段，我不断地和十几位作曲家交流，给他们提供思路。我想，在这台中国民乐音乐会中，通过唢呐、二胡、琵琶、阮咸、竖琴、琵琶、笛子、笙等各种吹打、弹拨和拉弦民族乐器，把千年龟兹的音乐文化与精神体现出来。希望你能帮我的忙，特别是给我一些文学上的启发。

我就给她找了一些唐宋文集中有关龟兹乐的诗词，并着重从诗歌的意象上谈了如何在音乐中表现有关龟兹的想象之美。我约她吃亚运村的一家台塑牛排，结果她当天晚上给我放鸽子了，说是导师突然叫她去学校谈音乐会的作曲。我这才发现，她是一个工作狂，为了她的音乐事业，她把别的事都推到脑后。想想看，她都二十九岁了，还是一位单身女子，一位面容姣好、才华横溢的音乐演奏家，还是单身，这是很让人不解的。

我又约她吃徽商故里的臭鳜鱼，打算以鳜鱼之臭提醒她，日常生活本身的五味杂陈。结果，她记错了时间，提前一天就到达了餐厅。哎哟，我真是无语了。后来，我想到也许我们俩可以在奥森公园的草地上来一个琴瑟和鸣的小雅聚，让琵琶和古琴相遇，我的这个提议她倒是马上就答应了，还认为我的创意绝佳。

为此，这天我穿上了许久都没有再穿过的蓝色长衫，脚蹬一双千层底的黑布鞋，走起来是款款生风，颇有中古文人的范儿。我把从扬州买回来的一把古琴擦拭好，保持整洁，调好了琴弦，试弹了几下，那把仲尼式古琴发出了一串清音。

我的神情从苍茫回到眼前的安静：我先来弹一曲《流觞》吧。然后，我抚琴而动。

我们在奥森公园弹琴这件事，至今想起来都是比较有趣而颇显自嘲的一幕。也许有些迂腐可笑，与世风不相符合。不过，王雪对我大加赞赏，这使得她摆脱了单位里一个枯燥的下午。等到我笨拙地弹完了《流觞》，她点头表示赞许，怎么说呢，你虽然不是学音乐的，手生，可就像你不是书法家也能写出独具风格的文人字，你弹得有你的风格，弹得很枯瘦。怎么说呢，我听着……很有些高古的那种瘦硬和凄清，这就是古琴的琴音。

我知道她在鼓励我，她也对我很有好感。轮到她弹琵琶的时候，奥森公园河边的水鸟忽然飞来了不少，那些鸟有大有小，有白色的，还有褐色和花色的，有站在浅水中的白鹤，还有掠过河面的燕子。它们都是来听她的琵琶琴音的。

啊，怎么说呢，她弹的琵琶，就像那天傍晚的天色，是小风拂面，阵阵清爽，白云朵朵，天上飘过，心情舒爽。我不知道她弹的是什么曲子，总之是很好。路人也有驻足谛听的，竖大拇指的，但这都影响不了我们，我们早就忘记这世界是由很多人构成的，他们来来往往，只为自己的事情在奔忙，他们早就忘记自己内心的声音了。她弹完了，鼻尖上沁出几粒汗珠。

棒棒哒，我说，弹得真好！与这天地万物同呼吸，与这风景飞鸟共时空。

她高兴了。后来，我开始乱弹琴。我弹古琴是个生手，她就手把手教我。我能闻到她那淡雅的香气和吹气如兰。她比较有耐心，并不厌烦我的瞎捣鼓。累了，我们就靠在防水毯子的垫子上看天、吃东西、聊天。

这天奥森公园里的琴瑟和鸣十分美好，分手的时候，她告诉我，她正在推进《龟兹盛歌》音乐会的筹备，她说，现在是作曲家体验生活和创作曲目的关键阶段，我想尽快去一趟新疆库车，带着几位作曲家和演奏家采风和体验生活，你有时间和我一起去吗？

我很高兴，当然可以啊，不过，我要请几天假。你说，这次去新疆阿克苏，我要是能找到细君公主当年弹过的那把汉琵琶，会有多好。

她笑了，你的这个梦很不靠谱，但你还有梦。那就去找找看！

我还在辩解，我是真的有一种感觉，能如愿找到细君公主用过的那把琵琶。也许，它正在那里的某个犄角旮旯等着我。

二

那年夏天，我和王雪在新疆阿克苏会合时，她带着七八个作曲家和演奏家在那里已经活动两天了。我的工作比较忙，以请年假的方式加上一头一尾两个周末，这样我能有九天的时间在新疆待下来。新疆太大了，没有十天半个月，连个地州市都走不下来。

我到了阿克苏，先和老朋友沈毅见了面。他在当地文化局工作，开着一辆风尘仆仆的丰田越野车来接我，这是在新疆最给力的越野车，什么样的路况这种车都能应付。沈毅出生在阿克苏，他是"疆二代"，父母亲都是"疆一代"，生下的就是"疆二代"。

沈毅觉得我的想法很搞笑，你这次来，听说是要找一具汉琵琶？我觉得你能找到一把维吾尔族老乡用的老坎土曼就不错了。汉代的琵琶，你咋想的？那还不成渣渣了。

我淡然一笑，不再说话。有时候你说多了也没有用。世上的事情，很多都是看似不可能的，却又是可能的。

沈毅开车接我来到王雪的音乐创作采风团下榻的宾馆。王雪上身是一件白色防晒服，一条浅绿色裤子，脚上是轻便的跑步鞋，笑盈盈迎上来。

我把沈毅介绍给她，文化局沈毅局长，他出生在这里，要问这里的山山水水世情人物，他最了解。

沈毅握了一下王雪的小手，王雪好！大美女啊，你的手就像是天生演奏家的手。你是李刚的女朋友？他指着我说。

王雪笑了，还不是呢。除非他在这里找到了细君公主的汉琵琶。我们都笑了起来。

我们一起去餐厅吃饭。饭是羊肉抓饭、烤包子、羊肉串、凉皮子和新疆凉菜，喝的是面包发酵酿造的格瓦斯和一种当地人酿的葡萄酒穆萨莱斯。据说，在阿克苏一带，每家酿造的穆萨莱斯的口味都不一样。有的人家甚至把没毛的乳鸽或者羊羔肉放到葡萄汁里发酵，这样喝起来那黏稠的葡萄酒里有一种血的鲜美和甜腥感。

这次来到阿克苏，我和王雪的目标各不相同，但殊途同归。我要找汉琵琶的踪迹，还要寻访阿克苏、库车一带的汉唐故城遗址。那些空城，哪里是汉代班超和班勇生活过的它乾城？唐代安西都护府所在的故城遗址又是哪一座？龟兹王城，当时叫延城，在哪里？此外，汉唐一千年间，在这片土地上有很多屯田堡垒、守捉城堡、烽燧和城墙的遗址，这些空城和遗址也都是我想实地探寻的。

我还想寻找一些当地民间艺人所用的乐器。从这些乐器身上，再去追寻汉唐间龟兹乐的踪迹。当然，找到汉琵琶绝对是一个梦。我能带回去一堆乐器，丰富我的乐器收藏就很好了。

王雪的这个音乐会创作团队中有几位很有名的民乐作曲家，他们分布在东南西北的音乐学院里，平时教着音乐课，带着研究生。他们的学生有演奏家，也有作曲家，这一组人在这些天都是流动的，有加入的，也有离开的。

我和王雪约好，白天里我和她兵分两路：一路是沈毅开车带着我，去探寻龟兹遗址和汉唐古迹。另一路是王雪带着她的《龟兹盛歌》音乐会主创团队，坐一辆考斯特，在当地采风采访、拜访民间艺人，并和当地歌舞团交流，看当地风土人情。

我和沈毅有时候和他们会合，一起去探访当地艺人，大部分时候是我和沈毅去探访那些空城废墟，那是我们两个男人的探寻之旅。在我们的整体日程安排中，最后一天晚上，王雪带的主创团队要和阿克苏歌舞团、民间演唱十二木卡姆的老艺人们一起举办一场歌舞晚会，在这场肯定十分精彩的歌舞晚会之后，此行才圆满结束，曲终人散，返程回家。

我要先去看看龟兹王城，那座在汉代和唐代的史书里闪耀着光辉的城市遗址。沈毅开车奔走在广袤的荒野上。夏天里，新疆的天气干燥炎热，我的嘴唇很快就起皮了，不喝水嗓子里冒烟，喝了很多水又都从汗腺和毛孔里走掉了。

沈毅说，哎，李刚，那个王雪我觉得不适合你。一看她就是那种，忙于事业把什么都丢在脑后的女人。你看她那个能张罗的劲儿，她只是想着她的音乐，她的心里不会有你的。

我笑了，一匹再好的马也会有驯服它的骑手，一个桀骜不驯的女人也有她钟情的男人。

这么说，她钟情于你啦？没有看出来呀。沈毅在逗我，除非晚上你溜进她的房间，她不赶你出来，我才相信。沈毅在阿克苏长大，他母亲在这里待了几十年，也不愿意回四川老家，有几百亩的果园需要照料。

我岔开话题，问他，你母亲身体怎么样？

挺好的，七十多岁了，身体相当好，她找了俩帮手打理几百亩农地，种小枣和棉花花生，收成好的话每年收入几十万元。

我们的车子直奔我心目中的那座龟兹国的都城遗址。到达库车城区之后，在老城和新城之间有个皮朗村，故城遗址就在那里，现在叫作皮朗古城，也就是汉代称为延城的所在。到唐代，延续了魏晋南北朝时候的称呼，叫伊逻卢城。

下了车，我看到皮朗古城位于却勒塔格山的南面，山体看上去就像一条远古的巨龙死在那里，只剩下了怪石嶙峋的骨骼。库车河在不远处蜿蜒而过，现在正值夏季，山间冲下来的洪水浩荡而过。这龟兹王城选择的地点，地势开阔，有山可以傍依，有水可以滋润，有大道可以通过，是一个在开敞地区筑造的王城。信步走来，我眼前有长长的城垣遗址，长满了青草和小树。《汉书·西域传》记载："龟兹国，王治延城。"《晋书》上说，这座王城"其城三重，中有佛塔庙千所。王宫壮丽，焕若神居"，就是华丽壮观的三重王城，就像是神仙居住的地方。

我能想象出，在汉代，龟兹王绛宾从长安回到龟兹王城，一方面大力改革龟兹的衣冠和礼仪制度，另一方面仿照长安城的建设，在外城建造有巡逻道的高大城墙，王城居于三重城的核心，绛宾王和他心爱的王后、解忧公主的女儿弟史一起研习龟兹歌舞，教化龟兹子民。虽然，绛宾在龟兹推行汉朝的传呼制度、撞钟敲鼓、鼓乐齐鸣等礼仪，被龟兹一些贵族背后议论为"非驴非马，像是骡子"，牢骚满腹，可绛宾王不管那个，他继续推动龟兹的改革，以及与汉朝的友好。

公元前60年，西汉在距离龟兹不远的乌垒城设立西域都护府，第一任都护是郑吉。郑吉也参与到当年细君公主、解忧公主、弟史和冯嫽等几位当时杰出的女性的合纵连横中，与乌孙、匈奴、西汉、龟兹等相互之间错综复杂的政治、经济、军事和文化交流的活动里。到了唐代，这里是龟兹王城和安西都护府的所在地，伊逻卢城。

当然，我给沈毅说，史料记载，安西都护府的设置与唐太宗在公元640年灭掉高昌国有关系。那段时间，天山南道从哈密到高昌、交河，再到龟兹和疏勒，大唐和吐蕃争夺得很厉害。在我们眼前的皮朗古城，多少历史的烟云弥漫和消散。唐朝的安西都护府，那几十年有时候在我们眼前驻扎，有时候不得不搬到高昌，有时候在焉耆，地点变化很大。

我们在皮朗古城内那被青草覆盖的城垣上走来走去，可以感受到干燥的空气在颤抖。沈毅说，这座古城现在保存着三个很高大的土墩，当地人叫作皮朗墩、哈拉墩和哈喀依墩。

沈毅懂维吾尔语，他说，皮朗，在维吾尔语里是"大象"的意思，你看，这土墩子远看多么像一头大象蹲在那里啊。

我发现，皮朗古城的城墙原来肯定比较高，现在残留的段落，有的地方有四米，有的地方有八米高。城垣宽在八到十六米，目前残存的周长有六千多米，相当大了。在空城遗址内，偶尔可见地下排水陶管的残片，带有忍冬花图案的方砖残块，还有一些陶器的碎片，闪烁着历史信息。我手里拿着的资料显示，这里出土有唐代开元通宝、大历元宝等唐代钱币，说明汉代到唐代，这里一直就是一个政治经济文化中心。眼前很多红色陶器、地砖、瓦片的碎片，那都是汉砖和唐瓦，记载着两千年以来的岁月风华。

我们在皮朗古城，也就是汉代延城、唐代龟兹王城和西域都护府所在伊逻卢城遗址转了半天，发了思古之幽情，拍了很多照片。然后，我接着要寻找的，是东汉时期班超带着儿子班勇就任西域都护之后所驻扎的龟兹它乾城的遗址。

西汉在公元前设立西域都护府的地点是乌垒，也就是现在的轮台县。到了东汉时期的公元91年，班超被任命为西域都护，他将都护府从乌垒城迁到了龟兹它乾城。我来阿克苏之前，就给沈毅去了电话，让他先把这个地点搞清楚，我到了之后，我们就直接去实地探访。

沈毅的准备工作做得相当好。我们从库车皮朗古城遗址出来，直奔东边，走了四十公里，来到了一个叫塔汗其的地方，属于库车市牙哈乡。这里果然有一座古堡遗址的城墙角，宽约六米、高三米的样子。附近还有一个仓库遗址，是一座小地窖，深两米多，被考古工作者确定为是军粮屯储地。

看到眼前的遗址废墟，我心潮澎湃，快步走过去，如获至宝。它乾城啊，这里可是班超带着他约十岁的儿子班勇居住和生活了十年的地方。我在那个显然是军事堡垒的黄土遗址边转来转去,似乎看到了班超和班勇在这里走动的身影。想想吧!公元91年!从那时到现在,过去了多少年?距今已经接近两千年!看到它乾城现在的模样,我泪奔了。

在维吾尔语里,塔汗其的意思是"织口袋的人",显然,这里是传说中的古老的军事堡垒。沈毅说。

对呢,从谐音来看,塔汗其,它乾城,发音也很接近。我说。站在高高的土墩上,可以看到从乌鲁木齐通往喀什的国道就在北面向南蜿蜒而去。这里自古就是丝绸之路的要道,如今也在交通要道边上。

它乾城,我找到你了!我十分激动,摸出手机,立即给王雪打了一个电话,大喊,我找到了,找到了!

你找到细君公主的汉琵琶啦?电话里,她惊呆了。

不不,是东汉西域都护班超和班勇父子生活过的它乾城遗址,我找到了!

啊,听上去她有些失望,我还以为,是细君公主的汉琵琶被你找到了——

我清醒过来,感觉到自己有些失态。我说,你们那边怎么样?

我们也很好啊,我们在杏园里吃杏子,喝茶吃羊肉串,跳麦西热甫呢。你们快来吧。

我看了看表，已经是接近六点钟了。可这个时候还是天光大亮，当地时间比北京时间要晚两个小时。

沈毅说，他知道那个杏园，现在是库车市一个旅游民宿接待点。

走，我们现在就去会合。我说。

他开车速度很快，四十分钟后，我们就到达了库车的杏园民宿。原来这杏园是一家很大院子，有点农家乐的样子。王雪带着那群作曲家、演奏家都坐在一条拱形葡萄长廊下面摆着的长桌子边，吃水果和烤肉呢。在那条长桌子上，可以看到瓜果满桌，大盘的油馕、馓子、长颈茶壶和方块糖，还有大盘的葡萄、黄杏子、西瓜、哈密瓜、黄蛋子甜瓜、库车小白杏，堆得像小山一样。葡萄长廊边上的院子里，种着桃树、杏树、石榴树和无花果树。新疆作为瓜果之乡是名副其实的，特别是夏天来，正是水果收获的季节，能吃到最多、最好、最甜的水果。

王雪对我说，今天下午是我们和当地的艺术家交流音乐的时候。你看看那边。

我顺着她手指着的方向看去，在长廊边还有一个土炕，在土炕上，铺着图案艳丽的地毯，七八个戴着花帽的维吾尔族男人，个个手里拿着乐器，他们马上要表演了。

啊，我的眼睛闪闪发光，我认得出那些乐器，都塔尔、热瓦甫、弹拨尔，还有达甫鼓，也就是外面绷着牛皮、内里有一圈小铁环的手鼓，这达甫鼓打起来，那个节奏没说的！然后，演出就开始了。内地的作曲家和演奏家，现在也蠢蠢欲动，都拿着当地艺人的乐器，开始学习操练。

太有意思了，这才是真采风。他们先是弹唱，接着是跳，跳什么呢？麦西热甫啊，当地的维吾尔族小伙儿和姑娘们、大爷大娘们，连小孩子算起来，个个都会跳麦西热甫，他们一对对走上场。王雪的眼睛发亮，她也在按着节奏晃动身体。我走过去，一把把她拉起来，来吧，姑娘，走吧，跳吧！还犹豫什么？在新疆，该跳就跳，该唱就唱，现在就来跳吧！

我拉着她，跳起了节奏明快的麦西热甫。麦西热甫很好学，一般是对舞、独舞，构成了群舞，这都是可以的，手势千变万化，节奏却是始终如一的欢快。跳吧，在杏园里，这一天我满脑子都是拜访汉代它乾城和唐代龟兹王城时的激动，我看着王雪，王雪看着我，那些作曲家和演奏家，那些当地有着长胡子的戴花帽的维吾尔族艺人，个个都沉浸在此刻的欢乐中，这欢乐是音乐和舞蹈的欢乐，也是人生相遇的永恒瞬间。

三

　　那几天，沈毅开车带我探查从阿克苏到库车方圆几百公里存在的汉唐遗址。没有到这里实地看过，就不知道这里存在着这么多的汉唐遗址。比如，在库车东北方向七八公里处的一片戈壁滩高地上，就有一座夯土城墙遗址。这里叫明田阿达古城，刚好在冰雪融水喧腾奔流的乌恰河与伊苏巴什河之间。这是一座有内城和外城的夯土城，残存着土墩和夯土台基。我判断，这里很可能是一座唐代驻兵守卫安西都护府的卫城。

　　在轮台县东南方向二十多公里的地方，在克孜尔河西岸的盐碱地荒漠上，有一座圆形城堡的废墟，残存的城墙周长有一千多米。在遗址空城中到处可见地窑和墩台,土台和陶器的残片很多。沈毅说,这里就是汉代轮台屯田的地方。大汉屯田士兵曾经在这里冶炼铜和铁,在河边种植五谷。

我惊呆了,我能想象出大汉的士兵是如何在这鸟都不拉屎的地方屯田,种出粮食。

我们还去了新和县的玉奇喀特古城,它位于渭干河灌溉的绿洲上,有三道夯土城墙遗迹,分为内城、中城和外城,保留下来的城墙周长六千米。

接着,我们探访了汉化头国的古城遗址(轮台古城),这座古城在当地的现代的名称,叫作奎育克协海尔古城。此外,唐代的拨换城、大石城、故迭干城、据史德城、乌垒州城、通古孜巴什城、唐王城,这些在唐代史书中出现的地名城堡,我们一一探访。如今,是一个个的夯土废墟、空城遗址。从阿克苏到库车,有很多汉唐年间建造的烽火台、烽燧、戍堡、关戍,特别是汉代修建的克孜尔尕哈烽燧,远看像是汉代的两个士兵,高高地站在那里,两千年。还有防突厥人的唐代有名的关戍柘厥关,诉说着千年间汉唐经营西域的巨大努力。

这些遗址,我都到了,我怀着一颗虔敬之心,一一拜访。

我和沈毅还去了几个古代龟兹有名的石窟。古代龟兹国是一个佛国,这里的佛教文化遗存虽然遭到了近千年的连续破坏和覆盖,但依旧放射着不灭的佛教光华，体现在这里的很多佛教洞窟以及相关的壁画和雕塑上面。

这天下午，我和沈毅又与王雪他们那一队在克孜尔千佛洞会合了。由于要创作《龟兹盛歌》大型音乐晚会，体验表达龟兹古代佛教文化的包容和善念、辉煌和博大，龟兹石窟是一定要拜访的。

克孜尔千佛洞名气很大，和敦煌莫高窟、山西大同云冈石窟、河南洛阳龙门石窟齐名，开凿年代更为久远，约在公元2世纪末期就开始开凿。在龟兹文物研究所的专家汪教授带领下，我们前去探访。经过克孜尔千佛洞广场，坐在那里苦思冥想的鸠摩罗什铜像，引领我们走向了历史深处。

一片被流沙所覆盖的石壁上，那一个个洞窟，里面都是佛教壁画和塑像，现存还有二百四十六座。汪教授耐心地带领我们，沿着像是麦积山石窟的盘山铁架子一样的手扶架子，一行人在陡峭的山体边爬上爬下。那一刻，我走在王雪的前面，和她手拉手，走了一个又一个洞窟。有佛在洞窟的壁画上，在雕塑的面影中，我和王雪的关系似乎也在靠近。不过，她的眼睛里闪烁的，还是对龟兹历史文化的那种亲身体验后的兴奋感。

除了克孜尔千佛洞，我们还去了库木吐喇石窟、森木塞姆石窟，这两个存世面积较小的石窟分别位于库车市西南和东北三十多公里的地方。越是偏远的石窟，里面的原始风貌保存得越好，越能亲眼看到距今一千七八百年以前，一直延续到唐宋时期的佛教遗存。

我们在阿克苏地区几个市县来回跑，王雪带领的采风创作团队，开始写出一些作品。我和沈毅踏寻汉唐古城，也都走了一遍。我搜集了不少阿克苏当地的民族乐器，在沈毅的越野车后备厢里，总是装着我买到和找到的乐器。比方说，我找到了当地维吾尔族艺人用的现代觱篥，叫作"巴拉曼"，是用芦苇做成的，有七个孔，簧片用芦苇做成，发出的音十分苍凉高远。

但我寻找细君公主汉琵琶的梦想，一直没有实现。

我们已经在周围几百公里的地方转了一个星期，行程要结束了。这天晚上，在库车市一个影剧院，要举行一个非正式的告别演出交流。库车市给王雪的音乐会主创团队安排了阿克苏艺术团的演出，还有当地维吾尔族老艺人演唱的库车木卡姆等节目，王雪率领的作曲家和演奏家，也会把他们创作的《龟兹盛歌》的部分曲目，做一个汇报试演。这是一个很好的艺术交流晚会。

当天下午，我和沈毅在库车老城区里转悠。库车老城区和新城区是挨着的，老城区保留了很多老库车的民俗风貌。

我们探访了几家手工制作库车土肥皂的作坊，制作过程让我看得很痴迷。库车当地维吾尔族人做的肥皂，一个是一个的，圆锥状的圆坨坨，手感很好，用羊脂油为原料，清洗衣物清洁而清爽。

我们看了制作坎土曼等农具铁器的铁匠铺，还有打制铜壶的一家作坊，规模稍大，似乎是几家人合营的。

当地人喜欢用造型华丽奇特的各种铜壶，这种铜壶的壶身上都有雕饰的花卉图案，繁复、优美，很有装饰效果，实用性也很强。看完了他们的铜壶作坊，我买了大大小小好几把铜壶，店主木合塔尔很高兴，招待我们喝奶茶。

外面的天气酷热难当，可在木合塔尔的作坊后院，搭着一个很大的葡萄架，葡萄架上结着累累的葡萄，一串串垂下来，令人垂涎欲滴。我们聊了一阵子，沈毅给木合塔尔说着，你应该怎么样在电商渠道上进一步打开销售市场等等。沈毅的维吾尔语很好，木合塔尔连连点头。

聊天时，我去后院上个厕所。那是一个很简易的旱厕所。附近还有几只土狗在来回跑。

我上完厕所，走回来的时候，不经意地往堆着木柴的院子一角瞥了一眼。忽然，我看到在一堆柴火棒子里有一个半圆形的东西。我走过去，把它抽出来。

我惊呆了。我蹲下来仔细观瞧。在我眼前，赫然就是一柄琵琶的大半个身子。真的，是汉琵琶的造型，只是没有头柄挂弦的部分，也没有一根弦。琴身乍一看，就是一块年代久远的木头，发白，有很多裂纹，不细看，没有人知道这是什么东西。

我的心怦怦跳了起来，我判断我找到了汉琵琶。兴许就是细君公主当年用过的那把琵琶。我按捺住内心的狂喜和激动，我站起来的时候感到一阵晕眩，这是我找到我想要的东西的那种幸福的晕眩。这简直是天意，也是命中注定。可是，我必须稳住自己的心神。

我拿着它慢慢回到葡萄架下的方桌跟前，木合塔尔还在和沈毅说话。我走过去坐下来。木合塔尔看到我手里拿着那个圆圆的木头，说，你喜欢这个？这个是我在倒塌的龟兹石窟边的土堆里挖出来的，还有两截子彩色的雕塑断手，紧紧地抓着这片木头。不知道是什么东西。把它当柴火烧了，还有点用。

我平抑了一下心情，说，我想把它拿回北京，在家里做个装饰，一件很有意思的装饰品，一块库车圆木片。

我送给你，我送给你！免费！木合塔尔说。他当然不知道这是个什么东西。沈毅也一脸蒙，不知道我怎么对这块烂木头有这么大的兴趣。

我一听木合塔尔这么说，就接着他的话，那就谢谢了。沈毅，麻烦你去车子的后备厢把茯茶和一盒方糖拿过来。

沈毅取出车钥匙，去作坊前门停车处取茯茶和方糖。他回来把茶递给我，我把一块很重的湖南益阳精品茯茶和一盒方糖递给木合塔尔，谢谢你木合塔尔，你的铜壶，你的这个木头橛子都很好！这块茶叶嘛，方糖嘛，给你做个礼物和纪念。

木合塔尔很高兴地接过来。在新疆，茯茶和方糖永远是牧区和民族聚居区最喜欢的礼物。

我心里有点着急想要尽快离开这里。我说，好了沈毅，咱们走吧，回城区宾馆，今天晚上我们还要看告别演出呢。我急急地起身，生怕木合塔尔看出来什么，要赶紧离开。

沈毅放下手里端着的不愿意放下的奶茶，嘴角还有一块白色的奶酪皮子。木合塔尔送我们出来，随手又递给我一把小巧的立鸟造型的铜壶，说，朋友，做个纪念！

我们离开了那里。在车上，看着我把圆木片小心翼翼地放进一个黑色的装乐器的锦囊袋里，沈毅有点纳闷儿，这么一块木头片子，有多宝贵？你给他一大块茯茶，你是要干什么呢？木合塔尔的铜壶作坊每年赚不少钱，你买他的铜壶，他也没有优惠啊。

我没有说太多，只说了一句，这个木头片子，也许是有些年头的乐器残片，我要拿回去仔细看看。

沈毅笑了，我看你收藏乐器都魔怔了。好好的乐器收不完，开始收藏残破的，那还有完没完？说笑间，我们的车子直奔宾馆而去。

吃饭的时候，我和王雪在宾馆餐厅里相遇。面对着一桌子的烤包子、拉条子、烤全羊和葡萄酒，我按捺住激动的心情，也没有告诉她，我可能找到了细君公主的汉琵琶。我必须保守住这个最大的秘密。现在还不是公开的时候。她能看出来我很高兴，我也能看出来她很满意，满意于这一次的采风创作，已经出了成果。

作曲家的创作热情很高，白天到处跑，那么累，可晚上他们还在写谱子。演奏家也在练习着，大家都进入了状态。怎么样，那些废墟、空城、遗址，你也都跑遍啦？王雪的嘴角上翘，带有一丝嘲讽，她可能觉得，我对那些被时间和风沙摧毁得只剩下一些土堆子的汉唐遗迹的探查，不会有什么大的收获。我又不是一个拿着考古铲子的考古学家，也不是拿着洛阳铲的盗墓贼，看一个个的土堆子，有什么兴奋的呢。

晚上的演出一定很精彩。我夸她，你总是能张罗起一场场的盛会。

她的眼睛亮晶晶的。这里是古代龟兹国的所在啊，《龟兹盛歌》的部分曲目，已经有些草稿了，今晚你能看到那些节目。不过，我对库车的十二木卡姆特别感兴趣。

十二木卡姆，是当地的维吾尔族音乐大曲。我觉得，新疆的十二木卡姆在受到伊斯兰教文化影响的音乐结构之前，很可能和唐代的龟兹乐有关。

你说得有道理呢。她沉吟着，唐代的《霓裳羽衣舞》一开始是十二部，后来变成二十四部分。你看白居易写的那首诗《霓裳羽衣舞歌》里有这么几句:"繁音急节十二遍,跳珠撼玉何铿铮!翔鸾舞了却收翅,唳鹤曲终长引声。"

不不,白居易当时看到的只是《霓裳羽衣舞》的十二段歌舞的部分,这整首《霓裳羽衣舞》根据考证有三十六段。白居易是比唐玄宗晚一些年的诗人,他看到的,是一些片段式的双人歌舞。我说。

可即便如此,他还是写出了这首旷世名作。她说。

今天晚上,除了库车十二木卡姆,你们音乐家要演奏什么曲目呢?我问她。

她的心思忽然转移了,她在寻找那些还没有到饭厅的作曲家和演奏家,有唢呐、二胡、中阮、琵琶、笛子、笙、锣鼓。合奏、协奏、独奏、狂想、重奏、随想。吹打、拉弦、弹拨……

她有点心不在焉,我估计她在操心晚上音乐会的事。我还是没有把我找到汉琵琶的秘密吐露出来,我笑着看着她。

四

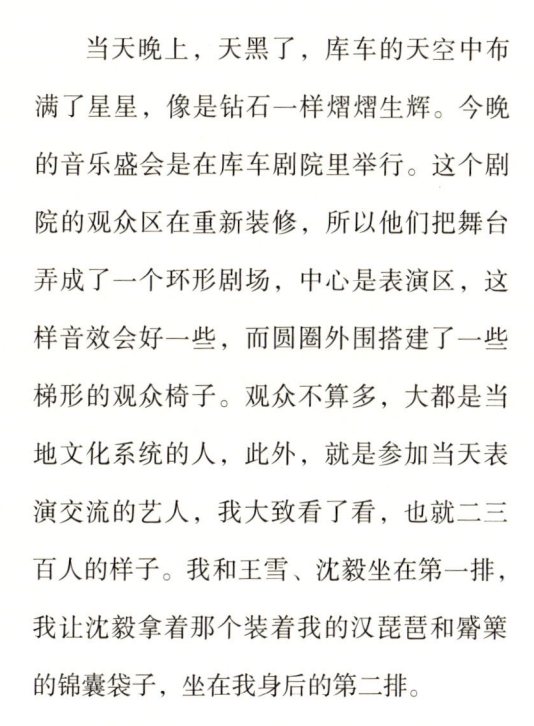

当天晚上,天黑了,库车的天空中布满了星星,像是钻石一样熠熠生辉。今晚的音乐盛会是在库车剧院里举行。这个剧院的观众区在重新装修,所以他们把舞台弄成了一个环形剧场,中心是表演区,这样音效会好一些,而圆圈外围搭建了一些梯形的观众椅子。观众不算多,大都是当地文化系统的人,此外,就是参加当天表演交流的艺人,我大致看了看,也就二三百人的样子。我和王雪、沈毅坐在第一排,我让沈毅拿着那个装着我的汉琵琶和觱篥的锦囊袋子,坐在我身后的第二排。

我们刚坐定,首先上场的,就是当地的维吾尔族民间艺人组成的库车十二木卡姆表演团。这群艺人都是男人，阵势十分庞大，一上来就是几十个人，他们有三十个，五十个，七十个？我没有来得及数清楚，演出就开始了。只见这些头戴角形和圆形花帽的男人，第一排盘腿坐在舞台中央一面巨大的花地毯上，眼前是面面裹着红条布的鼓，敲鼓的艺人有一排，最近的艺人距离我只有两米远。第二排是吹喇叭的，唢呐？是的，他们手里拿着的是喇叭，喇叭身上也系着红巾子。第三排手里拿着长柄的都塔尔，最后一排男男女女，手里拿着达甫鼓和手鼓，还有弹拨电子琴，然后，司仪说完话，他们就开始演唱了。

这阵势，十分撼人。声音一出来就声震屋顶，气氛一下热烈了起来。库车十二木卡姆热情洋溢，我感觉到周围的温度在激扬的乐曲声中迅速上升。十二木卡姆是几百年来经过无数民间艺人和音乐大师不断挖掘、修改和整理形成的大型曲目，分为拉克、且比亚特、木夏吾莱克、恰尔尕、潘吉尕、乌扎勒、艾且姆、乌夏克、巴亚提、纳瓦、西尕、依拉克这十二木卡姆，最后还有终曲的阿胡且西麦。

十二套大曲中的每一套，又分为三个部分。第一部分琼拉克曼由四到十一首歌舞和几首间奏构成，整个琼拉克曼的部分都是歌唱家伴奏，情绪特别饱满；第二部分是达斯坦，这一部分的歌曲有很多的叙事性，想来和史诗的片段，特别是爱情长诗有关系；第三部分是麦西热甫，这部分的歌舞非常欢快浪漫、活泼动人，节奏感特别强，在这个部分，人人都可以下场跳起来。十二木卡姆一共有一百六七首歌曲和七十五首乐曲，舞蹈、歌唱、演奏于一体，实在是欢乐至极的歌舞大曲。

今天晚上，库车木卡姆艺人给我们演唱了第一部分琼拉克曼，很快就进入第三部分的麦西热甫，欢快的歌舞节奏让大家不由得跳起来。我拉着王雪，还有汉族作曲家、演奏家也都纷纷下场，大家跳起来、跳起来了。

库车十二木卡姆的演出有四十分钟，刚才表演的只是很小一段，就让大家很开眼，情绪很激昂。接着，王雪带来的音乐家上场了。

首先出场的，是一位穿着红色锦缎旗袍、身材饱满、面容冷艳的唢呐女演奏家，她往台子中间一站，特别有气场。在她身后是伴奏乐队，她吹起了唢呐。一瞬间我的心脏仿佛停止了跳动，啊，我没有想到唢呐声声就像是一把利剑，一下子刺破了屋顶。如果说木卡姆的乐声能够震翻屋顶，那么唢呐声就能刺破整个苍穹。这个唢呐女演奏家真是中气十足啊，她把唢呐吹成了一把向苍天发问的一句句话，真切生动，感人肺腑。一下子，就是那一刻，我听出来汉朝大军在龟兹征战的那种气势了。我从这唢呐声中，听出来唐代安西都护府的军马嘶鸣，金戈铁马在月亮下行军的凛然而动。我浮想联翩，王雪的团队艺术家，二胡、笛子、笙箫、中阮、排箫，加上锣鼓喧天，每一个演奏的艺术家都拿出了绝活儿。音乐或者缓慢而转疾速，或者快捷又忽然转为轻轻的呢喃。汉风阵阵，西域风沙，龟兹壁画上的佛陀微笑，观音身披白纱款款而行。最后，琵琶手上场了。几位演奏家手里拿着的，有西域龟兹小琵琶，有五弦，有曲颈琵琶，也有汉琵琶。琵琶演奏家手挥琴弦，一阵阵大风从天边滚滚而来，就像是马蹄轰隆，又如急雨突降。忽然，一声清脆的鸟鸣打破了战场的寂静，琵琶声声如波浪，琵琶阵阵大风吹。我的心弦也被拨动了，我实在按捺不住激情，从沈毅那里抓过我的锦囊袋，我拉着在音乐中激动万分的王雪，我说，你跟我出来一下，现在，我想告诉你一个最大的秘密。

她这时满脸疑惑，但也很顺从地让我拉着她出来。她很乖巧，我们一溜烟跑到了剧场外面。

剧场外面一片漆黑，星光却是无比灿烂。我们稍微适应了一下夏夜的黑暗，就看见了彼此那容光焕发的脸。她问我，怎么啦？发生了什么事？

我从锦囊袋里摸出那具汉琵琶的残身。满月形的琵琶在星光下发出鱼肚白色。我说，你看，我找到了细君公主的那把琵琶。你看，这就是那把汉琵琶。

她惊呆了，拿过来仔细地端详，还真是的，还真是一把古老的汉琵琶的琴身。

这时，我闻到她身上散发的一股奇特的香气，在夜晚，被风吹到我的鼻息里。我惊讶地看到，她正在变化，她在变，无论样貌还是装束都在变,啊,她变成了一个龟兹古国的女人,我呆住了,我问,你是谁?

她笑了,我是弟史啊,我又是火玲珑。你呢?你知道你是谁吗?

我喃喃地说,我?我不知道我是谁。我是谁?

你是绛宾王,你又是白明月。走,你跟我进去,在那大殿里,正有一曲最美的歌舞等待我们去演出。我们要进去了。

我再一看,真的啊,我现在华服在身,我难道是绛宾王?我手里拿着一支银字觱篥,难道我是白明月?她是解忧公主的女儿弟史?或者是龟兹琵琶手火玲珑?王雪身着如雪的白色纱衣,内里是红色衣衫,她走动起来如梦如幻、曼妙无比,左手拉着我,右手提着那具满月形的细君公主的汉琵琶,我们一起向着那时空深处的大殿走去。

我猜想,在大殿里,很多人等待着我们到来,演奏一曲永不消失的乐音。那是琴瑟和鸣,那是霓裳羽衣,那也是龟兹盛歌。

2024年10月